FILS DE VEUVE

FILS DE VEUVE

TEXTE DE S. BLANDY.

Illustrations par J. GEOFFROY.

COLLECTION HETZEL

S. BLANDY

FILS DE VEUVE

ILLUSTRATIONS

Par J. GEOFFROY

BIBLIOTHÈQUE
D'ÉDUCATION ET DE RÉCEÉATION
J. HETZEL ET Cⁱᵉ, 18, RUE JACOB
PARIS

FILS DE VEUVE

CHAPITRE PREMIER

Sur la terrasse. — Consultation. — Querelle paternelle. — A Palavas.
Présentation du petit loup de mer.

Jusqu'à l'âge de douze ans j'ai été le plus heureux garçon
du monde. Quand je lisais, dans les livres d'histoires pour
lesquels j'avais une véritable passion, le récit des épreuves
qu'avaient subies des enfants de mon âge, j'étais touché, certes,
mais encore plus surpris. Il me semblait impossible que tous
les enfants n'eussent pas comme moi un excellent père, une
mère tendre et une petite sœur aussi gentille que la mienne.
Charlotte était un peu taquine peut-être, mais les frères aînés

ne détestent pas être un peu secoués de leur sérieux par des
querelles mignonnes dans lesquelles ils ont l'honneur de représenter la raison.

« Ce sont des histoires inventées, n'est-ce pas? » allais-je
dire à ma mère que je trouvais toujours à nos heures de récréation assise avec sa broderie sur la terrasse qui dominait
le jardin.

Il me semble la voir encore, toute jeune et souriante comme
elle l'était à cette époque, assise sur le banc gris de la terrasse
qu'ombrageaient deux grenadiers en fleurs. Je m'asseyais à
terre, sur le pan de sa robe, et nous causions de mes lectures.

« Si tout cela n'est pas vrai, me répondait-elle, c'est du
moins possible et probable. Peu d'enfants sont aussi heureux
que vous l'êtes, ta sœur et toi. Sans chercher bien loin des
exemples d'êtres moins privilégiés, ton père et moi-même
nous avons été éprouvés dès notre jeune âge. C'est un peu en
souvenir de ce passé difficile que nous vous faisons la vie si
douce. J'espère que vos caractères n'en seront pas gâtés. Tu
serais au besoin aussi courageux, aussi bien trempé que les
jeunes héros de tes livres, n'est-ce pas, Louis? »

Je levais ma tête que j'appuyais d'un mouvement câlin
contre le genou de ma mère, et tout en lui répondant « Oui ! »
je me disais que son histoire à elle et celle de mon père
m'intéresseraient plus encore que celles de mes livres ; mais
je n'osais lui demander de me les raconter.

Pendant qu'elle reprenait sa broderie, je m'enfonçais de
nouveau dans le coin où je m'étais blotti, le dos appuyé au
montant inférieur de sa chaise, le nez dans ses jupes et les
yeux fermés. Elle continuait à tirer son aiguille à coups régu-
liers, évitait de faire du bruit en prenant ses ciseaux sur la
table de fer voisine ; elle me croyait sans doute assoupi après
le jeu, la lecture et notre causerie. Je ne dormais point ; je
rêvais à ces malheurs que mes parents avaient supportés autrefois.

Autrefois... Il y avait bien longtemps sans doute, puisque mes plus anciens souvenirs me les représentaient comme je les voyais encore, parfaitement heureux. Ce n'était point là une illusion d'enfant. Mon père disait lui-même que le bonheur consiste à suivre avec succès une carrière qu'on aime, et son poste de professeur de littérature française à la Faculté des Lettres de Montpellier suffisait à son ambition. Je ne me souvenais pas de l'avoir vu ce qui s'appelle maussade ou chagrin. Certes, il n'était ni d'une gaieté bruyante ni grand causeur, et il demeurait plus de temps que je ne l'aurais souhaité dans son cabinet d'étude; mais lorsqu'il en sortait, il paraissait si content des heures passées en famille, à la maison, que son bonheur était évident.

Pouvait-il en être autrement? De toutes les habitations que je connaissais à Montpellier, où je ne manquais pas de jeunes camarades, la nôtre était la plus jolie. Elle n'avait pas grand air comme les vieilles maisons du quartier de la Canourgue avec leurs appartements en enfilade, leurs escaliers de pierre à rampes en fer forgé, leurs glaces à trumeaux, leurs cours pavées et leurs corridors voûtés, non, c'était une petite maison dont les deux étages résonnaient gaiement dès que ma mère se mettait au piano. Elle chantait aussi fort bien, et l'entendre était un des plaisirs de nos soirées.

Nous habitions tout près du Jardin des Plantes; notre jardin était comme une annexe séparée de ses massifs de verdure, tant il était touffu et ombreux. Nos vernis du Japon, nos platanes, nos tilleuls et nos cyprès de l'Inde à feuillages échevelés en marabouts étaient hantés par des multitudes d'oiseaux chanteurs et jaseurs; des rosiers de Banks tapissaient la façade de la maison sur la terrasse et encadraient les fenêtres de leurs régimes de roses jaunes et blanches serties dans un fond de feuilles délicatement découpées.

Quand mes yeux d'enfant s'élevaient plus haut que le cadre de murs où était enserrée notre félicité domestique, c'était

pour vérifier ce que disait parfois mon père, à savoir que les
perspectives lointaines ajoutaient à l'agrément de notre habitation.

En effet, l'on apercevait, à gauche, le Peyrou avec son
château d'eau en colonnade circulaire et la ligne courbe de
l'aqueduc courant à travers la vallée basse, jusqu'à la source
lointaine du Boulidou ; à droite, derrière les coteaux par-
semés de villas qui faisaient des taches blanches au milieu
du vert de leurs parcs, la ligne bleu-foncé des montagnes
qui se confondait presque avec le bleu du ciel ; puis, du côté
de la ville, une confusion de toits que dominaient la tour
des Pins, la porte des Carmes, toute barbue de joubarbes et
de mousses, et les trois clochers de Saint-Pierre.

Nous étions donc heureux maintenant ; mais quel genre de
malheur avaient éprouvé autrefois mes parents ? Mon père
était fils d'un propriétaire campagnard de Touraine, et il était
question chaque année, quand les vacances approchaient,
d'aller les passer à Noizay, près de mon grand-père Lefort ;
mais je ne savais ni comment ni pourquoi ce projet finissait
toujours par être remis à l'année suivante. Mon grand-père
vivait sur ses propriétés qu'il faisait valoir avec son second
fils, Jean Lefort, mon oncle par conséquent ; puisqu'ils
avaient du bien, mon père n'avait jamais dû souffrir de
la misère contre laquelle les héros de mes histoires avaient
dû lutter péniblement. Ma petite bibliothèque était remplie
de livres de prix gagnés au collège de Tours et à Louis-le-
Grand par Jacques Lefort ; mon père avait donc eu tous les
succès scolaires ; il était ensuite sorti un des premiers de
l'École Normale. Vraiment, je voyais dans son passé toutes
les chances heureuses, même celle d'avoir un goût passionné
pour des études dont les éléments me paraissaient ardus et
parfois ennuyeux, à moi. En quoi mon père avait-il pu être
malheureux ? Je ne pouvais le deviner.

Et ma mère qui assurait avoir eu, elle aussi, sa part de

1

JE ME PENDIS A SON COU ET JE L'EMBRASSAIS BIEN FORT

chagrins! Était-ce possible? Est-ce que les chagrins ne rendaient pas tout le monde rechigné et pleurard comme cette
Madame qui venait à nos jours de réception et qui passait ses
visites à geindre sur sa destinée? Toutes les autres personnes assises autour du fauteuil de mère s'esquivaient l'une
après l'autre dès que cette pleureuse arrivait, et moi-même,
qui rôdais souvent au salon pour y quêter quelques bons
sourires de nos amis, je me sauvais en bâillant de mon
côté.

Ma mère n'avait jamais dû se lamenter de cette façon-là;
elle n'aurait pu rester si fraîche et si belle si elle avait fait
souvent la moue qui tirait par en bas la bouche de cette
pauvre dame, et si elle avait autant larmoyé. Je riais en moi-
même en faisant cette comparaison, quand tout à coup je me
dressai à demi à mère et serrai les genoux de mère de mes deux
mains tremblantes.

« Eh bien! tu te réveilles, me dit-elle, et te voilà les larmes
aux yeux. Quel mauvais rêve as-tu donc fait? »

Je n'osais pas le lui avouer, mais je me pendis à son cou
et je l'embrassai bien fort. En réfléchissant, j'avais découvert
dans le passé de ma mère un malheur, un vrai malheur dont
la seule idée m'effrayait. Quand mon père l'avait épousée,
elle était orpheline; tous ses parents étaient morts.

Malgré moi, je pleurai assez longtemps, et en sortant de
son cabinet d'étude qui s'ouvrait sur la terrasse, mon père
nous trouva, moi demi-renversé sur l'épaule de mère et
déjà confus de mes sanglots, mère tâchant de calmer par
de bonnes paroles une émotion qu'elle ne s'expliquait pas, et
ma petite sœur Charlotte, debout devant nous, sa poupée
traînant sur le sable, et toute ébahie de voir pleurer son
grand frère.

« Papa, si Louis est grondé, ce n'est pas ma faute cette
fois, dit-elle bien vite. Je jouais toute seule tranquillement. »

Quand j'eus expliqué tant bien que mal à mon père tout ce

qui m'avait passé par l'esprit, il réfléchit un peu ; puis il dit
à ma mère :

« Louis grandit trop et ne prend pas assez d'exercice ici.
Nous sommes au mois de juillet ; il faut sans tarder mettre à
exécution le projet dont nous avons parlé ces temps-ci : aller
avec les enfants prendre les bains de mer à Cette, changer
d'air, les fatiguer physiquement, ce qui fera aussi du bien à
Charlotte. »

Cette diversion sécha vite mes yeux ; elle m'offrait l'attrait
de l'inconnu. J'allais voir la mer, cette voisine de Montpellier
dont on parle tant dans cette ville et qu'on n'y voit par les
temps clairs de la terrasse du Peyrou que comme une ligne
bleue. J'allais, moi aussi, faire une collection de coquillages
et de résidus maritimes comme mon grand ami M. Peyrade,
le sous-directeur du Jardin des Plantes, qui employait tout son
temps de liberté à courir le littoral, et dont la maison était
encombrée de vitrines garnies de curiosités maritimes étique-
tées avec soin.

Ce fut moi qui annonçai cette grande nouvelle à M. Peyrade
quand il entra le soir au salon, à huit heures sonnantes, selon
son habitude quotidienne. C'était la seule personne vraiment
admise par mes parents aux bénéfices de l'intimité, et il en
était digne à tous égards.

Cette opinion, toute particulière à ma famille, était en
opposition avec la voix publique pour laquelle M. Peyrade
était seulement un vieil original aussi grognon qu'insociable.
Son extérieur un peu grotesque aidait à cette injustice de
l'opinion. M. Peyrade était un petit homme sec, avec une
figure de casse-noisette, un nez long, sensiblement penché à
gauche et tout bossué, une bouche rentrante, un menton
saillant et de gros yeux myopes, toujours distraits, surmontés
de sourcils en broussailles qui étalaient un luxe d'épaisseur
d'autant plus bizarre que M. Peyrade était tout à fait chauve.

La perruque qui garantissait son crâne contre les variations

de l'atmosphère était une honnête personne qui ne cherchait
point à tromper les gens; ses mèches avaient des torsions
gauches et raides, et elle était souvent posée gaillardement
sur le côté comme une casquette de tapageur. M. Peyrade ne
songeait à se raser que lorsqu'en passant la main sur son
menton, par le geste qui l'aidait à réfléchir, il sentait sous
ses doigts l'impression d'une brosse à poils rares, mais
rudes. Parfois même il fallait que Charlotte se plaignît d'avoir
la joue piquée par un de ses baisers pour que M. Peyrade se
rappelât qu'il avait négligé depuis plusieurs jours la toilette
de son menton.

C'est dire que notre ami ne cherchait pas à réagir contre
les disgrâces de son extérieur; mais ceux qui le tournaient
en ridicule ignoraient les rares qualités que cachaient cet
aspect négligé et cet air absorbé qu'ils prenaient pour du
dédain.

« Vous allez aux bains de mer, et pourquoi précisément à
Cette, madame? dit-il à ma mère. Cette station a tous les
inconvénients des ports marchands, un va et vient continuel
d'hommes et de colis; la plage elle-même est dominée par la
gare. C'est parfait pour les baigneurs que la campagne
ennuie et qui aiment à se grouper, à se distraire en compagnie.
La ville est si fort à l'étroit entre le canal ou grau (comme
nous disons ici) et sa montagne du Pilier-Saint-Clair qu'on
n'a pu y créer qu'un seul jardin public où tous les baigneurs
se retrouvent inévitablement.

— Et il faudrait faire des toilettes, dit ma mère, et causer
avec des inconnus. Songez donc que je serais seule avec mes
enfants, puisque M. Lefort ne peut venir nous rejoindre
qu'aux vacances d'août... Il ne faut plus penser à Cette à
moins que nous n'attendions les vacances pour partir tous
ensemble. »

Ma mère adressait cette insinuation à mon père d'un ton
persuasif. J'avais bien vu dans le courant de la journée

2

qu'elle se préoccupait de le laisser seul; mais j'eus peur que
le délai proposé n'eût le sort de celui qui retardait d'une année
à l'autre notre voyage en Touraine, chez grand-père Lefort.
Je fis une moue si consternée que M. Peyrade me dit en riant :

« Tu voudrais bien partir tout de suite, toi ?

— Oh ! oui; si mère ne veut pas se promener au jardin
public, nous ferons des excursions au Pilier-Saint-Clair.

— Les petits pieds de Charlotte s'y blesseraient; puis ima-
gine-toi une montagne toute nue. Il existait autrefois des bois
de pins sur ses pentes; mais ils ont été arrachés; c'est bien
dommage. Le Pilier-Saint-Clair n'est plus qu'un triste amas
de rocs dénudés; il n'y pousse que des batteries autour de la
citadelle Richelieu. »

Cette description n'avait rien d'engageant; la répugnance
de ma mère pour ce voyage en fut augmentée; ma mine
s'allongea pendant qu'elle posait à mon père une nouvelle
série d'objections, dont le résultat était pour moi que l'on
n'irait pas à la mer.

M. Peyrade me regardait en souriant et l'on aurait dit qu'il
lisait dans ma pensée, et aussi dans celle de ma mère, car
il se prit à dire :

« Si vous ne voulez pas quitter M. Lefort pour deux mois,
chère madame, confiez-moi Louis dans mes courses sur les
côtes; je le ferai marcher des journées entières, et vous le
ramènerai bronzé, avec des muscles d'acier. C'est surtout
d'exercice qu'il a besoin. Sa croissance le rend fluet, et voyez
comme il est pâle !

— Vous le confier ! dit ma mère, non, monsieur Peyrade.
Il faudrait, pour que je vous donnasse cet embarras, ne pas
savoir que vous oubliez parfois l'heure du déjeuner ou du
dîner dans vos excursions, et puis, vous l'avez bien deviné,
mon défaut est de ne pouvoir comprendre que les miens
puissent être séparés les uns des autres. Voilà pourquoi Louis
n'est pas encore au collège à son âge. »

Pendant ce temps, mon père m'étirait les bras, regardait si mes gencives étaient d'un rose satisfaisant, et me donnait de petits coups dans le dos pour compléter cet examen du matin après lequel il avait jugé les bains de mer nécessaires. Je fus tenté de prendre un air intéressant pour gagner ma cause; puis j'eus honte de cette idée qui me fit rougir. Je ne me sentais vraiment pas malade; sauf quelques tiraillements dans les jambes et des accès de langueur quand mon père me donnait une leçon un peu difficile, je ne souffrais pas de ma croissance. Je pris donc le bon parti en avouant que mon seul mal présent était la contrariété de ne pas aller à la mer.

« Attends, je vais trouver le moyen de t'y envoyer sans contrarier ta mère, » me dit le bon M. Peyrade.

Quand il nous quitta ce soir-là, il était décidé que ma mère, Charlotte et moi nous irions nous installer huit jours plus tard au village de Palavas.

A cette époque déjà lointaine, Palavas n'était pas relié à Montpellier par ce chemin de fer de l'Esplanade qui mène en vingt-cinq minutes les baigneurs de la ville au bord de la mer. Cette station maritime prend de la vogue; mais au temps de mon enfance, personne n'avait encore songé à s'installer pour la saison dans ce petit village côtier qui avait un triste renom d'insalubrité. Les émanations des étangs de Pérol et de Mauguio au delà desquels il s'est groupé sur une langue de terre étroite surgie d'un bas-fonds maritime, y causent des épidémies de fièvres. De même que bien des gens trop sévèrement jugés, Palavas valait mieux que sa réputation; mais il fallut que mon père eût une foi sérieuse dans les assertions de M. Peyrade pour s'affranchir du préjugé régnant à Montpellier au sujet de l'air malsain de Palavas.

Notre ami ne se borna pas à nous trouver cette station de bains; connaissant la plupart des habitants de la côte, il alla dès le lendemain à Palavas nous retenir et nous faire préparer un gîte chez une brave femme dont il nous garantit l'honnêteté. Enfin, il voulut nous y conduire lui-même.

Au jour dit, dès six heures du matin, une voiture de louage stationnait devant notre porte. J'étais déjà tout prêt à partir. On n'avait eu besoin ni de m'éveiller ni de stimuler ma paresse habituelle. Il y avait longtemps que je me promenais autour des malles déjà ficelées et déposées sous le vestibule. Je n'abandonnais ce poste que pour aller voir si la toilette de Charlotte avançait.

On aurait dit que cette petite fille faisait exprès de nous retarder; les malles étaient chargées qu'elle s'amusait encore à des bagatelles au lieu de mettre son chapeau et ses gants. Après avoir couru toute la maison à sa recherche, je la trouvai près de la volière; elle prenait congé de ses oiseaux, tout en serrant entre ses bras le gros chat dont elle lissait le poil entre les deux oreilles; elle tenait des discours, de vrais discours à ses tourterelles, plaignait notre chien Pyrame qui allait s'ennuyer tout seul; en un mot, elle faisait à notre petit monde des adieux aussi solennels que si nous avions dû partir pour les grandes Indes.

J'allai la relancer au moment le plus pathétique de ces adieux auxquels Pyrame seul avait l'air d'être sensible; il sautait en gémissant autour des jupes de Charlotte, guetté par Minet qui grondait tout bas. J'exprimai sans doute un peu vivement mon impatience, puisque ma sœur fut piquée contre moi.

« Il te tarde donc bien de t'en aller? me dit-elle... » Elle secoua sa tête assez fort pour m'envoyer par le nez le bout de ses longues boucles blondes, et elle ajouta d'un air pincé : « Tu n'as pas de cœur. »

Ce reproche me parut bien gros, tout à fait exagéré, digne d'une petite cervelle de huit ans; mais je dédaignai de protester.

« Tu ne t'inquiètes pas de savoir si l'on arrosera bien nos

petits jardins, continua Charlotte, si nos fleurs ne périront
pas, si les œufs de nos serins écloront, si ce fripon de Minet
ne trouvera pas la porte de la volière ouverte un beau matin;
tu ne songes pas même à ce pauvre Pyrame qui a bien tort
de te préférer à tout le monde, puisque tu l'abandonnes sans
regrets. Ces garçons! ils ne demandent qu'à courir le monde
et ils n'aiment rien. »

Je ne pus m'empêcher de rire :

« Tu appelles courir le monde, lui dis-je, aller à quatre ou
cinq lieues d'ici. Palavas est si près que père viendra passer
avec nous tous ses dimanches.

— Oui, mais maman est triste de le laisser tout seul ici;
il n'y a que toi de content, et par paresse, encore, parce que
tu n'auras pas à prendre avec père ta leçon de tous les
matins. »

Je ne sais ce que le dépit m'aurait fait répondre à Charlotte,
mais on nous appela. Nous allâmes vers la maison côte à côte,
nous boudant et sans nous regarder. J'ignore ce que ruminait
ma sœur, quant à moi, je faisais mon examen de conscience.

Non vraiment, ce n'était point par paresse que j'étais ravi
de m'en aller, mais pour remuer plus qu'à la maison, surtout
pour voir « la mer bleue », dont il était si souvent question
dans l'Enéide et dans l'Iliade, que je traduisais à cette époque.
Ce n'était pas ces études classiques que je faisais avec nonchalance; elles m'intéressaient singulièrement; il m'arrivait
de pousser mes traductions plus loin que la marque d'ongle
qui m'en désignait les bornes; c'était pour lire la fin d'une
scène de combat ou d'une description; puis je fermais les
yeux, et je me figurais voir ce que je venais de lire et de traduire. Je n'avais pas, il est vrai, les mêmes aptitudes pour
les sciences, et je comptais me reposer de cette partie difficile de mon instruction, à Palavas; mais j'avais mis dans
ma malle quatre ou cinq livres grecs ou latins. Ce n'était pas
d'un paresseux, quoi qu'en dit Charlotte

M. Peyrade était dans la cour, à côté de nos parents. Lui
et mon père devaient nous conduire à Palavas pour nous y
installer.

« Eh bien! me dit mon vieil ami en me tendant la main,
tu es content, n'est-ce pas?

— Charlotte m'en fait un crime... »

J'allais insister, je crois, sur l'injustice de ma sœur, quand
j'avisai que Charlotte avait raison d'affirmer que mère était
triste. Elle aussi regardait autour d'elle en ayant l'air de
dire adieu à chaque chose; elle se souvenait tout à coup
d'avoir oublié de laisser quelque recommandation indispensable, et retournait vers la maison.

Pauvre mère! on aurait dit qu'elle pressentait combien
notre retour y serait triste!

Charlotte s'était décidée pourtant à mettre son chapeau;
elle avait lâché Minet qui, pour éviter d'être repris, s'était
perché sur la fourche d'un oranger, d'où il nous regardait en
clignant l'œil. Pyrame tournait autour de nous, et ne nous
quittait que pour aboyer à la voiture, après avoir flairé nos
malles. Charlotte le rappelait alors d'un air résigné et lui
faisait mordiller ses gants ou les talons de sa poupée qu'elle
tenait sur son bras gauche. Après tout, les chagrins de ma
sœur n'étaient pas de longue durée; elle finit par s'impatien-
ter des délais du départ et elle sauta la première dans la
voiture, sans attendre qu'on l'y aidât.

« Viens donc! me dit-elle en me désignant la place à côté
de la sienne sur la banquette de devant. On ne partira donc
jamais? »

Tout le long de la route, elle fit honneur au moindre bouquet de bois, au plus mince clocher, admirant tout, jasant à
perdre haleine, et tenant la tête de sa poupée à la portière
pour que Mlle Louisette vît, elle aussi, le paysage.

Quant à moi, la route m'intéressait peu; je prêtai même
une oreille distraite à la causerie des grandes personnes,

bien qu'elle fût intéressante. M. Peyrade, qui connaissait à
fond l'histoire de Montpellier, racontait la bataille de Lattes
juste au moment où nous passions sur le territoire de cette
commune; il piqua un instant ma curiosité en parlant du
temps où Montpellier appartenait aux rois d'Aragon; mais
j'en revins bientôt à mon unique préoccupation : la mer. Ce
n'était ni à droite ni à gauche que je regardais, mais par la
glace du devant, par-dessous le bras du cocher, qui faisait
claquer son fouet en mesure pour accompagner le refrain
qu'il sifflait.

« Nous y voici! » m'écriai-je quand la route, jusque-là
bordée de cultures, ne fut plus qu'une chaussée entre deux
nappes d'eau.

Des genêts épineux et de grêles ajoncs rampaient jusqu'au
bas des talus caillouteux. L'eau, miroitée par places de
touches lumineuses, paraissait endormie; des plaques de
végétation qui hérissaient leurs pointes à sa surface l'assom-
brissaient; plus loin, on voyait surnager des bancs de mousses
glauques; ailleurs, au moindre souffle de vent, les petits
flots courts devenaient jaunâtres comme s'ils eussent roulé
de la vase. Était-ce là vraiment la mer?

« Non, me dit M. Peyrade; ce sont les étangs de Pérol et
de Mauguio. Tu sais bien, tu as vu sur la carte du département, qu'au delà d'un cordon d'étangs salés, s'étend une
étroite bande de terre, gagnée sur la mer. On croit qu'elle en a
surgi à une époque relativement récente. Peut-être autrefois
n'y avait-il que l'îlot de Maguelonne avec son port des Sarra-
sins qui marquât la ligne sur laquelle devaient s'élever plus
tard des cités nouvelles : Agde, Cette, Frontignan, et plus
loin, Aigues-Mortes.

— Et plus près, Palavas, dis-je après m'être réconcilié
avec l'aspect morne des étangs.

— Nous y voici, je vois des maisons », dit Charlotte qui
s'était mise à genoux sur la banquette.

Je regardai aussi : il me tardait de constater la différence
entre les eaux mortes des étangs et cette eau de la mer que
M. Peyrade disait vivante, animée, dont il parlait comme
d'un être sans cesse en mouvement. Je ne vis que des
masures noires, une église de village, une longue rue.

« Et la mer? » demandai-je.

Tout le monde se mit à rire dans la voiture.

« Les maisons empêchent qu'on la voie, dit Charlotte.
Elles ne sont pas hautes, pourtant. Ah! voici un tas de
bateaux dans une petite rivière. »

Nous longions déjà le chenal où s'arriment les bateaux de
pêche de Palavas. Des ménagères sortaient sur les portes
pour voir passer notre voiture qui faisait événement, et je ne
remarquais rien autour de moi qui m'annonçât le voisinage
de la mer, sauf les filets qui séchaient devant la façade de
chaque habitation, et les bonnets bruns, les ceintures rouges
et les grosses vestes dont les hommes, assis ou debout sur le
quai, étaient vêtus en plein été.

Je m'étais mis, moi aussi, à genoux sur la banquette de
devant. Au delà des dernières maisons du village, je ne vis
qu'une plaine de sable ondulée, et en contrebas, une masse
bleue, toute d'un bloc, enchâssée entre le cadre d'un gris
jaune que lui faisait la grève, et la bordure à peine distincte
dont l'azur du ciel l'enserrait à l'horizon. C'était effrayant
d'immensité. Au lieu d'être ravi, je me sentis oppressé. Voilà
sincèrement l'effet que produisit sur moi la première vue de
la mer.

La voiture s'arrêta : j'en descendis à mon tour et je me
trouvai dans une boutique pleine de cordages qui sentait le
chanvre et le goudron. M. Peyrade présenta à mes parents
notre hôtesse, Mme Baptistine Dauban. C'était une toute
petite Arlésienne, vêtue de noir strictement, très vive et très
propre, et dont la maison était la seule à Palavas, d'après notre
ami, où ma mère pût loger et être servie convenablement.

Les deux chambres qui nous étaient destinées n'étaient pas trop laides, et elles prenaient jour sur une cour intérieure, toute garnie de fleurs poussant dans des pots de terre brune vernissée, et d'arbustes en caisses; les odeurs de la boutique ne venaient pas jusque-là.

Le déjeuner était prêt, tout servi dans la cour, sous une vieille toile à voile tendue à hauteur du premier étage, et Mᵐᵉ Baptistine nous pressa de nous mettre à table. Le poisson ne pouvait attendre, sous peine de ne pas faire honneur à la pêche de son fils.

M. Peyrade, qui déployait sa serviette pendant qu'elle parlait ainsi, prit un air étonné :

« Vous avez donc permis à Marius de suivre enfin sa vocation ? lui dit-il. Il fallait bien en finir par là, je vous le disais depuis longtemps, dame Baptistine. Il est aussi naturel aux gens des côtes d'aimer à courir la mer qu'aux canards de se jeter dans la mare voisine.

— Les canards retournent toujours au bord, monsieur Peyrade, dit notre hôtesse d'un ton amer. Ce n'est pas une comparaison à faire, à moi du moins. Mon homme est resté à la mer; je ne veux pas qu'elle me prenne mon Marius, et comme c'est un garçon de grand cœur, il m'obéit en restant ici à faire des cordages qu'il aimerait mieux manœuvrer sur un bateau. Cela, je le sais; mais il est à l'égard à mon chagrin et il reste à terre... Ces poissons que voici, c'est Victor qui les a pêchés. De celui-là, je n'ai pu obtenir obéissance et, plutôt de le voir périr dans les courses qu'il faisait en cachette sur de mauvais bateaux de rebut, je l'ai confié à un vieux patron de barque de nos amis; il veille sur lui et lui rend le métier rude pour l'en dégoûter. Tenez! le voilà qui regarde en sournois la compagnie; il n'aura pas seulement la politesse de venir vous saluer. Il n'est pas ignorant, pourtant; il était toujours le premier à l'école et sait parler quand il veut.

— Je connais le moyen de le faire venir, dit M. Peyrade.

3

Victor, voici le camarade dont tu m'as promis de faire comme
toi un vrai loup de mer. » Et il me désigna au jeune garçon
dont je voyais la tête entre deux amas de cordages dans l'en-
trebâillement de la porte.

Victor prit son parti de se montrer; il traversa la cour pour
venir nous saluer, ce qu'il fit avec une gaucherie toute ronde,
toute franche. C'était un jeune garçon de quatorze ans environ, mais fort et musculeux, un vrai petit homme.

« Voici le jeune monsieur! dit-il en me dévisageant. Il est
blanc de figure comme une bonne Vierge. Notre soleil d'ici
va le cuire. C'est dommage!

— Eh bien! Victor! ce garçon devient si effronté! » gronda
dame Baptistine en roulant de gros yeux.

Il se mit à aider sa mère dans son service, mais sans cesser
de me regarder d'un air que je trouvais moqueur et qui me
vexait. Je ne me doutais pas que j'étais une curiosité pour lui
comme il en était une pour moi. Il s'était étonné de mes
mains et de mon teint blancs, de mes cheveux lissés, de ma
cravate bleue, de mon costume de nankin, de mon air de
monsieur enfin; moi, j'étais presque effarouché de sa tête
brune à cheveux courts et rudes, de ses yeux gris qui luisaient
dans sa face hâlée comme deux feux follets en gaieté; j'étais
surpris du dandinement de sa démarche, de la largeur de ses
épaules, de ce sourire à lèvres retroussées qui creusait déjà
comme des rides dans ses joues d'adolescent, et surtout de
ses allures brusques, hardies.

Ce n'est certes pas moi qui aurais rompu la glace le premier. Mais, quand on eut servi le café, Victor s'arrêta derrière
ma chaise et me dit tout bas :

« Monsieur Louis, voulez-vous que je vous montre le
pays ? »

Nous sortîmes sans qu'on fit attention à nous; Victor, les
mains passées crânement dans les plis de sa ceinture rouge,
me précédait de quelques pas.

Nous descendîmes le long du quai jusqu'à la plage. Le sable blond étincelait au soleil, tant il était parsemé de grains de micas, de nacres, de coquillages roulés par le flot, émiettés sous les pieds. Çà et là, je voyais des conques entières, finement cannelées, d'un blanc laiteux ou de tons orangés, et j'avais bien envie de me baisser pour les ramasser. Je n'osais pas. Victor les écrasait d'un air si indifférent sous ses souliers ferrés !

Bientôt un bruit vague, cadencé, sans autre analogie dans mes souvenirs que celui qui sortait des coquillages de la collection Peyrade, vint remplir mes oreilles. Je cessai de regarder à mes pieds : la mer ondulait devant moi en longues vagues, au bord desquelles perlait une frange écumeuse. Ce n'était plus ce bloc de saphir ressemblant à une tombée du ciel au ras de la grève ; c'était bien cette eau vivante et chantante que célébrait mon vieil ami. Moi aussi je l'aimais, cette belle mer ; mais qu'elle était vaste, imposante ! Le vertige me gagnait à voir danser d'une vague à l'autre ce petit canot de pêche, dont les deux extrémités disparaissaient tour à tour dans un large pli déroulé et tendu comme un linceul pour l'ensevelir.

Je rêvais déjà de naufrage, lorsque Victor me dit gaiement :

« Ce n'est pas beau comme votre ville, notre Palavas ; le tour en est bientôt fait ; vous voyez que nous n'avons ni rues pavées, ni verdures, ni belles églises ; mais nous ne manquons pas de promenades. Un petit tour en mer à nous deux, qu'en dites-vous ? J'ai un bateau ici près ; le vent s'est un peu levé. Il fera bon sur l'eau. »

CHAPITRE II

L'amarre rattachée. — Ces pauvres mères! — Une vocation. — Sous les
pins de la douane. — Un conte de pêcheur.

Ma première idée fut que Victor voulait éprouver mon
courage. Je tâchai de faire bonne contenance; pour rien au
monde je n'aurais voulu lui laisser voir que j'avais peur... Je
regardai la haute mer. Le canot y filait droit maintenant ; sa
voile seule s'abaissait et se redressait, saluant chaque vague
d'une petite inclinaison dégagée. Il faisait peut-être bon sur
l'eau, ainsi que Victor l'affirmait, et si mes parents avaient
été de la partie, je me serais volontiers embarqué; mais seul
avec un jeune garçon de mon âge, vraiment je n'osais pas.
D'abord, j'étais certain d'inquiéter ma mère, puisque je n'é-
tais pas rassuré sur les suites de l'aventure. Pourtant, je ne
savais comment refuser de suivre Victor, et machinalement,
tout en m'embrouillant dans mes répugnances, mes scrupules
et le respect humain, qui m'empêchait de les formuler, je
remontai la plage derrière lui.

Nous nous trouvâmes bientôt sur la berge du quai, tout
près d'un bateau, dont Victor se mit à détacher vivement
l'amarre. A la vérité, il n'avançait guère à défaire les nœuds,
parce qu'il regardait autour de lui comme s'il eut craint
d'être aperçu. Il était midi environ, l'heure du dîner: il n'y

avait personne là qui nous observât; mais ce mouvement
furtif de mon compagnon me donna la hardiesse de lui dire :

« Vous avez peur qu'on vous voie. C'est donc que vous
n'avez pas le droit de prendre ce bateau ? Laissez-le où il est
et promenons-nous, sans nous exposer à être grondés.

— Pas le droit ? me dit-il en s'arrêtant au moment de défaire le dernier nœud de l'amarre; mais ce bateau est à mon
patron; c'est monté dedans que j'ai pêché les poissons de
votre déjeuner. Et vous, monsieur Louis, pourquoi vous gron-
derait-on ? Est-ce que M. Peyrade ne m'a pas recommandé
de faire de vous un vrai loup de mer ? Ce n'est pas sur le
plancher des vaches qu'on gagne ce grade, bien sûr... Voyez
si vous voulez embarquer. Ah! si vous êtes craintif, c'est
autre chose, n'en parlons plus. »

Ces derniers mots et le regard qui les commenta me firent
sauter dans la barque. J'eus peur de paraître poltron et, par
bravade, j'oubliai tous les beaux raisonnements que je m'é-
tais faits dans le trajet, et que je m'étais promis de communiquer à maître Victor.

Il avait ramené la corde au fond du bateau et, penché en
avant, il allait donner à la berge cette poussée de ses deux
bras qui devait nous lancer, quand une voix descendit jusqu'à
nous du haut du quai :

« Amarre, Victor, amarre tout de suite. Je descends te
parler. »

Victor reprit la corde, sauta sur la berge et se mit à faire
une succession de nœuds, tout en tapant du pied et en grom-
melant entre ses dents. J'étais resté sur le petit banc du
gouvernail, ne sachant s'il s'agissait d'un retard ou d'un em-
pêchement définitif à notre promenade. Victor ressauta dans
la barque d'un bond dépité, qui la fit danser à droite et à
gauche; il n'en perdit pas l'équilibre tandis que j'eus peine
à garder le mien, tout assis que j'étais; puis il me prit à bras
le corps pour me ramener à terre, tout en me disant :

NOUS LE VIMES REPRENDRE L'ÉNORME PAQUET DE CHANVRE.

« Il ne pourra toujours pas m'accuser de n'avoir pas veillé
sur tous vos mouvements. Quel danger auriez-vous couru,
après tout? Je nage comme une dorade, et M. Peyrade vous
avait confié à moi. Mais je sais ce qui le tient. Il enrage
d'être attaché à terre; c'est un chien de garde en malice contre
son collier, et il ne supporte pas que les autres s'amusent un
brin. »

Malgré sa mauvaise humeur, Victor écouta dans un silence
respectueux la réprimande de son frère Marius qui descendit,
pour venir jusqu'à nous, un de ces escaliers de pierre encas-
trés de loin en loin dans les talus du quai. Marius Dauban
n'avait cependant pas l'autorité de l'âge; sa tête ne dépassait
que de quelques pouces celle de Victor, son cadet de quatre
ans seulement; mais il mit dans sa gronderie autant de
gravité qu'un grand-parent et, ce qui me surprit, c'est que
Victor subit cette semonce d'un air sincèrement contrit. Marius fit valoir surtout l'inquiétude que notre incartade aurait
causée à ma mère, et il ne nous quitta qu'après avoir reçu de
son frère la promesse que nous nous promènerions paisiblement sur la plage, et assigné pour limite extrême à notre
excursion le poste des douaniers vers Pérol. Il parut avoir
confiance dans la parole que Victor lui donna, et nous le
vîmes reprendre sur le quai l'énorme paquet de chanvre
qu'il y avait laissé, et sous lequel sa taille un peu grêle
pliait.

Nous regagnâmes la plage en silence et nous la suivîmes
à la gauche de Palavas, en nous tenant sur la zone de sable
mouillé où la mer laissait dessinée en demi-cercles concen-
triques la marque de son éternel va et vient.

« Ces mères, dit tout à coup Victor avec humeur, toutes
ces mères tiennent leurs garçons comme des hannetons au
bout d'un fil. Tire dessus et tire encore quand ils veulent
voler trop loin. »

J'étais occupé à ramasser de petites coquilles roses dont

i

j'étais fier de connaître le nom, des *tellina*, et que je trouvais
mêlées dans un tas d'algues à des *donax* couleur de violette
et à des *corithium* à jolies spirales, quand je levai la tête en
entendant Victor parler ainsi. L'expression de sa bouche était
colère, ironique ; mais ses yeux riaient, et leur petite flamme
était mouillée.

« Oui, ces pauvres mères, continua-t-il sur un autre ton,
nous ne savons qu'inventer pour leur causer du tourment ;
moi qui tracasse la mienne, sans Marius j'allais encore faire
de la peine à la vôtre dès le premier jour de son arrivée à Palavas. C'est votre faute aussi, monsieur Louis. Vous auriez
dû me dire que vous n'aviez pas la permission. Vous avez vu
que j'étais inquiet là-bas sur la berge ; c'est que je savais que
Marius pouvait passer par là, et il n'aime pas à me voir embarquer seul. C'est seul dans un bateau et en partie de
plaisir, que mon pauvre père s'est noyé, lui qui était allé à
Constantinople, en Egypte et dans l'Océan Indien jusqu'en
Cochinchine. N'est-ce pas un mauvais sort ? »

Je ne songeais plus à ma chasse aux coquillages. Je mar-
chais côte à côte avec Victor et, comme lui, je regardais au
large cette mer, plus funeste aux habitants de ses côtes que
les océans lointains.

« Et vous ne craignez pas, lui dis-je, de mourir comme
votre père ? Quand vous ne resteriez à terre que pour ne pas
affliger Mme Dauban ! Est-ce que son contentement ne paierait
pas votre sacrifice ? »

Il me serra les deux mains et me dit :

« M. Peyrade avait bien raison de me dire que vous étiez
un brave cœur. Voulez-vous me faire plaisir ? Tutoyez-moi.

— Alors, il faut me tutoyer aussi. »

Il réfléchit un moment :

« Moi, je ne dis vous qu'aux grandes personnes, et je te
tutoierai volontiers jusqu'à ce que nous soyons rentrés à la
maison. Alors, tu demanderas à Mme Lefort si cela ne la fâche

pas, et si elle nous le permet, nous continuerons... Que me
disais-tu ? Ah ! que je ne devrais pas naviguer à cause de ma
mère ; mais si elle me le permet, c'est qu'elle ne peut pas m'en
empêcher, vois-tu.

— Parce que tu ne lui obéis pas comme ton frère aîné.

— Mais non, à cause de la conscription, tu comprends ? »
Je ne comprenais pas du tout.

« Tous les Français tirent au sort à vingt ans, n'est-ce pas ?
quand l'âge viendra pour Marius, il sera exempté du service
comme fils de veuve et soutien de famille. Il remplace le père
à la maison, et tu as vu que si je grogne un peu avant qu'il
ne me secoue, je ne regimbe plus dès qu'il me parle. Mais
quand je tirerai au sort, moi, je serai dans les cadres maritimes, que j'aie navigué ou non à l'avance, et voilà pourquoi
ma mère me permet de faire mon apprentissage de la mer.
Puisqu'elle doit donner un de ses fils, il est naturel que l'on
ne lui prenne que le plus jeune qui ne peut pas l'aider tout
de suite. »

Je lui fis répéter et commenter cette explication. Je n'avais
qu'une vague idée de la législation de notre pays, et ce qui
me frappait dans les faits exposés, ce fut qu'un homme de
vingt ans pût être considéré comme un soutien de famille.

« Marius gagne plus que sa vie, me dit Victor, et il n'a
que seize ans ; si ma mère n'avait pas eu sa maison, sa boutique et quelques économies, elle aurait eu besoin du travail
de Marius pour pouvoir m'élever, et voilà pourquoi la loi
appelle les fils aînés de femme veuve des soutiens de famille.
Tu ne peux pas comprendre cela, toi, parce que tu es riche.

— Riche ? Je ne sais pas ; je ne crois pas. Mon père me
dit souvent qu'il me faut beaucoup étudier pour être bon à
quelque chose, ne fût-ce qu'à gagner ma vie, quand je serais
grand.

— Et que veux-tu faire plus tard pour cela ? » me demanda
vivement mon compagnon.

J'hésitai ; je ne m'étais pas encore interrogé sur ce point ;
mais après avoir passé en revue toutes les carrières dont
j'avais la notion, je répondis :

« Je crois que je serai professeur de Faculté comme mon
père. »

Et j'ajoutai mentalement, par suite de mes insuccès mathé-
matiques :

« Section des lettres, par exemple. »

Victor se frotta les mains vigoureusement :

« Et tu me blâmes, me dit-il, de vouloir être marin, aussi
comme mon père ! Je ne sais pas si c'est amusant d'être professeur : mais marin, songes-y, c'est avoir à soi tout cela, tout
cela ! »

Et ses deux bras étendus désignèrent les deux bouts de
l'horizon.

« C'est tout connaître, tout visiter, avoir le monde entier
pour domicile ; au lieu de rester comme un vieux rat dans un
vieux coin de maison à grignoter toujours les mêmes bribes,
c'est planer en oiseau, c'est battre de l'aile d'un point cardi-
nal à l'autre.

— Jusqu'à ce qu'un naufrage...

— Tais-toi, faiseur de mauvais souhaits. Tu me rappelles
un conte que mon patron de barque m'a fait un soir de pêche
médiocre. »

C'était me prendre par mon côté sensible que de me parler
d'un conte et je priai Victor de me le raconter.

« Non, pas en marchant, me dit-il ; on ne suit pas ses idées.
Allons jusqu'au poste des douaniers qui est là-haut sur la
dune, à côté de ce bouquet de pins ; nous nous assiérons là
pour souffler un moment et je te dirai mon conte. »

Nous fîmes le reste du trajet en courant çà et là explorer
les bancs de coquillages échoués ; je remplissais mes poches
et je les vidais tour à tour, jetant mes premiers choix à
mesure que je découvrais des richesses plus variées. Victor

se prêtait à cet enfantillage, non sans en sourire comme un vieux marin; mais quand je lui eus dit que notre récolte ferait plaisir à Charlotte, il devint aussi empressé que moi à recueillir les colimaçons pointillés, *ranelles* épineuses, les tritons et les *murex* pointus.

La course était longue et le soleil ardent; j'étais essoufflé quand nous nous trouvâmes au haut des dunes près du poste des douaniers; je m'accotai pour respirer un instant, à la palissade qui préserve leur petite vigne dont les pieds s'élèvent à quelques pouces seulement d'un terrain sablonneux où je m'étonne par souvenir qu'elle puisse pousser. Le sol, là aussi, était semé de coquillages; mais la vigne verdoyait au soleil.

De l'autre côté de la palissade, des poules picoraient un peu de grain jeté sur l'aire; elles s'en disputaient la moindre parcelle avec une voracité dont le spectacle me creusa l'estomac. Je n'étais pas habitué à de si grandes courses où l'air de la mer m'affamait, le fait est que l'excellent déjeuner servi par Mme Dauban n'était plus pour moi qu'un souvenir.

« Voilà donc la marine ! dit gaiement à Victor un douanier d'aspect très bon enfant.

— Diantrement échauffée, vous pouvez le croire, monsieur Placide, et un peu affamée, répondit Victor. Si vous nous faisiez l'avance d'un peu de pain et d'un verre d'eau contre la promesse d'une bonne friture demain matin, je vous donnerais un beau merci par-dessus le marché, voyez-vous.

— Mais à ton service, cadet, » dit M. Placide. Il rentra au poste, et nous en rapporta du pain, du saucisson, des figues et une bouteille de piquette, l'eau étant malsaine d'après lui.

J'avoue que Victor grandit dans mon estime pour avoir su deviner l'appétit que je n'osais avouer, et s'être arrangé de façon à ce que nous n'eussions qu'à remercier d'une obligeance sans être tout à fait à charge à ces braves douaniers. Nous allâmes nous asseoir sur le tapis feutré d'aiguilles sèches qu'ombrageaient les pins et nous fîmes honneur à notre goûter.

Le paysage ouvert devant nous était large ; je le regardai
tout en mordant dans mon pain bis et en gobant mes figues.
C'était, par delà une succession d'étangs clairs comme des
miroirs, ainsi vus de haut, des cultures variées, puis le coteau
de Lattes, et dans la plaine vaste qu'entourait un demi-cirque
de montagnes bleues, sur un plateau plus élevé et de forme
ovale, une masse de constructions surmontées de clochers,
de portiques dont vaguement le profil m'était familier. Je
demandai à Victor :

« Est-ce que c'est là Montpellier ?

— Oui, c'est ton futur domaine que tu regardes.

— Mon domaine, comment donc ?

— Mais puisque tu y auras la chaire de ton père... Mon
domaine, à moi, est de l'autre côté de la dune, » et il me désigna du doigt entre les branchages des pins la haute mer que
le soleil qui baissait déjà enflammait de ses rayons.

« A propos de ton domaine, tu me dois un conte.

— C'est juste, et le voici. Je vais te le dire exactement
comme il m'a été raconté. — Tu y croiras si tu veux, et suivant le mot consacré, si tu n'y veux pas croire, tu iras y
voir pour t'assurer si j'ai menti. »

Il s'accota contre le tronc du pin le plus voisin et débuta
en ces termes :

« Il était une fois une femme de pêcheur dont le mari était
en mer depuis dix-sept heures. Il faisait gros temps ; le vent
de bise et le vent de galerne se battaient en l'air ; les lames
souffletaient la côte et nul bateau parti ne pouvait rentrer.
Cette femme se promenait sur la dune, et elle tâchait de
voir à la lueur des éclairs si elle n'apercevait pas le bateau de
son mari. Elle disait à la mer :

« Méchante, qu'en feras-tu ? rends-moi le donc ! S'il ne re-
« vient pas, j'ai à la maison trois garçons, trois beaux brins
« d'hommes. Pas un seul ne sera pour toi. Je ferai de l'aîné
« un laboureur, et il me fournira mon pain ; je ferai du second

« un douanier, et il tracassera les fraudeurs, tes enfants pré-
« férés, ceux que tu fais aborder aux côtes où se perdaient
« les braves gens. Je ferai du troisième un maçon ; il bâtira
« des maisons si plaisantes qu'on ne voudra jamais les quit-
« ter pour monter sur le plus beau vaisseau. Au contraire,
« si tu me rends mon homme, mon aîné sera pêcheur avec
« lui ; mon second fils ira dans l'armée de mer du roi ; mon
« plus petit deviendra capitaine d'un navire tout pavoisé
« qu'on saluera de salves de canon dans tous les ports. »

« Elle répétait ces promesses à la mer ; elle les criait dans
la nuit et le vent emportait ses paroles. A la troisième fois
qu'elle parla, une embellie se fit ; la mer se coucha, épuisée
de sa rage et par un beau soleil, la femme aperçut le bateau
de son homme qui s'en revenait lentement. Elle crut qu'il y
avait quelque avarie. Toutes les coquilles de noix avaient été
assez battues de la lame pour se fendre sur quelque écueil.
La femme songeait déjà qu'il faudrait radouber la vieille car-
casse, et jeûner à la maison, tant qu'on n'aurait pas du poisson à vendre.

« — Et mes trois petits qui ont de si bonnes rangées de
« dents ! » pensait-elle.

« — Femme ! femme ! lui cria le pêcheur d'aussi loin que
« sa voix put porter, viens avec de grands sacs, tout ce qu'il
« y a de sacs et de paniers à la maison. »

« Il avait l'air content ; elle fut contente pareillement. La
voilà qui amène des sacs : cinq, sept, neuf, douze. Il n'en
manquait pas à la maison et tous vides, cher bon Dieu !
Ses trois garçons la suivaient avec des paniers, et les autres
pêcheurs qui n'étaient pas sortis pendant le gros temps
disaient en entendant l'homme qui emplissait ses sacs dans
le bateau :

« — Qu'est-ce qu'il met donc là-dedans ? On dirait des
« galets. C'est une drôle de pêche, celle-là. »

« Quand le pêcheur fut rentré chez lui avec le chargement

de sa barque qui avait été lourd à transporter, il dit à sa femme :

« — Regarde donc ce que j'ai trouvé; ce n'est ni merlan,
« ni merluche, ni or, ni argent; mais je crois que ça vaut
« toute la banque de Marseille. »

« La femme ouvrit tous les sacs et elle y vit du haut en
bas de grandes coquilles avec des perles rondes attachées à
leur nacre; les plus petites perles étaient comme des pois
chiches, les moyennes comme des noisettes, et les plus
grosses comme des noix. Il y en avait de blanches, de roses
et d'autres presque noires. Pour sûr, tous les bijoutiers de
la rue Saint-Ferréol et ceux de Paris n'en avaient pas autant
à eux tous qu'il s'en trouvait chez le pêcheur.

« — Nous sommes seigneurs pour toujours, dit la femme.
« Où as-tu trouvé ça?

« — A un endroit où je ne retournerais pas par une nuit
« pareille à celle d'hier, dit le pêcheur. C'est un cadeau que
« m'a fait la mer. Je ne lui en demande pas davantage. »

« Les voilà partis à Marseille; jamais il n'y eut assez d'argent à la Banque pour payer toutes leurs perles. Les voilà
partis à Paris, et ils y achetèrent sept coffres-forts pour
mettre tout l'argent vaillant qu'ils trouvèrent de leur pêche.
Les voilà gros monsieur et belle madame, et leurs fils en
habits brodés. On leur donna des maîtres; on leur apprit
à parler français, à saluer et à danser; mais d'en donner
un seul à la mer, la femme n'y pensa point.

« Elle les lui avait promis cependant tous les trois la nuit
de l'orage, en retour de la vie de son homme; mais ses
millions de milliasses lui avaient fait oublier le temps où
elle se promenait pieds nus sur la dune.

« Voilà les trois fils grands, il faut les marier. Pas de fille
en France ni en Provence d'assez riche pour eux. Il y avait
dans ce temps-là un milord anglais nouvellement revenu
des Indes, qui avait trois filles aussi belles que le jour, et
trois millions à donner à chacune.

« — C'est notre affaire, dit la mère des trois garçons, et pour aller demander ces filles en mariage au milord leur père, elle fait construire un navire tout en bois de teck, avec une belle figure dorée à la proue, des cordages tout de soie, et pour lest, elle fait mettre dans la cale les sept coffres pleins d'or.

« Voilà les trois fils qui s'embarquent. La mère reste sur la jetée dans son beau carrosse tout en glaces, à quatre chevaux coiffés de panaches. Le père monte sur le bâtiment pour embrasser encore une fois ses garçons. Pendant que le navire chasse encore sur ses ancres, du milieu de la mer qui moutonne à peine, voici venir une vague plus haute qu'un clocher. Elle s'abat sur le navire qui enfonce droit comme un caillou. Pish! de gros bouillons sur la mer et des ronds avec de l'écume autour... puis plus rien.

« Le navire est à fond avec les trois beaux garçons et les trésors que les perles ont payés. Un seul canot surnage et dedans est le père, que la mer a rendu honnêtement.

« Sur la jetée, la mère se souvient tout à coup de sa promesse qu'elle n'a pas tenue. Elle pleure, elle déchire ses dentelles, elle montre le poing à la mer; mais rien ne lui répond, si ce n'est un vol de goélands qui crie en passant au-dessus de la jetée :

« Quittes! quittes! nous sommes quittes! »

« Si l'on veut savoir ce qu'il en fut de la femme et du pêcheur, ils finirent leurs jours dans une méchante hutte, où ils se réfugièrent après être devenus aussi pauvres qu'ils avaient été riches. C'était le vieux qui faisait la soupe ; la femme ne voulait pas qu'il allât en mer. C'était elle qui pêchait, et elle dut se résigner à vivre ainsi tout le long de sa misérable vie, car par les plus gros temps la mer ne voulait pas d'elle et la renvoyait sur terre, pour qu'il ne fût pas dit qu'elle lui avait pris plus que son dû. »

Nous allâmes remercier encore une fois le douanier obli-

5

géant, et nous redescendîmes sur la plage en continuant à
causer. Je me prenais de vraie amitié pour Victor; aucun de
mes jeunes camarades de la ville n'avait remué autant d'idées
en moi qu'il l'avait fait depuis quelques heures, et j'oubliais
si vite en sa compagnie le temps qui s'écoulait, que je fus
surpris d'arriver à la maison Dauban juste au moment où
mon père et M. Peyrade allaient repartir pour Montpellier.

Le succès de cette première journée consacra ma liberté.
Dès que le patron de Victor laissait à celui-ci quelque loisir,
nous étions ensemble, Charlotte souvent avec nous; il lui
disait des contes, à elle aussi; il la portait dès qu'elle était
fatiguée. Elle devint bientôt aussi enthousiaste que moi-même
de mon nouvel ami, qui sut gagner aussi les bonnes grâces
de ma mère par la stricte observation des moindres ordres
qu'il recevait d'elle à notre endroit.

Ce même garçon qui avait voulu m'emmener en mer le
premier jour était devenu si scrupuleux, qu'il ne déviait pas
d'une ligne des recommandations qui lui étaient faites. Cette
ponctualité me contrariait souvent, car je faisais des progrès
en natation, et j'aurais voulu me lancer un peu loin. Il m'en
empêchait, et je lui répétais pour le taquiner son exclamation
du premier jour :

« Des hannetons au bout d'un fil! »

Il comprenait aussitôt ma plaisanterie et me répondait en
riant :

« Ces pauvres mères! C'est bien le moins qu'on puisse faire
pour elles! »

CHAPITRE III.

Mon père venait à Palavas chaque samedi soir avec M. Peyrade, et ils en repartaient le dimanche soir à la tombée de la nuit. Ils faisaient ces petits voyages à pied, en causant tout le long du chemin. Moins habitué que son vieil ami à d'aussi longues courses, mon père arrivait toujours un peu las, mais il assurait qu'après ses travaux sédentaires de la semaine, cette traite de cinq lieues était fort hygiénique pour lui.

Comme il était incapable de suivre M. Peyrade qui, après les premiers compliments, s'en allait se promener au clair de lune sur la plage, ce qui restait de la soirée du samedi était consacré par lui à vérifier les devoirs que j'avais faits pendant la semaine. J'étais un peu fier d'accaparer ainsi les premières heures de ses visites hebdomadaires, et je tâchais qu'il fût content de moi.

C'étaient les deux seules heures qui m'appartinssent et j'aimais tant mon père, que je les aurais volontiers prolongées pour le plaisir de renouveler ces bonnes séances de son cabinet de travail où, après avoir été mon professeur, il m'apprenait encore plus de choses dans la causerie amicale qui suivait sa leçon. Mais M. Peyrade revenait après avoir

été faire ses compliments, comme il disait, aux deux astres
du ciel de Palavas, c'est-à-dire à la lune et au phare de Cette;
je devais serrer livres et cahiers, et l'on n'était pas longtemps
sans m'envoyer au lit.

Le lendemain, nous faisions une promenade en mer, et ce
n'était pas sans mélancolie qu'on se quittait le soir jusqu'au
samedi suivant.

Au moment de prendre congé, ma mère disait régulière-
ment à mon père :

« Surtout, ne travaillez pas trop. »

Et à M. Peyrade :

« Arrachez-le le plus que vous pourrez à ses travaux, dont
il abuse en mon absence. »

M. Peyrade répondait en hochant la tête :

« Dites-moi d'empêcher la terre de tourner; ce serait aussi
facile à obtenir. »

Mon père souriait en promettant d'être aussi paresseux
que possible.

Le troisième samedi, nous le trouvâmes plus fatigué que
d'habitude. Je dis nous, parce qu'il écouta ma leçon et qu'il
m'écouta parler ensuite plus qu'il ne causa lui-même. Le
lendemain matin pourtant, il était tout ranimé. Nous allâmes
en mer par un temps superbe; puis nous revînmes faire une
promenade sur la plage jusqu'au bois de pins du poste de
Pérol, que je voulais montrer à mon père. Il fut ce jour-là
plus gai, plus expansif que de coutume; nous ne nous lassions
pas de l'écouter; mais dès que nous fûmes rentrés à la maison,
la fraîcheur de la cour le surprit; il se plaignit d'un violent
mal de tête et de frissons. Il ne put dîner, et quand l'heure du
départ habituel fut venue, ma mère insista pour qu'il ne partît
que le lendemain. Il s'y refusa. Il avait son cours à faire lundi
matin; pour tranquilliser ma mère, il assura que la marche
dégagerait sa tête, et qu'une bonne nuit le remettrait.

En nous quittant, père tâcha de nous persuader que son

malaise s'était déjà dissipé à demi. Je l'embrassai plusieurs
fois, si bien que ma mère me reprocha de le fatiguer. Oh !
comme je l'aurais encore serré plus fort dans mes bras,
comme je me serais attaché à lui si j'avais su...

Le lendemain, le mistral grondait sur Palavas. Chacun
était calfeutré chez soi. Pas une barque en mer. Personne
sur la plage. Ma mère tenait sa broderie, mais elle tirait machinalement son aiguille, et quand nous lui adressions une
question, elle était un moment sans trouver ce qu'elle devait
répondre ; sa pensée était loin de nous. Moi, je lisais, distrait
par la causerie de Charlotte et de Victor, qui édifiaient ensemble un presse-papiers fait d'une agglomération de coquillages, qu'ils collaient le plus pittoresquement possible sur un
lourd galet déchiqueté. Ce presse-papiers était destiné au
cabinet de travail de mon père.

Mᵐᵉ Baptistine Dauban allait et venait par la maison ; de
temps à autre, elle entrait familièrement chez ma mère et,
après quelques mots sur ce terrible mistral, elle lui chucho-
tait quelques phrases entrecoupées dont quelques bribes
venaient jusqu'à moi :

« Il ne faut pas vous tourmenter, madame... Une petite
indisposition... Dimanche prochain, M. Lefort vous grondera
d'avoir pris du souci... »

Tout à coup, un bruit autre que celui de l'ouragan se fit
entendre. Je n'avais pas encore compris ce que c'était que
ma mère était debout, toute pâle, mais incapable de faire un
pas.

La porte s'ouvrit et M. Peyrade entra. Rien que le fait de
son arrivée subite, quand il nous avait quittés la veille au
soir, aurait été un événement ; mais il n'y avait qu'à voir sa
physionomie bouleversée pour juger qu'il nous apportait un
malheur.

Ma pensée d'enfant n'alla pourtant pas aussi loin que celle
de ma mère, qui se retenait d'une main tremblante au dossier

de sa chaise de peur de tomber. J'allai vers M. Peyrade, qui
se tenait debout près de la porte, sans avancer dans la
chambre, et je lui dis :

« Est-ce que père est plus malade ?

— Oui, me répondit-il d'une voix toute cassée, bien plus
malade, et je viens chercher Mme Lefort. »

Ma mère accourut vers lui :

« Ah! si vous avez besoin de moi, lui dit-elle, c'est qu'en
le soignant bien nous le guéririons vite... Votre arrivée m'a-
vait fait peur... Partons à l'instant, monsieur Peyrade; c'est
bien à vous d'être venu me chercher. »

Elle mit son chapeau à la hâte et elle sortait déjà de la
chambre, quand Charlotte se jeta dans ses jupes en criant :

« Emmène-moi voir papa. Emmène-nous! »

M. Peyrade sortit et je le vis parler dans la cour à Mme Baptistine; celle-ci vint ensuite dire à ma mère :

« Madame, des enfants sont bien gênants dans une maison
où l'on doit soigner un malade. Vous ne pourriez pas être
constamment au chevet de votre mari si les enfants vous suivaient. Laissez-les moi jusqu'à ce que vous puissiez les reprendre. C'est une mère de famille qui veillera sur eux. Ne
vous faites pas de souci à leur sujet. »

M. Peyrade appuya cette proposition. Ma mère était dans
une telle angoisse qu'elle partit en nous embrassant à peine,
sans prendre le temps de raisonner Charlotte, qui jetait les
hauts cris. Ma petite sœur n'avait pas compris combien
étaient graves les motifs de cette séparation; mais, de sa vie,
elle n'avait quitté notre mère et ne concevait pas que celle-ci
pût nous laisser seuls.

Mme Baptistine prit Charlotte sur ses genoux, et passa près
d'une heure à la calmer par de bonnes paroles; elle me pria
plusieurs fois de la seconder dans ses exhortations. Je n'en
avais pas la force. Les paroles n'arrivaient pas à mes lèvres.
J'avais, les yeux ouverts, une sorte de cauchemar : je voyais

toujours devant moi la figure blême de M. Peyrade telle qu'elle venait de m'apparaître. Elle me poursuivait à chaque coin de la chambre et, pour la fuir, je voulais me représenter la physionomie de mon père que j'avais vue la veille si animée, si aimable. Je n'y parvenais pas. Toujours la figure décomposée de notre vieil ami venait s'interposer entre moi et celle que j'évoquais.

Lasse de pleurer, Charlotte finit par s'endormir sur le canapé, et la journée se traîna comme elle put jusqu'au dîner. Victor m'avait laissé seul, après s'être aperçu que j'étais incapable de causer avec lui. Quand je le revis, il avait les yeux rouges, gonflés, et je n'osai lui demander pourquoi.

M_{me} Baptistine nous servit à dîner, à Charlotte et à moi, sur la table habituelle qui était beaucoup trop grande pour nos deux couverts. Charlotte s'était réveillée en bel appétit et, tout en dînant, elle se flatta de revoir bientôt sa maman et son papa. Elle était encore si enfant qu'elle avait épuisé son chagrin par son explosion de larmes. Il m'était impossible de soulager le mien de la même façon, et, à proprement parler, ce n'était pas un chagrin, mais une anxiété, une angoisse.

J'avais promis à ma mère d'être raisonnable et je tenais parole, puisque je faisais bonne contenance; mais tout m'alarmait, depuis les yeux rouges de Victor jusqu'au ton de déférence compatissante dont M_{me} Baptistine m'engageait à faire honneur au repas. Je ne pus lui être agréable à cet égard; je n'avais aucun appétit.

Quand elle eut desservi, Charlotte alla rôder dans la boutique autour de Marius, dont elle faisait tout ce qu'elle voulait, et je fis signe à Victor de venir dans la cour avec moi. Nous y tournâmes d'abord sans rien nous dire; puis, je finis par lui demander pourquoi il avait pleuré. Il me répondit en détournant la tête, lui qui regardait si franc devant lui, d'habitude :

« C'est du sable qui m'est entré dans les yeux pendant que
je fermais les volets sur le quai... Voilà le mistral qui s'a-
paise. Nous aurons tout de même une belle nuit. Je crois que
le patron aura besoin de moi demain. C'est égal, ce coup de
bourrasque m'aura toujours valu un jour de vacances.

— Le sable, le mistral!... Ce n'est pas de cela qu'il s'agit;
si tu es mon ami, Victor, tu me diras ce que tu sais. »

Il s'en défendit aussi longtemps qu'il le put.

« Ah! si je ne craignais pas d'effrayer ta mère en m'en
allant d'ici, lui dis-je, sais-tu ce que je ferais? Je partirais
à pied pour Montpellier. J'irais voir si mon père est aussi
malade que je le crains.

— Eh bien! me dit Victor, tu vas voir si c'est vrai que je
t'aime. D'abord, voici ce que M. Peyrade a dit à ma mère :
« M. Lefort était souffrant depuis quelques jours pour avoir
passé des nuits à travailler par ces temps chauds. Dimanche,
il a pris un coup de soleil sur la plage, et lundi matin, au
milieu de son cours, il a eu une congestion... » Il a dit un
autre mot, je ne m'en souviens plus. Enfin, tout cela ensemble, ce n'est qu'une maladie, n'est-ce pas? et il ne manque
pas de bons médecins à Montpellier pour trouver des remèdes.
Mais tu es inquiet et tu ne peux pourtant pas t'en aller chez
toi, d'abord parce que tu as été confié à ma mère et que ce
serait mal de quitter sa maison en cachette, ensuite parce que
tu ne saurais pas ton chemin. Tu es venu à Palavas en voiture et sans étudier les tournants de la route, bien sûr. Tâche
donc de prendre patience. Quand tout le monde sera couché,
je partirai, moi! Personne ne le saura ici. A cause de mon
métier, j'entre et je sors à toutes les heures, selon l'ouvrage
de mon patron et, demain matin, je te rapporterai des nouvelles.

— Tu ne pourras jamais aller et revenir dans une nuit, »
lui dis-je, tout attendri de cette preuve d'affection.

Il détruisit mes objections une à une, et je finis par ac-

cepter son offre. Lorsque je fus couché, au bout d'une heure
environ, Victor vint me dire adieu dans ma chambre. Il tenait
ses souliers à la main de peur de faire du bruit. Je jetai mes
bras autour de son cou et, pour la première fois, je l'embrassai. C'était moi qui pleurais maintenant et sans pouvoir m'en
empêcher.

Je pleurais encore vers le milieu de la nuit, lorsque
Mme Baptistine entra dans ma chambre, la main placée devant
sa petite lampe pour que la lumière ne me donnât pas dans
les yeux. Je ne compris ce qui l'amenait que lorsqu'elle eut
dit à demi-voix, après avoir promené la lumière de son
lumignon autour de la chambre :

« Il n'est pas ici... quelque escapade... Il me paiera demain
le souci qu'il me donne. »

Elle s'était aperçue évidemment de l'absence de Victor.
J'ouvris mes yeux, que j'avais fermés instinctivement quand
Mme Baptistine était entrée et je lui avouai tout. Elle m'é-
couta, en silence d'abord ; puis elle entrecoupa mon petit récit
d'exclamations :

« Ah ! tête folle ! c'est bien de lui !... et sans avertir !...
C'est tout son père !... mais quel cœur ! le même brave cœur !

— Madame, vous ne le gronderez pas, » lui dis-je..

Elle reborda mon lit, fit gonfler mon oreiller, m'essuya les
yeux et me répondit ensuite :

« Je ne gronderai que vous, monsieur Louis, si vous vous
désolez au lieu de dormir. Tenez ! nous allons prier Dieu ensemble pour qu'il donne la santé à votre père et, en tout cas,
du courage à votre maman, et vous verrez que cela vous
calmera. »

L'excellente femme se mit à genoux devant mon lit, et sans
plus penser à son fils qui courait les chemins par cette nuit
noire, elle pria tout haut pour mes parents jusqu'à ce que je
me fusse endormi, la main dans sa main.

Je ne l'entendis pas s'en aller ; elle me quitta dès qu'elle

6

me vit vaincu par le sommeil, et sans doute elle pensa qu'à tout événement, il valait mieux ne pas entraver la mission amicale de Victor, car elle ne ferma pas la porte à double tour en emportant la clé, comme elle avait dit qu'elle le ferait avant que je lui eusse expliqué l'absence de son fils.

Un peu avant le jour, je fus réveillé par un choc subit. Quelqu'un se jetait en travers sur le pied de mon lit, la face contre les couvertures. C'était Victor.

Je me dressai à demi : « Est-ce toi? » lui dis-je.

Il ne me répondit que par un sanglot.

« Qu'y a-t-il? qu'as-tu donc? »

Il passa son bras autour de mon cou et me dit à voix basse :

« J'étais si jeune quand j'ai perdu mon père, que je l'ai à peine senti, ce chagrin-là, vois-tu ; c'est maintenant que je comprends que j'ai perdu ce que tu viens de perdre... »

Voilà comment j'appris que j'étais orphelin...

Notre retour à Montpellier le même jour avec M. Peyrade, notre première entrevue avec ma pauvre mère, la terrible cérémonie du lendemain, tous ces faits aussi cruels qu'inoubliables se devinent, sans que j'aie la douleur de les reprendre un à un.

Un mois après, j'étais encore un peu malade des émotions que j'avais subies; mais Charlotte, encore si enfant, se reprenait parfois à jouer, et ne comprenait notre malheur qu'en apercevant la robe noire de notre pauvre mère.

Quant à celle-ci, son amour pour nous et surtout la responsabilité de notre avenir, qui pesait désormais sur elle seule lui avaient inspiré un courage dont elle ne s'était pas crue capable dans les premiers moments. Elle n'avait pas de famille proche qui lui allégeât cette tâche. Il était donc de son devoir de faire connaître les difficultés de sa situation au grand-père Lefort, et de lui soumettre ses vues sur mon éducation et celle de Charlotte.

III

VOILA COMMENT J'APPRIS QUE J'ÉTAIS ORPHELIN.

Ils avaient déjà échangé plusieurs lettres lorsque mon grand-père en écrivit une que ma mère tint à me communiquer en présence de M. Peyrade. J'étais encore bien jeune sans doute pour être admis à donner mon avis; mais il s'agissait de mon avenir personnel; voilà pourquoi ma mère trouvait bon de me consulter.

Elle me glissa donc entre les mains la lettre suivante que je me mis à lire à haute voix d'après son ordre :

« Ma chère fille,

« Je suis très peiné que votre position ne soit pas aussi
« bonne qu'il le faudrait pour faire de Louis un savant
« comme son père, puisque c'est ce que vous désirez pour
« lui. J'ai à vous dire que j'ai regret, pour ma part, d'avoir
« cédé aux belles dispositions de mon pauvre fils en poussant
« son instruction comme il l'a souhaité. Voyez ce qu'il en est
« résulté : il laisse une jeune veuve chargée d'enfants, sans
« fortune et habituée à vivre en dame. Si mon pauvre fils
« avait vécu comme moi-même et comme son frère Jean, je
« n'aurais pas dépensé pour le tenir dans les écoles tout ce
« qui lui revenait de sa mère et même ce qu'il aurait hérité
« de moi plus tard. Il aurait été un petit bourgeois de cam-
« pagne comme nous le sommes, et il vous aurait laissé un
« peu plus qu'un morceau de pain.

« Sur ce que vous m'apprenez que M. le Recteur de l'Aca-
« démie demandera une bourse dans un lycée pour mon
« petit-fils, je n'ai rien à répliquer, sinon que c'est faire
« honneur aux services que son père a rendus. De ce côté,
« c'est bien louable; mais je vous prie de considérer, ma
« chère fille, que si Louis suit la même carrière que son
« père, il ne commencera à gagner sa vie que vers vingt-cinq

« ans. Il ne pourra donc jamais vous aider, car à cette
« époque, il songera au mariage, comme de juste. »

A ce passage, je m'arrêtai malgré moi. Cette idée de mon
futur mariage me fit me pincer les lèvres pour ne pas laisser échapper un sourire étonné, un peu moqueur.

Vraiment, grand-père voyait de loin!

Je ne sais comment cette pause involontaire fut interprétée,
mais M. Peyrade dit à ma mère :

« Madame, il y a du vrai dans l'objection que vous fait là
votre beau-père. Même en supposant pour Louis le plus
prompt succès dans ses études, il ne pourra de longtemps
vous aider à élever sa sœur et à vivre vous-même.

— Qu'importe! répondit ma mère. J'espère bien n'avoir
pas à gêner l'avenir de mon fils de la charge de mon existence. J'ai des revenus insuffisants, il est vrai, mais vous
connaissez mon plan. J'irai m'établir dans la ville où la bourse
assignée à Louis fixera le lieu de sa résidence; là, je donnerai
des leçons de musique, de littérature, ou bien j'ouvrirai un
petit externat pour risquer le moins d'argent possible à me
créer des moyens d'existence. Je parviendrai ainsi à élever
Charlotte, et Louis aura la facilité de se livrer à la seule
carrière qui lui convienne, sans avoir à se préoccuper de
nous. »

J'écoutais sans rien dire, puisque ma mère ne s'adressait
pas à moi. Je songeais à ma première conversation avec
Victor, à ce titre de soutien de famille que son frère Marius
portait si dignement, et que Victor lui-même appliquait à tous
les fils de veuve. Je comprenais que ma mère voulait me
décharger, par affection, des devoirs que ce titre impose;
mais je ne savais comment les réclamer.

Pourtant, j'en avais bonne envie. J'avais fait bien des
projets depuis un mois dans cette maison désormais silencieuse, dans ce jardin où rien ne m'engageait plus à reprendre
mes jeux insouciants d'autrefois, sur cette terrasse où les

persiennes du cabinet de travail, strictement fermées, me
rappelaient que le chef de famille n'était plus là, faisant sa
tâche pour les siens; je m'étais souvent impatienté d'être si
jeune encore et impuissant à le remplacer.

Mais quand le recteur de l'Académie, quand tous les professeurs, dans leurs visites de condoléance à ma mère,
avaient dit que j'aurais certainement une bourse dans un
lycée de première classe, malgré mon chagrin d'être forcé
de quitter ma mère, j'avais été satisfait. J'allais donc, moi
aussi, travailler à conquérir l'aisance pour ma famille!

Il était plus difficile de devenir professeur que de tresser
des cordages comme le faisait Marius Dauban; mais enfin le
résultat serait sans doute plus beau, et en tout cas, il ne
m'était pas venu à l'idée que je pusse faire autre chose que
continuer mes études classiques.

Si l'objection de mon grand-père m'avait fait sourire, je
redevins sérieux en la voyant appuyée par M. Peyrade, et
quant à la réplique de ma mère, elle me blessa; mais je ne
sus comment exprimer ce que je ressentais. J'aurais donné
beaucoup pour que M. Peyrade trouvât quelque chose à ma
place, mais il ne fit que soupirer en hochant la tête, et ma
mère me fit signe de continuer à lire la lettre du grand-père
Lefort.

« Si votre avis ne s'accorde pas avec le mien, disait le
« paragraphe suivant, c'est que je ne suis pas habile à expli-
« quer mes idées par écrit. Je crois que nous nous enten-
« drions plus facilement en causant ensemble.

« Puisque vous devez aller à Paris pour faire les démarches
« nécessaires au placement de Louis, je pense, ma chère
« fille, que vous devriez venir passer quelque temps à Noi-
« zay auprès de moi. Mon fils Jean et sa femme m'ont pro-
« mis de vous bien recevoir, et moi qui me fais vieux, je
« voudrais bien connaître mes petits-enfants. Venez donc
« dès que vous le pourrez, et entre nous, nous chercherons

« ce qu'il y a de mieux à faire, dans la triste situation où vous
« vous trouvez. »

« Vous voyez que tout resterait en suspens si je ne com-
mençais par aller à Paris présenter ma requête et mes lettres
de recommandation au Ministère, dit ma mère à M. Peyrade.
Pour prendre une décision dans l'un ou l'autre sens, il me
faut l'avis de Louis. Mon cher enfant, tâche en ce moment
d'être plus sérieux que ne le comporte ton âge. Si nous allons
à Noizay avant d'aller à Paris, ton grand-père cherchera à
faire de toi autre chose qu'un professeur. Moi, je ne vois pas
d'autre carrière pour toi. Que veux-tu être? »

J'allai l'embrasser et lui répondis :

« Tout ce que vous voudrez, pourvu que vous ne m'empê-
chiez pas de vous aider dès que je le pourrai. »

Ma mère m'embrassa avec émotion, et comme elle annonça
à M. Peyrade que nous partirions dans huit jours pour Paris,
je lui demandai la permission d'aller faire mes adieux à mes
amis de Palavas.

CHAPITRE IV

Un examen de conscience. — Rêves d'avenir. — L'ami de la dernière
heure. — En route.

« C'est bien aimable à vous de n'avoir pas voulu vous en
aller à Paris sans nous faire vos adieux, me dit Mme Baptistine
lorsqu'elle me vit entrer dans sa boutique un beau matin
avec M. Peyrade. Voici trois dimanches que je suis obligée
de raisonner Victor pour qu'il ne coure pas vous faire visite
à Montpellier. Je ne voulais pas qu'il fût importun. Parce
que vous avez joué avec lui à Palavas, il n'est pas dit que
l'on aurait aimé à le recevoir chez vous.

— Et pourquoi pas? demandai-je, pendant que le bon
M. Peyrade répétait deux fois de suite : « Pourquoi pas? »

Victor était chez son patron, et comme je connaissais le
chemin, je pris ma course pour aller l'y retrouver. La maison
de maître Lacoste était une de ces bicoques basses comme la
plupart des maisons de Palavas à cette époque; des filets y
séchaient en permanence, accrochés à la façade enfumée et
l'on sentait à vingt pas une odeur de marée et de goudron.
Du plus loin que j'aperçus cette maison si bien connue, j'eus
l'esprit soulagé d'une crainte : Victor ne devait pas être en
mer, puisque maître Lacoste était assis sur son banc de
maçonnerie près de sa porte, les deux pouces passés dans sa

ceinture rouge, le bonnet sur l'oreille, les deux jambes croisées très haut et fumant sa pipe courte.

Maître Lacoste fronça le sourcil en me voyant ; il ne m'aimait guère et se plaignait constamment pendant notre séjour à Palavas, de ce que je dérangeais son « matelot ».

« Eh ! paresseux, est-ce que cette vie-là va recommencer ? grogna-t-il en baissant la tête vers un amas de paniers à pêche qui gisait à terre au-dessous d'un filet pendu au mur.

La barricade de paniers, poussée par une personne que cachait cet abri, s'effondra en s'éparpillant et j'aperçus Victor assis à terre à la façon des tailleurs et occupé à raccommoder le bord d'un filet. Il avait obéi à un mouvement de dépit en se voyant tancé par son patron sans savoir pourquoi, et s'était vengé sur son dossier de paniers à pêche de ne pouvoir répliquer. Mais quand j'eus couru à lui et que je l'eus embrassé, il tira son chapeau de paille, cligna de l'œil et dit à maître Lacoste :

« Je comprends... mais pour aujourd'hui seulement, puisque Louis s'en va à Paris !

— Tu me dois bien d'autres arriérés pour le temps que ton M. Louis a passé par ici. Finis de raccommoder tes mailles éclatées et va-t'en après, car tu ne serais bon à rien de la journée.

Victor fut contrarié ; il y avait pour plus d'une grande heure d'ouvrage à remailler son filet ; mais il se remit au travail docilement, et je m'assis auprès de lui sur un panier renversé.

Maître Lacoste ne paraissait pas disposé à quitter son banc. Nous aimâmes mieux ne rien dire que de causer devant lui. J'en fus donc réduit à admirer la dextérité avec laquelle Victor manœuvrait sa navette.

« Est-ce bien difficile, le filet ? lui demandai-je au bout d'un quart d'heure.

— Bah ! c'est un joujou quand on n'a rien de mieux à faire, » répondit Victor.

Je vis la grosse bouche de maître Lacoste faire une grimace autour du tuyau de sa pipe. La réponse de son « matelot » l'amusait. Comme il était plus bourru qu'exigeant, il avait voulu surtout mettre à l'épreuve l'obéissance de Victor, et satisfait de ne pas l'avoir entendu murmurer, cinq minutes plus tard, il secoua les cendres de sa pipe, vint prendre lui-même la navette, et d'un ton de bonne humeur, nous envoya promener.

Après l'avoir remercié, nous descendîmes vers la plage, bras dessus, bras dessous ; nous avions besoin d'un tête-à-tête avant de retourner à la maison Dauban. Je contai à Victor notre situation et ce que nous comptions faire ; il m'écoutait sans m'interrompre ; mais de temps en temps, il faisait de petits gestes de la main droite qui avaient l'air de signes d'impatience.

« Est-ce que tu crains que je ne m'habitue pas au lycée ? lui dis-je quand je l'eus bien mis au courant de tout.

— Ce n'est pas la question. Tu comprends que j'ai beaucoup pensé à toi depuis un mois et qu'on a bien parlé de vous tous à la maison. On y a dit, comme ton grand-père, qu'il faut avoir des parents aisés pour devenir professeur. Moi, je ne sais pas encore assez comment s'arrangent les choses de ce monde pour savoir si c'est juste. C'est à autre chose que je veux te faire réfléchir. Es-tu sûr de devenir bon professeur ?

— Comment veux-tu que je le sache d'avance ?

— On sait toujours si le goût y est. J'ai remarqué que tu n'aimais pas à donner des explications à Charlotte quand elle t'en demandait sur ses leçons, et lorsque ta mère t'en priait, tu le faisais par obéissance et sans plaisir. Tu étais paresseux pour rendre aux autres ce que tu avais reçu de bonne grâce pour toi-même.

Cette objection me frappa : elle était juste. Je n'aimais pas à démontrer, je m'étonnais même, je me moquais des bavardages de Charlotte qui ne manquait jamais de faire à sa poupée la répétition de chaque leçon qu'elle avait reçue, ma mère applaudissait à cette manie communicative de ma petite sœur. J'en étais totalement dépourvu, quant à moi; pendant mon séjour à Palavas, après avoir promis à Victor, qui me l'avait demandé, de lui faire un petit cours d'histoire ancienne, je n'en avais jamais trouvé le temps.

« Et l'on ne fait très bien que ce que l'on aime à faire, poursuivit Victor. Vois plutôt pour moi. Tu te figures bien que je ne compte pas rester toute ma vie le matelot de maître Lacoste. C'est autre chose que j'ai en vue. Quand je rentre bien las, au lieu de me mettre au lit, j'étudie avec Marius les livres de mon père. Il était second sur un bâtiment marchand, et s'il avait eu plus d'instruction, il aurait fait un excellent capitaine. Il avait acheté tous les livres nécessaires à ses études, et il comptait toujours les approfondir pendant ses séjours à terre; mais il avait passé l'âge où l'on apprend. Il se plaignait d'avoir la tête dure. Quand il avait lu plus d'une heure, il s'endormait malgré lui. Ces livres-là me réveillent, moi qui suis jeune; il y a pourtant là-dedans des choses difficiles à comprendre; mais Marius m'aide, et tant que je ne les ai pas comprises, j'y pense toujours, même en dormant, je crois. Dans deux ou trois ans, lorsque je serai plus grand et un peu instruit, j'irai à Marseille, m'engager chez un armateur. Je gagnerai de quoi passer des examens, et plus tard, je serai un capitaine marchand, pas plus mauvais que d'autres, parce que c'est la seule chose qui me plaise absolument. Toi, Louis, tu deviendras aux écoles aussi savant que tu le voudras; mais il me semble que tu n'es pas né professeur comme je suis né marin. »

Tout ce que me disait Victor me décourageait et je lui répondis tristement :

« Que veux-tu que je fasse? Labourer les champs de mon grand-père Lefort ou prendre ta place chez maître Lacoste. quand tu la quitteras?

— Eh! si tu avais le moindre goût pour la marine, dit Victor en me poussant légèrement de l'épaule, ce ne serait pas une mauvaise école d'apprentissage. Ta mère et ta sœur vivraient pour presque rien à Palavas; tu viendrais avec moi à Marseille; nous naviguerions ensemble, quel bonheur!... Bah! il ne faut pas y penser. Tu n'es pas fait pour cette rude vie-là. Il te faut un état plus doux.

— Mais lequel?

— Est-ce que je puis choisir pour toi? Qu'est-ce que tu aimes le mieux faire? Le tout est de choisir ce à quoi l'on réussit le plus facilement. C'est à cela qu'on est bon. »

J'hésitai à répondre. J'aimais beaucoup de choses : lire de belles histoires, dessiner tout ce qui me tombait sous les yeux ou ce qui me passait par la tête, et encore plus que tout cela, me livrer à mon imagination qui me représentait une suite de scènes ou de tableaux, dont je voyais l'ensemble d'un bloc et dont je m'amusais à combiner les détails. Mais tout cela n'était qu'un plaisir pour moi, et je regardai Victor avec quelque humiliation. Je l'admirais de savoir à quoi il était bon; quant à moi qui avais presque son âge, je voyais bien que j'étais tout à fait nul.

Il se mit à rire de bon cœur lorsque je lui fis cet aveu; puis il me dit :

« Parce que je t'ai mis tes vérités sous le nez, voilà que tu renchéris par-dessus ma franchise. Ce que tu appelles tes amusettes, ces dessins dont tu noircis le moindre papier blanc, tes couleurs à l'eau dont tu salissais tous les verres à la maison, mais c'est là ton avenir peut-être. Écoute! Il y a quinze jours, il est arrivé à Palavas un monsieur, un peintre qui a promené son chevalet, son pliant et son parasol tout le long de la plage. Je m'amusais à aller le regarder. Il causait avec moi; il est très gai, très drôle et pas fier du tout. Il disait toutes sortes d'injures à notre plage, qui nous semble si jolie, à toi et à moi. Il la trouvait plate et trop d'une seule couleur.

Il l'appelait « cette galette! » à cause du sable jaune et de sa
largeur toute unie. Il a imaginé d'aller en mer pour peindre
par les temps de houle pas trop démontée, et c'est notre bateau
qu'il prenait toujours. C'était encore plus drôle que de le voir
sous son grand parasol à terre. Figure-toi qu'il se faisait
attacher par le milieu du corps pour garder son équilibre; le
chevalet était fixé devant lui au fond du bateau et... danse
ma barque! Il ne s'en souciait mie. Il travaillait en riant le
premier lorsqu'un ressaut plantait à côté son coup de brosse
ou lui posait sa toile sous le nez. Moi, j'étais derrière lui et
je lui annonçais les vagues. Nous causions tout le temps. Je
ne m'ennuyais pas. Un jour, j'ai eu l'idée de lui montrer
tous les dessins que tu m'as faits. Il les a tous regardés; il a
commencé par rire; puis il est devenu très sérieux; il m'a tiré
l'oreille et il m'a dit :

« Si c'est toi qui as su camper tous ces bonshommes, dis-
moi, moutard, pourquoi on te laisse gâter ta main à la rame?
C'est un crayon qu'il te faut tenir au bout des doigts en attendant que tu saches manœuvrer ces petits balais-ci. »

Et il me traçait une moustache d'un beau bleu sur la
lèvre en me faisant ce compliment. Je lui ai appris que c'était
mon ami qui avait dessiné ces paysages, ces bonshommes,
ces chiens et ces chats; puis je l'ai questionné pour savoir si
l'on gagnait bien sa vie à son métier. Il m'a conté des extra-
vagances, des histoires de peintres anciens qui vivaient comme
des rois, et des peintres de notre temps qui font payer
chaque tableau des cinquante mille francs; mais il a dit
aussi que d'autres n'ont pas de quoi acheter leurs couleurs ni
même un morceau de pain. C'est vrai qu'il ajoutait : « Ce
sont ceux qui prennent pour l'amour de la peinture la déman-
geaison de salir de bonnes toiles. » Enfin, je l'ai questionné
bien sérieusement, et j'ai fini par comprendre que lorsqu'on
a des dispositions, c'est là un très bon métier. Aimerais-tu
à être peintre? »

Quelle question! depuis le temps où je barbouillais sur l'ar-
doise des files de personnages se promenant sous des arbres
échevelés, ou se dirigeant vers des palais d'architecture
inédite, surtout depuis l'époque plus récente où j'illustrais les
gardes blanches et les marges de tous mes livres d'étude,
j'avais la passion du dessin et de la couleur. C'était fête pour
moi quand mes parents me menaient au musée Fabre à Montpellier, et mon père avait commencé à m'apprendre comment
on distinguait le faire des diverses écoles. Il y avait là surtout
une tête de Greuze, une tête de jeune garçon à cheveux
blonds ébouriffés qui lit un grand livre; elle me plaisait
entre toutes : je l'avais dessinée au moins dix fois de
mémoire sans me contenter, bien entendu. Devenir peintre !
mais c'était un vrai songe de bonheur que mon ami me faisait rêver les yeux ouverts.

Nous causâmes longtemps, nous anticipâmes sur l'avenir.
J'étais peintre; mes tableaux ne m'étaient pas payés tout à fait
cinquante mille francs, mais enfin ma fortune, celle des
miens, était due à mon talent. Nous étions riches; nous
venions visiter notre ami Victor à chacun de ses retours d'expédition. Il habitait une belle maison à Palavas qu'il avait
fait construire assez grande pour que nous y eussions chacun
notre appartement; elle était toute meublée de raretés
exotiques rapportées de ses voyages autour du monde. La
cour était entourée d'une rangée de hauts orangers en caisses;
le jardin planté de beaux arbres... Un jardin et des arbres
à Palavas, sur ce sol aride brûlé du soleil où toute plante
languit et s'étiole!... L'imagination de deux enfants chagrins
de se quitter est une vraie magicienne qui crée des mirages
dont on sourit plus tard quand on s'en souvient. N'importe!
Victor et moi nous eûmes une heure de bonheur sur cette
plage où nous nous faisions nos adieux en nous promettant de nous y retrouver plus tard... quand nous aurions
réalisé nos rêves.

Mes adieux à tous nos amis de Montpelllier furent moins poignants pour moi que ceux de Palavas. J'en excepte pourtant M. Peyrade. Ce digne ami ne nous quitta pas un instant : ce fut lui qui nous mena, Charlotte et moi, au cimetière, faire nos adieux à la tombe de notre pauvre père. Charlotte pleura beaucoup là; mais j'évitai de la regarder de peur de l'imiter; je voulais garder ma fermeté pour promettre à mon père que je serais, moi aussi, comme mes amis de Palavas, le soutien de la famille, et je réussis presque à me dominer pendant que je prenais cet engagement.

Le jour du départ venu, M. Peyrade nous conduisit à la gare, et comme ma mère le remerciait de ses bontés, il lui répondit d'une voix tremblante :

« Vous ne me devez rien, madame, et si je vous regrette tous, c'est en égoïste. Où passerai-je mes soirées? Qui donc aura pour moi l'amitié que je trouvais dans cette chère maison que je n'oserai plus regarder lorsque je passerai sur le boulevard? »

Et pour en finir, M. Peyrade se baissa sur moi, m'embrassa et me dit pour résumer les longues conférences que nous avions eues ensemble depuis ma dernière visite à Palavas.

« Adieu, mon cher enfant; songe à devenir un peintre si tu veux; mais fais en tout cas tes études classiques. On n'est pas un homme complet sans cela. »

Nous montâmes en wagon; M. Peyrade resta sur le quai et nous le saluions encore quand le train fila hors de la gare. Ma mère s'accouda à la portière et regarda la ville tant qu'elle put apercevoir le moindre toit, puis elle baissa son voile épais de veuve sur sa figure pâlie, et elle s'enfonça dans son coin, la main sur ses yeux. Nous laissions derrière nous notre cher et doux passé. Cette locomotive qui nous roulait en avant nous entraînait vers l'inconnu.

Charlotte fut un peu fatigante dans la première moitié du voyage. Elle jasait, courait d'une portière à l'autre, s'inquié-

« ADIEU, MON CHER ENFANT ! »

tant du sort de Pyrame, du chat et des oiseaux dont nous
avions fait don à M. Peyrade, qui avait promis de les soigner
pour l'amour de nous; enfin, elle occupait d'elle les autres
voyageurs et m'obligeait à leur faire des politesses.

A force de se démener, elle avait fini par devenir un peu
maussade. Je n'étais pas toujours tolérant pour les mouvements d'humeur de Charlotte. — J'aime à croire qu'il y
a beaucoup de grands frères plus patients que je l'étais, —
mais le fait est que je ne me gênais pas d'habitude pour
déclarer à ma sœur dans ces cas-là qu'elle était insupportable.
Cette fois, je l'aurais volontiers félicitée de faire ainsi la
petite chèvre, parce que ses caprices forcèrent ma mère
à s'occuper d'elle. J'avais fini par être inquiet, en voyant cette
pauvre mère immobile dans son coin, son grand voile tombant jusque sur ses genoux et sa main toujours posée sur
sa figure. Sans doute, elle voulait nous cacher qu'elle pleurait :
mais elle fut bien forcée de laisser voir ses yeux rouges
quand elle dut parler à Charlotte pour l'engager à se tenir
tranquille.

Elle s'aperçut aussi que j'étais triste et, dès lors, elle ne
s'isola plus et se mit à causer avec nous. J'appris ainsi que
nous ne descendrions pas à l'hôtel à Paris; une vieille amie
de ma mère consentait à nous recevoir chez elle, pour nous
éviter l'embarras et la dépense d'une installation dans une
maison meublée. Mlle Bruelle était une ancienne institutrice
qui vivait modestement de ses économies dans un petit
appartement tout plein de dons de ses anciennes élèves, et
ma mère nous recommanda de ne rien toucher, de ne rien
déranger chez elle, pour ne pas déplaire à cette bonne personne qui, entre autres qualités, avait un ordre parfait.

A chaque ville où le train s'arrêtait, Charlotte demandait
si l'on était à Paris. Enfin à force de s'agiter, de questionner,
de brouiller sur le panier de provisions, la nuit vint et elle
s'endormit. Alors ma mère et moi, nous causâmes à voix

basse de notre avenir; mais j'avoue que je fus piqué de voir
qu'elle repoussait bien loin le rêve de fortune que j'édifiais
sur mes bonnes résolutions de travail.

« Ne parlons pas de la récolte avant d'avoir semé, » me
disait-elle, ou bien : « Songe à t'instruire et non pas à gagner
de l'argent pour ta sœur et pour moi. Je suffirai à cette
tâche. L'important pour toi, c'est de mériter par ton application la bourse que le nom de ton père va sans doute te faire
obtenir. »

Enfin, après bien des arrêts, après des heures longues et
monotones, le train passa entre deux pentes gazonnées derrière lesquelles je vis une haute muraille et un fossé en
contrebas. Ma mère nous dit que c'étaient les fortifications
et que nous étions dans l'enceinte de Paris.

Paris! cette ville dont on parle si souvent en province, et
qui est si peu semblable à toutes les autres, dans les récits
qu'on en fait! Je me jetai à la portière et ne vis près de
moi que des constructions basses surmontées de cheminées
de fabrique, puis quelques jardins. Au loin, dans une buée
lumineuse, une infinité de toits moutonnaient, comme des
vagues, l'une après l'autre, sur la haute mer.

C'était là, parmi tous ces toits, que se trouvait celui du
Ministère de l'instruction publique, où allait se décider mon
sort; mais en ce moment, le toit que j'aurais voulu pouvoir
distinguer entre tous les autres, ç'aurait été celui de
Mlle Bruelle. J'avais hâte de me reposer de ma longue immobilité en remuant un peu.

Cette réflexion que je fis tout haut alarma ma mère. Elle
recommença à nous prêcher la sagesse, la discrétion de mouvements chez sa vieille amie.

Tout en promettant d'être aussi peu bruyant que possible,
je jetais un regard peu rassuré sur Charlotte. Comment ferait-
elle pour ne rien bousculer, elle qui n'allait que par sauts et
par bonds? Mais après tout, puisque Mlle Bruelle avait été

institutrice et avait fait plusieurs éducations particulières, elle savait bien que les petites filles de huit ans sont joueuses. Pourvu que je me tinsse bien, moi qui était plus âgé et que je veillasse sur Charlotte, tout se passerait sans encombre!

Je m'attendais à voir Mlle Bruelle à la gare; ce devait être aussi l'espoir de ma mère, puisqu'elle regarda dans tous les groupes qui attendaient les voyageurs jusqu'à ce qu'elle renonçât à y découvrir sa vieille amie.

« Elle demeure si loin, me dit-elle, qu'elle n'aura pu venir à notre rencontre. Cela se conçoit, c'est tout Paris à traverser. »

Je devinai pourtant que notre arrivée commençait par une déception, et notre trajet de la gare de Lyon à Passy, où demeurait Mlle Bruelle, en fut tout attristé.

CHAPITRE V

Les trois roquets. — Un mauvais début. — La famille aux quatre vents
du ciel. — La protestation de Louis.

J'aurais beau vivre jusqu'à cent ans, la gravité de cet âge
vénérable ne m'empêcherait pas de rire toutes les fois que je
me souviendrais de notre première journée de séjour à Passy,
chez Mlle Césarine Bruelle.

Nous n'étions pourtant gais, ni les uns ni les autres, en
montant l'escalier de cette maison inconnue où il ne semblait pas que quelqu'un nous attendît. Charlotte elle-même se
traînait tout le long de l'escalier en demandant d'un ton
plaintif à chaque étage si l'on n'était pas enfin arrivé. Quand
ma mère eut sonné un coup timide à la porte du troisième
palier, un concert d'aboiements et de croassements s'éleva
près de nous.

La porte fut ouverte par Mlle Bruelle elle-même. C'était
une petite personne toute ronde, encore fraîche sous ses coques
de cheveux gris; elle se jeta dans les bras de ma mère en lui
disant à travers dix baisers qu'elle était la bienvenue. J'entendis imparfaitement cet accueil hospitalier. Mon attention
en fut tout à coup détournée par l'assaut que donnèrent à, ma
sœur et à moi, trois petits chiens maussades qui nous firent
reculer jusqu'à l'autre bout du palier. Un perroquet, invisible
celui-là, mais qui tenait à signaler son voisinage, s'égosillait

en même temps à lancer des cris aigus. Ces sons stridents
surexcitaient les trois roquets dans leurs mauvaises dispositions envers nous.

Charlotte, qui n'avait connu jusque-là que le docile Pyrame,
crut qu'il n'y avait qu'à flatter de la main ces gardiens du
logis pour leur prouver qu'on avait titre d'ami ; mais le plus
grognon des trois chiens, un petit noiraud à oreilles droites,
à nez de renard et à poil ondulé, avança d'un air si menaçant
sa double rangée de dents pointues que Charlotte se cacha
derrière moi, et se mit à crier de son côté :

« Maman, allons-nous en, allons-nous en d'ici ! »

Ma mère et sa vieille amie se tournèrent vers cette scène de
tapage et d'alarmes qui ne les avait pas distraites jusque-là
de leur premier épanchement.

« Et mes enfants que j'oubliais ! » dit ma mère, en venant
essuyer les larmes de Charlotte qui trépignait de frayeur,
dans la persuasion que les roquets allaient dévorer les petits
pieds qu'elle osait à peine poser à terre alternativement.

— Mes chéris, venez donc ici, mes chéris ! » dit Mlle Bruelle
d'une voix caressante.

Je m'avançai, autant pour prouver ma bravoure que pour
me montrer reconnaissant de ce terme d'amitié, et je tendis
à la fois ma main et mon front à Mlle Bruelle ; mais elle ne
pouvait ni m'embrasser ni même me serrer la main, tant elle
était occupée à prendre dans ses bras l'un après l'autre ses
chéris, les trois roquets, car c'était à eux qu'elle adressait
cette tendre épithète, et non pas à nous comme j'avais eu la
présomption de le supposer d'abord.

Elle entremêlait bien les gâteries qu'elle leur prodiguait
d'un : « Bonjour, mon petit ami. J'espère bien que vous êtes
raisonnable à votre âge... » et d'autres phrases équivalentes ;
mais je me sentais glacé par le regard froid de ses yeux, et
puis il faut tout dire, j'étais vexé de m'être mépris à un appel
qui ne m'était pas destiné.

Charlotte entra, cachée derrière les jupes de ma mère, et elle se remit à pousser des cris de paon lorsqu'il s'agit d'aller embrasser Mlle Bruelle. Mère la gronda sans deviner d'où provenait ce caprice. Pauvre mère! elle était encore si accablée de sa situation qu'elle ne comprit pas la frayeur persistante de Charlotte. Pour aller embrasser Mlle Bruelle, il fallait affronter le museau pointu du seul petit chien qu'elle avait gardé dans ses bras, et exposer ses chevilles aux morsures des deux autres qui rôdaient autour de nous, en nous flairant, mais sans aboyer toutefois. Peut-être s'étaient-ils trop enroués dans leur concert sur le palier!

« Non, non, » disait Charlotte, en se cramponnant des deux mains, à la jupe de mère.

Mlle Bruelle hochait la tête d'un air mécontent :

« Est-ce que cette enfant, dit-elle, est sujette à des caprices de ce genre? Vous l'avez gâtée, je le crains, ma chère amie.

— Je n'y comprends rien, répondit mère qui se confondit en excuses et finit par avouer qu'elle craignait d'avoir été vraiment indiscrète en acceptant l'hospitalité de son amie.

— Comment! s'écria Mlle Bruelle qui jeta son toutou par terre et qui alla embrasser mère, par un bon mouvement de cœur, mais je n'aurais pas souffert que vous descendissiez à l'hôtel. Ma maison est la vôtre. »

Charlotte se jeta entre elles deux :

« Je veux bien vous embrasser maintenant que le chien n'est plus là, » dit-elle en levant les bras de confiance.

Mais au moment de les passer au cou de notre hôtesse, elle les laissa retomber et ne fit que tendre sa joue très timidement. Sans doute elle avait regardé Mlle Bruelle, et elle avait senti, comme moi, que si l'accueil était chaleureux envers ma mère, il ne l'était pas à notre égard. Mlle Bruelle donna à Charlotte un tout petit baiser du bout des lèvres ; puis elle lui dit :

« Vous avez donc peur des chiens? Les miens sont fort bien

9

élevés, et ils ne vous mordront point si vous ne les tracassez pas. Voici Black (c'était le noiraud, un joli loulou de Poméranie), voici Titania et Obéron. Quant à mon ara que vous voyez là-bas sur ce perchoir, il s'appelle Picolet. Il ne faut pas trop approcher de lui, je vous le conseille. Son bec est plus à craindre que les dents de mes chiens qui font plus de bruit que de mal. »

Après ces recommandations, nous parcourûmes l'appartement sur les pas de Mlle Bruelle. Elle avait une chambre d'amis, contre l'habitude des Parisiens de médiocre fortune, parce qu'elle recevait quelquefois chez elle quelques-unes de ses anciennes élèves. A chacun de leurs voyages à Paris, elles venaient loger chez leur ancienne institutrice qui vivait d'ailleurs autant des pensions de retraite que leurs familles lui faisaient que de ses propres économies.

Cette chambre, qui était meublée d'une façon très confortable, devait être celle de mère et de Charlotte. Quant à moi, l'on devait m'établir un lit chaque soir sur le divan du salon. Voilà ce qu'expliqua Mlle Bruelle en s'excusant sur la saison d'été, de n'avoir pas laissé à la chambre de ma mère, le tapis qui en couvrait habituellement le parquet.

— Nous ne sommes pas accoutumés à ces recherches dans le Midi, » répondit mère.

Non, vraiment, nous n'étions pas habitués à tant de luxe; mais, par malheur, ni moi ni Charlotte ne savions marcher sur des parquets aussi bien cirés; je voulus faire quelques pas pour aller regarder de jolies aquarelles encadrées représentant divers châteaux — les résidences que Mlle Bruelle avait successivement habitées en qualité d'institutrice — mon pied glissa comme si je patinais; j'étendis les bras pour me retenir à droite et à gauche; à droite j'entraînai Charlotte, dont j'avais saisi l'épaule, et qui me suivit dans ma chute; à gauche, j'ébranlai l'équilibre d'un petit Dunkerque chargé de curiosités: il resta pourtant sur ses quatre pieds, parce que

V

Mᴹᴱ BRUELLE SE JETA DANS LES BRAS DE MA MÈRE.

son étagère inférieure était chargée de bronzes; mais la se-
cousse que je lui avais donnée fit tomber à terre et brisa en
cent morceaux quelques figurines de Saxe et autres brinbo-
rions fragiles.

Quand je me relevai, je n'osai regarder Mlle Bruelle ni
mère, tant j'étais navré de ma maladresse; j'assis sur un
tabouret Charlotte qui me tenait rancune, car elle disait en se
tâtant la tête et les bras, à travers ses sanglots :

« C'est toi, c'est toi qui m'as fait tomber exprès! J'ai une
bosse ici... et encore là. Maladroit! méchant! »

Et elle termina par ces mots qui étaient devenus une sorte
de refrain pour elle depuis notre entrée dans cette maison :

« Maman! allons-nous en d'ici! »

Mère était consternée; elle ramassait les débris épars et se
confondait en excuses. Quant à Mlle Bruelle, c'est une justice
à lui rendre, elle avait pris en brave ce désastre; elle rassemblait ses épaves avec un calme stoïque; mais, à partir de ce
moment, je sentis ses regards fixés sur mes moindres mouvements.

Je ne crois pas avoir été aussi sot à aucun jour de ma vie
que je le fus ce jour-là sous l'influence de ce piteux début.
Au lieu de le réparer en me montrant aimable, je me mis à
bouder et entassai maladresses sur maladresses. Je m'obstinai
au silence lorsque ma mère tenta de faire briller mon petit
savoir devant son amie, pour lui prouver que ce garçon si
gauche n'était pas un lourdaud sans intelligence. Au lieu de
donner à mère cette juste satisfaction, je restai empêtré
dans ma mauvaise humeur et me mis dans un coin à ruminer
mes chagrins, en compagnie de Charlotte, qui contait les
siens à sa poupée en lui promettant de la mener bientôt
revoir M. Peyrade, Mme Baptistine et la plage de Palavas,
« parce que les gens de Paris n'étaient pas aussi gentils que
ceux de là-bas. »

Charlotte soupirait en faisant ses confidences à sa fille, et

moi aussi, en les écoutant. Ah! les gens de là-bas, comme
elle les appelait, c'étaient nos vrais amis! Aucun d'eux ne
m'avait jeté ces regards froids de M¹¹ᵉ Bruelle, qui me gla-
çaient. Que lui avions-nous fait, Charlotte et moi, pour qu'elle
nous eût pris en déplaisance à première vue, quand elle était
si démonstrative envers mère, si affectueuse à son égard?

J'eus le soir même une réponse à cette question que je
m'adressais sans pouvoir la résoudre. Dès huit heures du
soir, je réclamai mon lit, ne pouvant plus supporter la honte
dont j'avais couvert mon petit personnage par une série d'incidents au dîner.

Je m'étais fait reprendre trois fois pour manque de politesse ; j'avais renversé sur la nappe mon verre à demi-plein.
— Il est vrai que Black, qui grimpait sur toutes les chaises,
m'avait tout à coup poussé le coude. — Je m'étais étranglé
deux fois et avais fait esclandre par mes tousseries obligées.
C'était un regard de M¹¹ᵉ Bruelle qui avait poussé les morceaux
de travers dans mon gosier. — Pour couronner cette tenue
irrégulière, au dessert, j'avais obstinément refusé de réciter
une pièce de vers que mère me priait de dire. Cette pauvre
mère ne songeait qu'à me faire racheter les sottises que j'accu-
mulais les unes sur les autres. Mais soit que mes gaucheries
m'eussent intimidé, soit que la présence de M¹¹ᵉ Bruelle eût
pour moi quelque chose de stupéfiant, je n'avais pu retrouver
dans ma mémoire un seul mot au delà des deux premiers vers,
et à la suite de ce bel échec, qui fut attribué à de la mauvaise
volonté, j'avais demandé à aller dormir.

« Ne l'embrassez donc pas, ma chère amie, dit M¹¹ᵉ Bruelle
à mère, comme j'allais chercher le baiser du soir. C'est par
cette faiblesse qu'on encourage les enfants à se montrer
capricieux.

— Va, Louis, me dit mère tristement, et tâche de prendre de
bonnes résolutions pour demain, si tu ne veux pas m'affliger. »

Pour la première fois de ma vie, mère me privait de ce

doux baiser du bonsoir. Je me retirai, le cœur bien gros,
dans ce joli salon où il faisait encore clair. L'ara jasait encore
sur son perchoir devant la fenêtre; mais j'étais si las de mon
voyage et de la journée pénible que je venais de passer,
que je m'endormis dès que j'eus la tête sur l'oreiller.

J'étais trop agité pour trouver ce sommeil paisible dont il
fallait m'arracher le matin en me secouant dans mon lit. Je
rêvai d'abord : j'étais comme bercé par la trépidation d'un
train de chemin de fer. Nous voyagions encore vers Paris
tous les trois. Puis la scène changea. J'étais assis avec Victor
Dauban sous la pinède de Pérol, près du poste des douaniers; nous parlions de nos projets d'avenir, et il me disait,
comme au jour de nos premières confidences : « Tu veux être
professeur comme l'a été ton père? » J'allais répondre, quand
Mlle Bruelle se dressait près de nous et me désignait du doigt
en répliquant d'un ton sec : « Lui, il n'est bon à rien qu'à
tracasser sa mère. »

Je fus si saisi de voir tout à coup cette figure peu sympathique traverser un paysage méridional, qui encadrait pour
moi de si doux souvenirs ; je fus si révolté de l'arrêt qu'elle
prononçait, que je m'éveillai.

Je doute que Mlle Bruelle attachât une aussi grande importance à mes caprices d'enfant; mais il était certain que c'était
sa voix qui m'avait réveillé, et qu'elle parlait de moi à ma
mère.

Toutes deux, me croyant endormi depuis longtemps, étaient
venues s'installer au salon pour achever leur soirée en causant.
Elles étaient assises près d'une table, sous le rayon d'une
lampe que voilait un abat-jour, et elles causaient à demi-voix;
mais j'étais trop voisin pour perdre un mot de leur dialogue,
et comme elles parlaient de moi, la fausse honte plutôt que la
curiosité m'empêcha de les prévenir que je les entendais.

Elles avaient feuilleté mon album de dessins et mes cahiers
de devoirs, encore ouverts devant elles.

« Il est instruit pour son âge, disait Mlle Bruelle; mais je crains qu'il n'en ait pris trop de vanité et qu'il ne s'exagère sa petite valeur. De notre temps, les parents célèbrent trop les moindres succès de leurs enfants: cette adulation est le grand vice des éducations faites en famille. Maintenant surtout que vous êtes seule à diriger Louis, votre faiblesse lui nuira. Ma pauvre amie, il faut que je m'accuse à vous d'un mauvais sentiment qui m'a tourmentée toute la journée. Vous savez combien autrefois j'étais opposée à votre mariage. Je vous écrivais qu'on n'avait pas le droit, étant sans fortune des deux côtés, de former une famille qu'une mort prématurée peut mettre aux prises avec la nécessité. Je vous donnais enfin les conseils de prudence que j'ai moi-même suivis. Si vous les aviez écoutés, vous seriez en ce moment occupée à édifier pour vos vieux jours une retraite comme celle-ci, bien paisible, honorée, embellie par l'affection de vos élèves. C'est notre lot, à nous, filles pauvres, sans autre avoir qu'une belle instruction, de ne connaître qu'une maternité d'adoption. Mais vous ne m'avez pas crue sur ce point; votre prétendant était jeune et de bonne santé; il avait devant lui une belle carrière; vous avez cru pouvoir fonder une famille sans posséder de quoi la soutenir en cas de malheur, et vous voici veuve, chargée d'enfants à élever, réalisant, à mon grand regret, mes pronostics de malheur. Eh bien! chère amie, je vous ai revue avec attendrissement. Avant votre arrivée, j'avais déjà manœuvré afin de vous tirer d'embarras, comme je vais vous l'expliquer, mais excusez-moi d'avoir éprouvé, à l'égard de vos enfants, une sorte de froideur, à cause de la complication qu'ils mettent dans votre existence. C'est là un mauvais sentiment, une sorte de préjugé de vieille fille, qui a dû travailler si longtemps pour assurer sa propre existence, qu'elle s'effraie de vous voir obligée de subvenir à trois.

— Ces pauvres enfants sont ma force, répondit mère en

pleurant. Je ne sais si j'aurais pu survivre à mon bonheur disparu si je ne m'étais dit à chaque instant : Mon devoir est de vivre pour eux.

— Alors bénissons Dieu qui vous a laissé ces deux consolations, reprit Mlle Bruelle, tout émue, elle aussi. Mais je suis trop votre amie pour ne pas m'être inquiétée à l'avance de votre sort. On vous a donné une espérance illusoire, en vous persuadant que vous obtiendriez du Ministère une bourse pour votre fils, d'ici à la rentrée d'octobre. Nous sommes déjà en septembre ; le terme est trop court. Puis, le Ministère n'a pas toujours des bourses disponibles ; les demandes des ayants-droit dépassent sans cesse les possibilités ; enfin, je vous le répète, d'ici à la rentrée des lycées, le terme est bien court. Vous aurez donc à attendre de longs mois sans savoir où vous fixer ni que faire. Donc, j'ai songé à une combinaison qui vous permettrait de donner une excellente éducation à Louis, et qui, au lieu de vous coûter des démarches et de l'argent, vous aiderait à payer la pension de sa sœur.

— Mais Charlotte ne doit pas me quitter, » dit vivement mère ; et elle refit, pour son amie, ce plan d'un externat qu'elle prendrait, dans la ville où serait mon lycée.

Elles discutèrent longuement la mise en pratique de ce projet ; et quand Mlle Bruelle eut prouvé, selon elle, que ce projet-là n'avait rien d'avantageux pour l'avenir, elle ajouta :

« Vous n'avez pas d'ailleurs le droit d'enterrer vos talents à apprendre l'A B C à des bambines de six ans, quand vous pouvez mieux faire dans l'intérêt même de vos enfants. J'ai écrit en Autriche à la baronne Rewitz, à cette ancienne élève qui descend chez moi, quand elle vient à Paris ; c'est l'enfant de mon cœur, bien que mes deux autres élèves, l'Anglaise et la Russe, me soient aussi bien chères ; mais ma favorite est restée la baronne Rewitz. A ma prière, elle a cherché et trouvé pour vous un poste d'institutrice dans des conditions aussi belles que les meilleures qu'on m'ait jamais

faites : une large existence, cinq mois à Vienne, quatre
dans un château en Hongrie, et trois mois chaque année en
Italie...

— Et mes enfants? dit mère.

— Mon élève russe, la comtesse Prascovie, doit venir
s'entendre avec vous demain au sujet de Louis. Oh! j'avais
mis mes trois filles en campagne en votre faveur ; voilà trois
semaines qu'elles et moi nous nous ingénions à vous tirer
d'affaire, et nous correspondons dans ce but avec l'univers
entier. La comtesse Prascovie a trouvé pour Louis un poste de
menin chez un prince russe... mais ne protestez pas ainsi,
ma chère; vous ne savez pas de quoi il s'agit. Louis sera là-
bas le camarade, le compagnon d'études du jeune prince qui
a un précepteur très distingué, et les premiers professeurs de
Pétersbourg. Comme il s'agit d'un sujet hors ligne, étant
donnée l'instruction de votre fils pour son jeune âge, ce poste
de professeur de français par conversations enfantines sera
bien rétribué. Louis sera entouré d'égards ; il vous reviendra,
muni d'une instruction complète, ou bien il suivra en Russie
la carrière du préceptorat, qui sera lucrative pour lui après ce
début dans une maison princière. »

Ma mère en Autriche, moi en Russie! Que comptait faire
de Charlotte cette Mlle Bruelle qui nous séparait froidement,
en affirmant que c'était pour notre bonheur mutuel? J'étouffais sous mes couvertures que je serrais contre ma bouche
pour ne pas éclater en sanglots. Ah! voilà ce qu'il y avait au
fond du regard de Mlle Bruelle, voilà ce qui, d'instinct, m'a-
vait fait peur. Mais elle parlait encore, et mère n'objectait
rien ; elle énumérait les avantages pécuniaires de sa combinaison.

« Quant à Charlotte, dit-elle enfin, je me suis enquise d'une
bonne pension pour elle, ici même, à Passy; elle sortira chez
moi tous les dimanches, et je vous remplacerai auprès d'elle
de mon mieux. Mais voyons, dites-moi un mot qui me récom-

pense des efforts que j'ai faits pour vous tirer d'embarras... »

Je m'étais doucement retourné dans mon lit pour les voir
toutes deux. Mère était enfoncée dans son fauteuil, les yeux
baissés; elle tournait machinalement, des doigts de sa main
droite, l'anneau unique passé à l'annulaire de sa main gauche.

« Voyons, parlez à votre tour, mon amie, reprit M⁽ˡˡᵉ⁾ Bruelle.
Est-ce que vous me feriez le chagrin d'hésiter devant une
solution si avantageuse et qui m'a coûté tant de soins et de
démarches ? »

Mère leva ses yeux brillants de larmes sur notre hôtesse et
lui dit d'une voix mal assurée :

« Je vous suis très reconnaissante. Je serais désolée que
vous puissiez douter de mon cœur... »

Je n'attendis pas davantage. Je me figurai que mère allait
accéder à ce plan de triple exil; je me dressai sur mon séant,
et me mis à crier à travers mes sanglots, que je ne retenais
plus :

« Mère, je serai charbonnier, chiffonnier, tout ce qu'il y a
de plus noir et de plus laid, plutôt que de te quitter. Je ne
veux pas aller en Russie. Je ne veux pas que tu laisses Charlotte toute seule, elle est si petite! S'il n'y a pas de bourse au
lycée pour moi, je serai balayeur des rues pour gagner mon
pain, s'il le faut; mais nous ne nous quitterons pas.

— Non, non, mon fils, s'écria mère, dans les bras de laquelle je finis cette objurgation éplorée. C'est ce que j'allais
dire à notre amie. J'ai besoin de vous autant que vous de
moi, mes chers enfants. »

Au lieu d'être irritée de voir ses beaux plans à vau-l'eau,
M⁽ˡˡᵉ⁾ Bruelle sourit et vint tout près de mon lit me regarder
longtemps en silence; mais ce regard-là n'était plus si
froid. Elle se pencha vers moi et m'embrassa de bon cœur
lorsque mes larmes furent épuisées :

« Sérieusemen', Louis, me dit-elle, vous balaieriez les rues
plutôt que de quitter votre mère ? »

Elle m'énuméra tous les avantages dont j'aurais joui chez
le prince K***, voitures à ma disposition, parties de chasse,
belle garde-robe, voyages, fêtes. Rien de tout cela ne me
tentait et, continuant à serrer la main de mère pour prouver
que je ne la laisserais pas me quitter, je répondis :

« J'aime mieux balayer les rues, c'est-à-dire faire un métier quelconque qui me nourrisse. Ce n'est pas à mère à
travailler pour moi; c'est moi qui dois travailler pour elle.
Les fils de veuve doivent être des soutiens de famille. Je sais
cela.

— Allons, dit Mlle Bruelle, vous valez mieux que je ne le
supposais d'après votre bouderie d'aujourd'hui, mon enfant,
puisque vous avez du caractère. Embrassez-moi à votre tour
et maintenant dormez. Je ne compte pas expédier votre mère
en Autriche cette nuit. »

Je ne laissai pourtant pas mère me dire bonsoir, sans avoir
obtenu d'elle la promesse que nous ne nous quitterions pas.

CHAPITRE VI

Les solliciteurs à l'antichambre. — La comtesse Prascovie. — Les colères
de Nadine. — Regard d'envie du riche sur le pauvre.

Dans la matinée du lendemain, je fus encore mieux rassuré
lorsque mère présida à ma toilette, en me disant qu'elle allait
m'emmener avec elle au Ministère de l'instruction publique.
Elle voulait m'y présenter sans retard et s'informer du sort
de sa demande d'une bourse, qui avait été envoyée et apos-
tillée quinze jours auparavant par le Recteur de la Faculté
de Montpellier.

Nous fîmes la route à pied par les quais « pour me montrer un coin de Paris », disait mère; je crois qu'elle voulait
s'épargner par l'agitation de la marche les angoisses de timi-
dité qu'elle aurait subies en voiture, livrée à la pensée de la
démarche qu'elle allait faire.

J'aurais voulu causer un peu en chemin du beau plan de
Mlle Bruelle pour en médire; mère fit échouer toutes mes tentatives à cet égard. Elle me fit remarquer le dôme doré des
Invalides, la belle perspective des sept ponts allongés sur la
Seine, les tours de Notre-Dame émergeant de la masse confuse des toits de la rive gauche; elle me faisait un petit historique des divers monuments dont je distinguais le faîte en
demandant : « ce que c'était ? » et nous arrivâmes ainsi dans

une vaste maison, où plusieurs garçons de bureau nous promenèrent d'escaliers en escaliers, d'étages en étages, le long
d'interminables corridors, avant que nous trouvassions à qui
parler.

Le ministre était absent de Paris. On était en pleines
vacances : les chefs en sous-ordre se récusaient à qui mieux
mieux, mais toujours poliment, au sujet de la pétition de ma
bourse. Elle avait été envoyée pourtant, et par le Recteur lui-
même ; c'était ce que mère objectait en rougissant.

Renvoyés ainsi de l'un à l'autre, nous fûmes introduits
dans une salle où des gens attendaient. Il y avait là des messieurs et des dames ; chacun d'eux accosté d'un jeune garçon
coiffé d'un képi. Quelques-uns de ceux-ci étaient même en
uniforme de collégien. Tout ce monde devait avoir son tour
d'audience, et des conversations étaient engagées entre les
groupes.

Mère et moi, nous nous assîmes dans un coin, sans trouver
rien à nous dire. Le nombre des solliciteurs nous rejetait en
arrière dans nos espérances. Qu'avions-nous de plus intéressant que toutes ces personnes-là ? Elles devaient avoir autant
de droits que nous à obtenir des bourses. Nous étions arrivés
les derniers. Peut-être n'en resterait-il aucune disponible à
notre tour d'audience !

Nos voisins de banquette paraissaient sûrs de leur fait.
C'étaient un grand monsieur à lunettes bleues et une dame
au nez pincé, très bavarde, dont les deux enfants, placés côte
à côte, se donnaient des coups de coude en cachette en échan-
geant des grimaces. Puis tous deux firent trève à cette guerre
sournoise pour me montrer du doigt, et aussitôt ils se par-
lèrent à l'oreille en ricanant.

Pendant ce temps, la mère de l'un disait au père de
l'autre :

« Oui, monsieur, je suis certaine d'obtenir ce changement.
Mon fils n'a pas de correspondant à Poitiers ; c'est fort triste

pour les jours de sortie; j'ai un oncle à Nantes, un oncle
à héritage, vous concevez qu'il sera bon qu'il s'intéresse à
l'enfant en ayant occasion de le voir, et l'on m'a toujours
promis, au Ministère, la première bourse vacante à Nantes.
Mon fils a eu des succès cette année, un second prix et cinq
accessits. Il fait honneur à sa bourse.

Je n'étais pas trop de cet avis, malgré l'emphase dont cette
dame faisait sonner ce nombre d'accessits, et je pensais que
si l'oncle de Nantes n'aimait pas les grimaces et les ricane-
ments mieux que moi, le collégien pourrait perdre plutôt son
héritage à Nantes qu'en restant à Poitiers.

Le père de l'autre grimacier répondait à cette confidence
par une autre. Il ne tenait pas encore la bourse de son fils,
mais c'était tout comme. Sa demande, appuyée par deux dé-
putés et un sénateur influents, ne pouvait être rejetée; il
comptait même être admis à choisir son lycée, et il passait
en revue les principales villes de France, en désignant le fort
et le faible de chacune de ces résidences au point de vue de
l'exposition du lycée, du mérite des professeurs, etc., etc.

Que nous nous sentions petits, à côté d'une mère en possession d'une bourse et qui ne s'en contentait pas, et de ce
père bien informé, qui se vantait à l'avance de pouvoir
choisir à son gré! Je crois que ma mère tremblait, et je tremblais aussi, lorsqu'après tous ces solliciteurs, nous fûmes introduits dans une pièce un peu sombre, meublée de rayons
chargés de livres et de papiers, où un monsieur fort poli,
assis devant un grand bureau encombré de brochures, nous
reçut d'un air aimable, mais un peu las.

Quand mère lui eut exposé timidement le motif de notre
visite, il parut d'abord ne pas être du tout au courant de cette
affaire; il sonna l'huissier, le fit courir à droite, à gauche,
dans divers bureaux avec un bout de papier, sur lequel il
avait griffonné deux lignes, et, pendant que nous attendions
en silence, il se mit à signer des papiers placés à sa gauche

et qu'il remettait à sa droite, les uns sur les autres, avec un grand soin pour ne pas tacher d'encre les feuillets supérieurs. On n'entendait que grincer sa plume et s'enlever les papiers avec un bruit d'ailes, sec et vif. Mère et moi, nous n'osions pas souffler et mes mains étaient froides dans mes gants.

Enfin l'huissier rapporta une sorte de carton léger, plein de papiers, que le monsieur feuilleta, et tout aussitôt, il fit à mère un assez long discours fort bien arrangé, sur les bons services que mon père avait fournis dans l'Université, sur le regret de voir une si belle carrière interrompue par la mort, et sur le devoir qu'avait l'État de venir en aide à la veuve, en contribuant à l'éducation de l'orphelin. Il ajouta d'un ton encourageant et en me regardant d'un air doux :

« Peut-être reconnaîtra-t-il ce bienfait en se vouant à l'instruction publique, suivant l'exemple du regretté M. Lefort. »

J'avais envie de répondre oui, d'enthousiasme et même, je l'avoue, d'aller embrasser ce monsieur si aimable, qui ne mettait en doute ni l'obtention de ma bourse, ni les résultats, lucratifs pour les miens, de l'éducation que j'allais recevoir; mais cette velléité hardie fut vite réprimée par la suite de son discours.

Assurément, j'avais droit à une bourse; mais, en l'absence du ministre, il ne pouvait affirmer que j'en jouirais dès la rentrée. Les cadres boursiers étaient au complet; il y avait ensuite des engagements antérieurs pris envers des familles dont la situation était intéressante... aussi intéressante que la nôtre. Sans doute, il faudrait attendre, et il ne pouvait préciser le temps de cette attente.

Là-dessus, il se leva et, toujours fort gracieusement et avec des phrases arrondies, il se confondit en protestations d'intérêt. Mère répondait par ci, par là, en petits mots entrecoupés.

Nous nous retrouvâmes enfin dans la rue.

« Prenons l'omnibus, je suis très fatiguée de notre première course, » me dit mère.

IL SE CONFONDIT EN PROTESTATIONS D'INTÉRÊT.

Quand on nous ouvrit la porte du salon de Mlle Bruelle, nous y trouvâmes Charlotte croquant des bonbons sur les genoux d'une jeune dame fort élégante. Charlotte paraissait déjà familière avec cette étrangère.

« La comtesse Prascovie C***, » dit Mlle Bruelle, après avoir présenté mère à cette dame.

Après un échange de paroles aimables, la comtesse Prascovie se tourna vers moi et dit en riant :

« Voici donc notre chiffonnier, notre balayeur des rues ?... Venez, cher enfant, que je vous embrasse, pour ce courage que vous avez de préférer les plus vilains états à une séparation d'avec votre famille.

— Vous êtes donc toujours un peu folle, Prascovie ? s'écria Mlle Bruelle d'un vrai ton de gouvernante qui morigène son élève.

— Mais je l'espère bien pour l'honneur de mes sentiments et de l'éducation que j'ai reçue de vous, » répliqua la comtesse.

Et sans s'inquiéter autrement de la mine fâchée de son ancienne institutrice, elle demanda à mère de nous laisser sortir avec elle.

« Vous êtes trop accablée de soucis, lui dit-elle, pour pouvoir montrer Paris à vos enfants, et il ne serait pas sain pour eux de rester enfermés dans ce petit appartement, parce qu'ils sont habitués au grand air. Si vous y consentez, je viendrai les prendre chaque jour dans ma voiture pour les promener. »

Mère n'avait nulle envie d'accepter cette offre; elle ne nous confiait jamais à personne; mais embarrassée pour formuler un refus désobligeant, elle s'en tirait par des remerciements et des excuses de délicatesse : Charlotte était si jeune encore, si fatigante par sa turbulence et ses questions perpétuelles, que c'était une vraie corvée de la promener. Mère ne pouvait donc pas abuser de la bonté de Mme de C***.

« Depuis une heure que je cause avec Charlotte, reprit la comtesse, nous sommes devenues grandes amies. Sa vivacité m'intéresse, au lieu de me lasser. Je suis mère, moi aussi, et mère moins heureuse que vous dans un sens. Ma fille qui est de l'âge de la vôtre, madame, a été victime d'un accident dont nous cherchons à conjurer les suites. C'est même pour cette cause que nous sommes à Paris depuis trois mois. Nadine s'est brisé le genou, et d'après l'avis des meilleurs chirurgiens, elle est vouée à l'immobilité pour plusieurs mois. L'on espère qu'une longue suite de soins, de précautions, l'empêchera de devenir boiteuse. Grâce à des appareils perfectionnés, elle fait chaque jour une promenade en voiture; mais elle manque autour d'elle d'enfants de son âge, de sorte que si vous voulez bien me confier les vôtres tous les après-midi pendant votre séjour à Paris, ce n'est pas moi qui vous rendrai un service, madame, c'est vous qui ferez une bonne action. »

Ainsi posée, la proposition était bien différente. Mlle Bruelle s'attendait si bien à l'assentiment de mère qu'elle avait fait disposer Charlotte pour sortir; ma sœur n'avait qu'à prendre son chapeau et ses gants qui étaient sur un guéridon voisin. Nous partîmes tout de suite. La comtesse avait hâte de nous emmener. Nadine nous attendait avec impatience.

Nous trouvâmes à la porte une belle calèche où Charlotte monta avec une aisance parfaite. On aurait dit qu'elle se sentait chez elle, tellement elle était familière déjà avec la comtesse. Celle-ci riait des saillies de ma sœur et tâchait de m'associer à cette gaîté. J'y faisais mon possible sans y réussir. Je pensais à cet arrêt prononcé au Ministère : « Il faudra attendre la bourse. » Et je me demandais : « Combien de temps ? » Puis je remarquais une préoccupation à travers cet enjouement de la comtesse qui ravissait Charlotte; elle regardait sa montre par instants, et se penchait en avant pour ordonner au cocher d'aller plus vite. Sans doute, elle craignait que sa fille ne s'ennuyât à nous attendre.

Ce devait être bien cruel pour Nadine d'être condamnée à
ne pas bouger. On a tant besoin de remuer à cet âge ! Je me
souvenais que la plus pénible pénitence que mes parents
m'imposaient autrefois lorsque j'avais fait des sottises, c'était
de rester assis ou debout, immobile dans un coin, empri-
sonné par deux dossiers de chaises. Quels fourmillements
dans les bras et dans les jambes ! Comme je sortais de là
rompu, beaucoup plus que par une longue course ! Et cette
pauvre Nadine en avait pour plusieurs mois à ne pas retrouver la liberté de ses mouvements !

L'hôtel où la voiture s'arrêta était rue de Rivoli, en face des
arbres des Tuileries. Un valet de pied vint nous ouvrir la
portière de la voiture; la comtesse lui adressa une question
dans une langue à moi inconnue, en russe probablement, et
il répondit dans le même idiome, d'un air embarrassé.

« Dépêchons-nous, me dit la comtesse en prenant Charlotte par la main pour lui faire monter plus vite l'escalier;
Nadine s'est fâchée de notre retard et ses colères lui font
beaucoup de mal. »

Nous étions essoufflés tous les trois en entrant dans un
vaste salon du premier étage où nous attendait la petite
infirme; elle était couchée sur une chaise longue, le corps à
demi-caché sous une couverture orientale, à dessins multicolores; autour d'elle gisaient confusément, à terre, une
masse de joujoux cassés, des gâteaux pétris, écrasés en
miettes, et un plateau dont les porcelaines s'étaient brisées
en renversant à terre des liquides dont les taches noircis-
saient encore le tapis.

Si tous ces dégâts avaient été causés par la malade, son
animation s'était bien calmée; elle en était devenue peut-être
honteuse depuis notre arrivée, car elle était étendue sans bouger, les yeux fermés comme si elle dormait. Je fus étonné à
la voir si blanche; sa peau se confondait presque avec le ton
de ses oreillers garnis de guipures, et ses deux mains jetées

sur la couverture à fond rouge ressemblaient à deux morceaux
de nacre découpée. Ses cheveux bouclés étaient d'un blond
clair qui me rappela les filaments de maïs à demi mûr, et ils
s'envolaient au-dessus de son front, aussi légers que des
marabouts.

Nadine ne dormait pourtant pas tandis que la comtesse se
faisait raconter par sa gouvernante, jeune personne à l'air
timide, la scène de désastre dont nous voyions les traces. Elle
ouvrit doucement les yeux pour nous regarder, Charlotte et
moi; il y avait de la honte de sa conduite, dans le regard de
ces yeux d'un bleu si sombre qu'ils paraissaient noirs, mais
il y avait aussi du plaisir à nous voir.

Comme la comtesse se tournait vers nous pour nous dire
que nous allions prendre une triste idée de sa fille dès notre
première visite, Nadine lui tendit les bras par une effusion
spontanée :

« Embrasse ton démon, lui dit-elle, pardonne-lui, et ne
leur dis pas, à eux, que je suis méchante. Ils voient bien que
je suis malheureuse. »

Elles s'embrassèrent sans pouvoir s'empêcher toutes deux
de pleurer, et de moi-même, j'allai ensuite prendre la main
que Nadine me tendait, mais en ayant soin de ne pas la serrer.
J'avais peur de la casser, tant elle me semblait fragile.
Nadine, avec ses cheveux légers, vaporeux, ses yeux bleus
qui mettaient deux taches sombres sur sa figure de neige, ne
me paraissait pas une petite fille comme Charlotte; elle me
rappelait une colombe blanche, blessée à l'aile et au pied,
que mère avait soignée pendant plus de quinze jours, chez
nous à Montpellier; Charlotte et moi, nous allions souvent
près de la corbeille rembourrée où gisait l'oiseau; nous le
caressions, non sans recevoir des coups de bec affilé. Un beau
jour, la colombe s'était trouvée guérie, et dès lors, quand elle
revenait visiter ma mère, elle avait reçu nos baisers sans
nous piquer les doigts ou la figure. Pauvre Nadine! guérirait-

elle comme notre colombe? Alors, sans doute, elle cesserait
d'affliger sa mère par ses caprices violents.

Nous fûmes très vite bons amis; elle s'était donné un peu
de fièvre nerveuse; il ne pouvait être question de sortir ce
jour-là. Nous jouâmes à toute sorte de jeux paisibles; elle
s'amusait de la moindre chose, mais surtout de la vivacité de
Charlotte qui allait et venait dans l'appartement pour chercher les menus objets dont nous avions besoin pour varier
nos plaisirs. Nadine la suivait du regard, et disait à sa mère
avec un soupir :

« Comme elle court ! comme elle est leste ! que c'est bon de
se servir de ses pieds facilement ! »

Elle n'eut de caprice qu'au moment de goûter; elle refusa
de manger, le plaisir de nous avoir auprès d'elle la nourrissait. Sa mère la pria, la supplia. Ce fut en vain. Elle n'avait
pas faim; elle ne voulait pas être tourmentée ainsi.

« Oh ! Nadine, dit la comtesse, il y a par le monde tant de
pauvres enfants qui n'ont pas à manger et qui ont faim pourtant. »

C'était juste ce que je pensais au moment où la comtesse
s'ingéniait à trouver un mets qui fît plaisir à la malade, et se
préparait à mettre toute sa domesticité en quête pour l'aller
chercher.

« Oui, répondit Nadine; cela prouve que le monde est bien
mal arrangé, puisque ceux qui ont faim n'ont pas de quoi se
satisfaire et qu'on veut gorger ceux qui n'ont pas d'appétit...
Tiens ! voilà en face sur le trottoir une pauvre petite fille qui
vend des fleurs aux passants; elle est maigre; on ne la nourrit pas à la becquée, elle! Mère, fais-lui acheter un de ses
bouquets d'un sou, et fais-le lui payer assez cher pour qu'elle
puisse bien dîner ce soir. Oh! je t'en prie. Alors, je prendrai quelque chose pour te faire plaisir et même... je dînerai
aussi très bien ce soir, si nous gardons Louis et Charlotte.

— Mais je ne les ai demandés à madame Lefort que pour

l'après-midi, et nous les donnera-t-elle demain si je prends
cette liberté sans son autorisation ?

— Oh ! mère, pour ta malade, pour ta pauvre petite
infirme ! Écris un mot à Mme Lefort, et fais-le porter tout de
suite. Elle ne sera pas fâchée, va, et je serai si contente ! »

Nous nous partageâmes le bouquet d'un sou de la petite
marchande après nous être amusés du balcon, près duquel la
chaise longue était placée, à constater sa surprise de voir
payer si cher ses quatre brins de réséda. Elle courut aussitôt
acheter un triangle de gâteau de Nanterre à la marchande
voisine et y mordit à belles dents.

« Qu'elle est heureuse d'être gourmande ! me dit Nadine.
Il faut que je m'exécute à mon tour. »

Et elle grignota sa tartine d'un air dégoûté.

Certes, Nadine abusait de sa maladie pour imposer ses
volontés d'enfant gâté ; mais elle avait bon cœur et puis elle
causait si bien ! Charlotte était moins avancée pour son âge.
Un joujou, un oripeau de poupée l'amusaient des heures
entières. Nadine était plus développée ; elle me contait des
histoires de son pays, des chasses à l'ours, des parties de trai-
neaux sur la neige ; moi, je n'avais à lui parler que de Montpellier et de Palavas ; mais cela l'intéressait tout de même.
Elle me faisait cent questions sur M. Peyrade et sa collection
de coquillages, et aussi sur Victor. Cela me fit songer à lui
dire le fameux conte de la femme du pêcheur qui voue ses
trois enfants à la mer et qui est punie pour n'avoir pas tenue
sa promesse.

La comtesse était près de nous, sans que je m'en fusse
avisé, pendant que je contais cette légende à Nadine ; elle
prit part à nos commentaires d'une façon si aimable et si
simple qu'à partir de ce moment, je fus aussi à mon aise avec
elle que Charlotte.

Le soir, lorsqu'il fallut nous séparer, Nadine soupira et
dit :

« A demain, et de bonne heure, n'est-ce pas? Oh! qu'il
me tarde d'être à demain ! »

Le lendemain, la comtesse vint nous chercher à une heure;
Nadine était en bas, dans la calèche, et nous allâmes par le
bois de bois de Boulogne jusqu'à Saint-Cloud. Il nous fallut
revenir dîner à l'hôtel avec elle; Nadine prétendait que les
causeries en plein air ne comptent point, parce que le vent
les emporte et qu'il n'en reste rien; elle voulait passer encore quelques heures avec nous, voir Charlotte aller et venir,
et courir en imagination avec elle autour de l'appartement.

Elle voulait aussi que je lui fisse des caricatures, puisque
je savais dessiner.

Bref, pendant dix ou douze jours, nous ne vîmes plus
mère que le matin jusqu'après le déjeuner, et le soir, quand
nous revenions, Charlotte à moitié endormie par le mouvement de la voiture, et moi un peu las d'avoir beaucoup causé.

Cette vie était nouvelle pour moi, et je sentais bien qu'elle
ne pouvait durer; mais Charlotte y était déjà toute faite;
elle avait l'air d'une petite princesse; elle savait comment
parler aux domestiques, comment saluer et elle se carrait
sur les coussins de la calèche. Les dîners recherchés de
l'hôtel la rendaient aussi un peu friande. L'ordinaire de
Mlle Bruelle, qui était très confortable, ne lui paraissait plus
bon; elle pignochait dans son assiette, épluchait tout d'un
air affadi; elle se réservait pour le soir, et le souvenir des
biscuits glacés et des becfigues en salmis lui faisaient trouver peu succulents les côtelettes jardinière et les desserts de
fruits du déjeuner.

Je vis que cela inquiétait mère, et je l'entendis un matin
dire à Mlle Bruelle qu'il n'était pas bon pour une enfant aussi
jeune de jouir par occasion d'un luxe étranger.

De mon côté, je voulus moraliser Charlotte. C'était mon
droit de frère aîné; mais vraiment elle ne me comprenait
pas, elle m'accusait de ne pas aimer Nadine, d'être grognon.

12

Je perdais mon temps à lui parler de choses au-dessus de
son âge. Il valait mieux la laisser profiter de ce bonheur qui
ne pouvait durer assez pour la gâter tout à fait.

Pendant nos absences journalières, mère était allée visiter
toutes les personnes pour lesquelles on lui avait donné des
lettres de recommandation et qui pouvaient appuyer notre
demande au Ministère. Partout on lui avait témoigné un
grand intérêt, promis qu'on s'occuperait de son affaire, mais
nulle part on ne lui avait fait espérer un succès immédiat.

Un matin que la comtesse Prascovie était venue nous chercher selon son habitude, mère lui confia Charlotte seulement. Elle voulait se faire accompagner par moi chez un
ancien ami de mon père, son camarade à l'École Normale,
qui avait quitté l'Université et s'était fait un nom dans les
lettres.

« Comment ferons-nous si nous n'avons pas Louis? » dit
tristement Nadine, que nous étions descendus voir en bas,
parce que mère et moi étions prêts pour aller faire cette
visite. « Nous allons dans le bois de Meudon; la partie ne
sera pas complète sans Louis. Mais nous y retournerons la
semaine prochaine, n'est-ce pas, maman? Vous ne nous prenez Louis que pour aujourd'hui, madame? demanda-t-elle
à ma mère, qui se tenait debout avec moi près de la calèche,
où Charlotte était déjà installée près de son amie.

— La semaine prochaine, je ne sais si nous serons encore
à Paris, répondit mère. Cela dépend du résultat de la visite
que nous allons faire. »

Nadine devint plus blanche que de coutume, bien que je
ne l'eusse pas cru possible.

« Partir! Ils me quitteraient! Ne me dites pas cela,
madame. »

Et elle tendit ses bras en avant pour les jeter au cou de
mère, sans se soucier de montrer aux passants qu'elle
pleurait.

« Ce n'est pas encore décidé », dit la comtesse Prascovie
pour consoler sa fille.

Mère me prit par le bras, et nous partîmes pour tenter,
comme elle me le dit, notre dernière chance de rester à Paris,
du moins pour quelque temps.

CHAPITRE VII

Déception maternelle. — A bout de chaîne. — La question de la place
logique des gens et des choses.

Le nom de l'ami de mon père est si connu dans le journa-
lisme, que je préfère ne pas m'en souvenir dans ce récit de
mon passé enfantin.

A Montpellier, nous causions autrefois de lui bien souvent.
Mon père lui écrivait de loin en loin et il était fier qu'au
milieu de ses succès parisiens, son ancien copain trouvât le
temps d'entretenir une correspondance avec lui.

Dans nos causeries en tête à tête, père prenait plaisir à me
conter des traits de son intimité avec son ami, qu'il nommait
toujours de son prénom : Ferdinand ; et lorsque mes progrès
se ralentissaient, il lui arrivait de s'écrier : « Ferdinand
serait étonné de me savoir un fils si lambin à l'étude. »
C'était là un coup de fouet à ma nonchalance. Je n'aurais
pas voulu que M. Ferdinand me trouvât inférieur à ce qu'il
devait attendre du fils de son ami.

M. Ferdinand occupait un petit hôtel dans une des rues
qui avoisinent le boulevard de Clichy. Le domestique venu
pour nous ouvrir la porte fronça le sourcil en nous apercevant et il nous dit tout net que son maître n'était pas chez
lui. Il ne recevait que de dix à onze heures du matin.

« Mais il m'est impossible de revenir à cette heure; je
demeure fort loin, dit ma mère. Je vais vous laisser ma
carte, sur laquelle j'écrirai mon adresse au crayon. M. Ferdinand voudra bien me faire savoir, par un mot, quel jour il
pourra me recevoir. »

Nous redescendîmes la rue.

« Je regrette, me dit mère, de t'avoir fait manquer ta partie de Meudon. »

Nous marchions lentement, en gens désappointés, lorsque
le domestique nous rejoignit au coin de la rue. Il avait couru
après nous et avait abjuré ses airs de cerbère.

« Si madame veut prendre la peine de remonter jusqu'à la
maison... dit-il. J'obéissais à ma consigne. Mais monsieur
ne veut pas obliger madame à se déranger une seconde
fois. »

Il nous fit monter deux étages d'un escalier dont la cage
était tout historiée de gravures et de plats de faïence ingénieu-
sement disposés. J'étais surpris qu'il nous menât tout en haut
de la maison, au grenier pour ainsi dire; mais quand il souleva une portière placée juste en face de la dernière volée
d'escalier, je fus encore plus étonné de me trouver dans une
vaste pièce éclairée par un vitrage haut et large de trois
mètres environ, et toute tapissée de tablettes de chêne chargées de livres et de brochures. Il y en avait jusqu'en haut.
Deux échelles mobiles, munies d'une rampe, permettaient
d'atteindre aux rayons supérieurs. C'était là un ancien atelier
de peintre, devenu une bibliothèque et un cabinet de travail.

Après avoir curieusement regardé cette installation si nouvelle pour moi, pendant que M. Ferdinand causait avec mère
d'un ton respectueux et attendri, je songeai à le regarder, lui.
Il ressemblait à son portrait que nous avions dans notre
album; il n'était pas beau, et même il avait la mine bourrue;
il me plaisait cependant par son air franc; et puis, il avait
été l'ami de mon père. Je savais tant de choses de lui : des

malices d'écolier, des gageures qu'il avait gagnées par des
tours de force de mémoire, comme d'apprendre en deux
jours et de réciter sans en manquer un vers tout un chant de
l'Énéide, enfin mille souvenirs qui l'auraient amusé si j'avais
eu l'aplomb de les lui rappeler.

Après avoir d'abord parlé de mon père, comme il voyait
mère si émue qu'elle pouvait à peine lui répondre, M. Ferdinand se mit à parler de nos projets d'avenir; quand il eut
appris nos démarches, notre incertitude sur leur résultat, il
dit en hochant la tête :

« C'est toujours ainsi. Dans la cohue des solliciteurs, ce
sont ceux qui crient le plus fort et qui usent le plus les ban-
quettes des salles d'audience qui réussissent les premiers.
C'est sinon juste, du moins explicable. On se débarrasse au
plus tôt des importuns, quand ils sont tenaces. Vous sentez-
vous de caractère à assiéger les gens de cette façon?

— Non certes, répondit mère.

— D'ailleurs l'excuse qu'on vous a donnée là-bas n'est
pas une défaite; c'est s'y prendre bien tard pour la prochaine
année scolaire... Mais vous tenez donc essentiellement,
madame, à ce que ce petit homme fasse ses études classiques? »

Même à l'âge que j'avais, cette question me parut aussi
extraordinaire qu'à ma mère, venant de M. Ferdinand, qui
était sorti dans les premiers rangs de l'École Normale.

« J'entends, reprit-il en riant; vous me trouvez ingrat
envers cette éducation à laquelle je dois en définitive ce que
je suis. Mais d'abord, je ne l'ai acquis qu'en désertant l'Université, et puis ma situation était autre que celle que vous
venez de m'exposer. Lorsque j'étais professeur, je n'avais
à songer qu'à moi, et bien m'en prenait; quand j'ai trouvé
mes lisières trop courtes et suis venu à Paris demander mon
pain à la littérature, si dans les commencements ce pain
était sec, s'il manquait même parfois, j'étais seul à en souffrir.
Or, si votre fils fait ses classes, il ne peut être que professeur,

puisque votre manque de fortune vous empêchera de le nourrir dix ans encore après son baccalauréat, pour en faire soit
un avocat, soit un médecin. Il n'aura donc devant lui que
cette voie ouverte, et il s'y engagera avec une famille à soutenir. S'il se décourage de tant d'efforts aboutissant à un
résultat précaire pour trois personnes, qu'adviendra-t-il? Ou
mon exemple et celui d'autres normaliens le leurrera ; il quit-
tera son morceau de pain universitaire pour courir après ce
morceau de vache enragée que les débutants littéraires ne
mangent pas aussi facilement que l'assure le proverbe; ou
bien il subira sa destinée en regrettant de ne l'avoir pas enga-
gée autrement. Dans les deux cas, il sera un fils respectueux
s'il ne vous reproche pas, une fois au moins dans sa vie, de
n'avoir pas fait de lui un épicier quelconque plutôt qu'un
professeur... Je vous afflige... J'ai le bon sens brutal. On me
l'a souvent dit ; mais il y a plus de réel intérêt à vous donner
un conseil d'expérience qu'à vous payer d'une sympathie
banale... Il va sans dire que mes objections tombent si votre
fils est un sujet aussi remarquable, aussi bien doué pour
l'enseignement que mon pauvre ami Lefort. Il y a des voca-
tions qui s'imposent. Si votre mari, madame, a légué à son
fils des dons analogues aux siens, je retire avec plaisir tout
ce qui vous a déplu.

« ...Voyons un peu, mon petit homme, viens ici, entre mes
genoux, et montre-moi un peu ce que tu vaux. »

Je n'étais pas le moins du monde intimidé ; j'étais même
content d'être interrogé par M. Ferdinand ; je sentais que
j'allais rendre hommage à mon pauvre cher père en montrant
le résultat de ses efforts patients pour m'instruire ; mais
j'étais préoccupé de ce mot de vocation qui venait d'être prononcé. Il me rappelait ma conversation avec Victor. Après
tout, M. Ferdinand était plus capable que Victor de décider
cela. Je chassai cette idée qui me tracassait et ne songeai
qu'à répondre de mon mieux.

Mon examen dura près d'une demi-heure. M. Ferdinand
me poussait sur chaque question à la manière de mon pauvre
papa, et j'allais... j'allais... j'y étais si bien habitué! Par
moments, il riait de mes réponses, mais pas d'un méchant
rire; je devais avoir dit quelque niaiserie sans m'en douter;
alors, je riais aussi malgré moi, et nous continuions. D'autres
fois, il me regardait de ses gros yeux pensifs et faisait : « Ah! »
sans plus. Était-il content ou non? Je n'en savais rien. C'est
ainsi que nous fîmes le tour de tout ce que j'avais appris jus
que-là : français, latin, éléments de grec, histoire, géographie,
sciences exactes.

Après m'avoir donné deux tapes amicales sur les joues,
M. Ferdinand alla parler tout bas à mère qui nous avait
écoutés, anxieuse de l'effet que je produisais. J'entendis seulement les mots « avancé pour son âge ». Mère remercia, se
leva et je compris qu'elle allait prendre congé.

J'étais flatté que M. Ferdinand ne m'eût pas trouvé trop
sot; mais mon examen n'était point fait pour aboutir à un
simple compliment. L'important à savoir, c'était si je pouvais
devenir un bon professeur.

Nous nous dirigions déjà vers la porte, reconduits par M. Ferdinand, quand je trouvai tout à coup la hardiesse de lui dire :

« Monsieur, est-ce que c'est vraiment ma vocation d'être
professeur? »

Ah! comme Victor avait du bon sens! Comme je le trouvai
supérieur à moi, lui qui ne savait rien de tout ce que j'avais
appris. Il était capable de réfléchir, de formuler un juge-
ment, tandis que je suivais le cours des choses sans comprendre leur portée. Oui, je rendis justice dans mon cœur à
mon ami lorsque M. Ferdinand me répondit juste dans les
mêmes termes que Victor :

« Tu es capable de devenir un bon professeur si tu aimes
à démontrer aux autres ce que tu as appris. Sinon, non.
Est-ce ton goût? »

Je répondis avec sincérité :

« Pas du tout, cela m'ennuie, j'aime à apprendre, et je suis
paresseux pour montrer aux autres. On me l'a reproché. Je
sais que c'est égoïste, mais c'est ainsi. »

Mère était consternée; je vis que je la désolais. Ce fut en
vain qu'elle combattit l'impression que mon aveu avait pro-
duite sur M. Ferdinand.

« Tu n'as donc pas la bosse du professorat, c'est une chose
acquise, me dit-il; mais que veux-tu faire? »

Un garçon de treize ans, auquel on pose cette question, est
toujours embarrassé. Je ne l'étais point quant au but : je
voulais devenir l'homme de la famille, la faire prospérer par
mon travail; mais je n'avais aucune idée des moyens. Je dus
exprimer tant bien que mal tout cela dans les phrases entrecoupées par lesquelles je répondis à M. Ferdinand. Il se pencha
vers moi et m'embrassa.

« Si tu n'as pas les goûts de ton père, me dit-il, tu as du
moins ses bons sentiments. »

Et il pria mère de se souvenir qu'il était tout à ses ordres
s'il pouvait lui être utile en quoi que ce fût.

Mère était mécontente de moi; elle ne m'adressa pas la
parole pendant que nous revenions à Passy; moi, je me sentais gêné avec elle. Je n'osais pas la regarder. Je savais que
je l'avais affligée, mais qu'y faire?

En rentrant, mère alla dans la chambre de Mlle Bruelle,
pour lui raconter sans doute sa déception à mon égard. J'entrai au salon et je m'assis sur un fauteuil près du perchoir
de l'ara. En m'apercevant, il se dandina d'une patte sur
l'autre, fit rouler ses yeux ronds et claquer son bec crochu.
Chaque fois qu'il l'ouvrait pour en choquer les deux mandi-
bules, il tirait sa langue noire par une moue dédaigneuse.

Vraiment, ce perroquet avait l'air de se moquer de moi par
sa danse sauvage et le bruit dont il la scandait.

Ce ne fut pas mon impression seulement. Black, qui était

VII

JE ME REJETAI EN ARRIÈRE.

devenu mon ami, en jugea de même; ce tapage l'ayant
réveillé du somme qu'il faisait sur un coussin, il sauta sur
mes genoux, et, après m'avoir caressé, il dressa ses oreilles,
fronça le museau pour grogner, puis lança une série d'aboiements irrités qui découvraient ses dents pointues. Le brave
chien me défendait à sa manière.

Exaspéré par cette réplique courroucée, l'ara se rapprocha
sournoisement de nous jusqu'à la mangeoire qui terminait son
perchoir; puis il ouvrit ses grandes ailes rouges et fondit sur
moi. Épouvanté par l'expression de rage de ses yeux ronds,
par son bec tendu en avant et ses serres crispées sous ses
pattes, je me rejetai en arrière, sur mon fauteuil, en essayant
de le faire rouler hors de portée. Par bonheur, une chaîne
fixée à une patte de l'ara circonscrivait ses élans dans un
cercle limité autour du perchoir. Le méchant oiseau ne put
atteindre mon visage; il tomba sur le bras du fauteuil, bien
près de l'endroit où posaient mes mains une minute avant,
mais je les avais retirées, pour m'en cacher la figure.

Que se passa-t-il entre lui et Black dans ce court moment
de terreur pour moi? J'étais trop effrayé pour rien entendre
ni oser regarder. Mais bientôt Black mit ses pattes à mon cou,
et me lécha les mains avec de petits grognements d'amitié
assez semblables au ronron d'un chat. J'ouvris les yeux et
osai respirer, regarder... Ah! mon cher Black m'avait sans
doute trop bien défendu. Après une première et douce impression de délivrance, je tombai d'une crainte dans une
autre. Qu'allait dire Mlle Bruelle qui aimait tant son ara?
N'allais-je pas être accusé de l'accident survenu, seul comme
je l'étais dans le salon?... L'ara pendait au-dessous du perchoir, la tête en bas, dans des convulsions affreuses. La patte
où la chaîne était fixée restait seule rigide. Avec son plumage
hérissé et sa langue noire pendant d'un côté du bec, l'ara
devait s'agiter ainsi dans les convulsions de l'agonie.

Malgré le mal qu'il avait voulu me faire et dont il était si

bien puni, je ne partageais pas la satisfaction de Black, qui
le regardait se trémousser ainsi, sans autre émotion qu'une
sorte de gaieté. Il secouait ses oreilles maintenant, et tournait
vers moi son museau qui montrait ses dents, par cette sorte
de rire silencieux bien connu de tous ceux qui ont observé
les chiens.

Moi, j'avais plus de compassion. J'aurais voulu secourir
l'ara, mais je n'osais pas le toucher; il m'effrayait presque
autant que dans sa fureur. Malgré ma certitude d'être grondé,
je ne sus rien de mieux que d'aller appeler Mlle Bruelle.

Toute la maison fut mise sur pied pour secourir l'ara; mais
personne autre que Mlle Bruelle ne s'offrit à mettre les mains
sur l'oiseau. Mère allait chercher les menus objets que son
amie s'imaginait nécessaires à ce sauvetage. La servante
dégringolait l'escalier pour s'enquérir du vétérinaire, et
Mlle Bruelle, après avoir détaché le perroquet et l'avoir posé
sur une table, le tâtait de tous les côtés en répétant :

« Mais je ne sens de morsure nulle part. Qu'a-t-il donc? »

On me fit conter l'aventure. Mlle Bruelle n'ajouta pas foi à
mon récit; elle me reprocha d'avoir excité l'oiseau, d'avoir
profité de ma solitude pour provoquer un combat singulier
entre lui et Black. Cette défiance me mortifia. Je ne sus
même pas me défendre.

L'ara remuait toujours en faisant les plus laides grimaces.
Après avoir épuisé tous les moyens à sa connaissance pour
le faire revenir, Mlle Bruelle se mit à gémir sur la perte de
son oiseau, et émit l'idée que j'avais dû l'étrangler, puisqu'il
ne portait aucune trace de morsure.

Être soupçonné d'un tel méfait, c'était bien dur pour moi!
D'abord, je n'aimais point à faire de mal aux animaux que
mon père m'avait appris à protéger comme des êtres infé-
rieurs, mais amis. Et même, pour me défendre contre l'ara,
je ne sais si j'eusse osé porter la main sur lui, tant ses moyens
d'attaque m'effrayaient.

Ce dernier soupçon me fut si sensible qu'il me rendit la libre disposition de mes idées que j'avais perdue depuis le début de cet accident. Si l'ara n'avait pas été blessé par le chien, sa crise pouvait être une crise d'épilepsie comme j'avais lu dans Buffon que les perroquets sont sujets à en avoir, lorsqu'ils sont violemment contrariés? L'idée de l'ara avait été de se jeter sur moi, de me déchirer la figure. Sa chaîne l'avait arrêté à mi-route et, de plus, il s'était trouvé face à face avec mon petit défenseur endenté. Il avait dû être obligé alors de battre en retraite. N'était-ce pas suffisant, dans l'état de malice agressive où il était, pour lui causer une attaque d'épilepsie.

Je ne répondis rien à l'accusation de Mlle Bruelle; j'allai prendre au châle noir de ma mère l'épingle d'acier à tête de jais qui y était encore fixée, et je m'approchai, pas très rassuré pourtant, de la table où l'ara gigottait encore, en froissant, en cassant ses plumes, et en les semant autour de lui.

« Que vient-il faire encore, ce petit bourreau? » cria Mlle Bruelle, trop animée pour mesurer ses termes.

Pour un bourreau, j'avais la main un peu tremblante; mais je réussis, malgré ces protestations, à piquer de mon épingle d'acier la patte droite de l'ara. Une goutte de sang jaillit aussitôt de la piqûre. Les convulsions de l'oiseau cessèrent peu à peu. La membrane blanche qui couvrait ses prunelles se tira en arrière; son bec se ferma naturellement, ses plumes se couchèrent. Quelques minutes après, il suçait un fragment de biscuit trempé dans du vin, et se laissait replacer sur son perchoir, où il s'accrocha de l'air recueilli d'un convalescent.

Quand le vétérinaire arriva, j'eus la contre-partie des injures de Mlle Bruelle dans les amitiés qu'il me fit. Il m'appela en riant son petit confrère et ne causa guère qu'avec moi. J'eus le plaisir de médire du caractère irascible des aras; mais quand je les appelai « de méchantes bêtes décidément », il n'accéda pas à cet arrêt qu'il trouva trop rigoureux.

« Il n'y a pas de méchantes bêtes, me dit-il ; c'est nous
qui la plupart du temps les rendons telles, en leur imposant
d'autres conditions d'existence que celles qui leur sont propres.
La destinée logique de cet ara était de s'ébattre à sa guise
dans sa forêt natale du Nouveau-Monde, et non pas d'être
enchaîné sur un perchoir, et de voir aller et venir autour de
lui un jeune garçon et un petit chien libres de leurs mouvements. Cet ara s'est conduit d'une façon... déplacée, parce
qu'il n'était point à sa place naturelle. Tâchons donc tous,
tant que nous sommes, de bien connaître notre place logique.
C'est le sûr moyen d'éviter cent sottises. »

Vraiment, ce bon vétérinaire, avec sa place logique, me
donnait à réfléchir autant que M. Ferdinand avec sa boutade :
« Qu'il soit plutôt épicier que mauvais professeur », et je
restai à ruminer jusqu'au dîner, pour chercher quelle pourrait
bien être ma place logique dans le monde. Puisqu'on faisait
de la mauvaise besogne quand on n'était pas à sa place, il
était donc bien important de la trouver. Mais ce n'était pas
là une petite affaire. Je me tracassai fort l'esprit sans aboutir
à autre chose qu'à me creuser l'estomac. Au dîner, je dévo-
rais comme un petit loup. Mlle Bruelle me faisait des avances
pour m'inviter à la causerie ; c'était, de sa part, sans doute
une façon de me faire oublier son cri de : « Petit bourreau ».
Je ne me mis pas en frais pour lui répondre ; d'abord, je lui
gardais rancune de m'avoir cru si méchant, puis ma méditation sans issue m'avait affamé.

Au dessert, il fallut pourtant bien retrouver la parole,
lorsque mère et Mlle Bruelle, qui s'entendaient pour cela,
voulurent me faire abjurer l'aveu, honteux pour moi d'après
elles, que j'avais fait à M. Ferdinand. Toutes deux, elles me
firent un tableau des difficultés que j'aurais à embrasser
une autre carrière que celle de l'enseignement. Si vraiment
je manquais de vocation pour celle-ci, que prétendais-je donc
faire ?

Hélas! je n'en savais rien du tout, sinon que je voulais tenter d'être mieux à ma place que l'ara des forêts d'Amérique dans le salon parisien de M⁽ˡˡᵉ⁾ Bruelle, et comme j'étais pressé des deux côtés de dire ce que je pensais, si je pensais quelque chose, je ne sus me tirer d'embarras qu'en régalant ces dames d'une scène de larmes.

C'était bien enfantin pour un garçon de treize ans. Mère, l'indulgence même, dit à son amie que nous avions tous été si éprouvés depuis quelques mois qu'il n'était pas surprenant que ma sensibilité nerveuse en fût accrue. Elle-même était si indécise sur notre avenir qu'elle ne pouvait me gronder de ne pas savoir encore ce qui me plaisait. Nous partirions dans trois jours pour la Touraine, puisque l'affaire de la bourse n'avancerait pas mieux par notre présence à Paris, et à Noizay, le calme de la vie campagnarde nous remettrait et nous permettrait d'envisager notre situation et d'en tirer le meilleur parti possible.

— Vous comptez sur une villégiature agréable chez votre beau-père? demanda M⁽ˡˡᵉ⁾ Bruelle à mère qui baissa la tête tristement. Allez, mon amie, vous feriez mieux de rester ici, chez moi qui ai tant de plaisir à vous garder, jusqu'au moment où vous aurez pris une décision.

— N'importe, dit ma mère. J'ai promis à mon beau-père d'aller à Noizay; quelque peu affectueux qu'aient été pour nous les parents de mon mari, ils ont le droit d'être consultés sur l'avenir de mes enfants.

— Ils seraient enchantés si vous vous tiriez d'affaire sans leurs secours.

— Sans doute, mais puisque rien ne se décide, encore est-il convenable de prendre au moins leur avis.

— Alors, vous comptez partir? s'écria M⁽ˡˡᵉ⁾ Bruelle, avec un regret visible. Elle s'arrêta un moment, et sourit en reprenant sur un autre ton :

« Eh bien! nous verrons si j'ai perdu la partie. En tout cas,

vous venez déjeuner avec moi demain chez la comtesse
Prascovie.

— Moi? s'écria mère.

— Vous, les enfants et moi, toute la maisonnée d'ici.
Elle nous attend ; j'ai donné parole pour tous. Ah! nous verrons bien ! »

Mlle Bruelle riait ; elle était de belle humeur; mais elle ne
voulut pas s'expliquer davantage et passa sa soirée à caresser
son ara qui, sauf une voix un peu rauque et de la langueur
dans les mouvements, ne se ressentait plus de son aventure
malencontreuse.

CHAPITRE VIII

Pour la défense du foyer de-famille. — A côté du ton — Nouveaux adieux.
Autour du fauteuil du grand-père.

Le lendemain matin, mère m'appela dans sa chambre dès
que je fus habillé, et elle envoya Charlotte faire ses exercices
de piano au salon.

« Ecoute, mon enfant, me dit-elle dès que nous fûmes
seuls, tu m'as tellement surprise hier en renversant toutes
mes espérances que je ne veux pas m'exposer ce matin
à une sortie analogue. Causons un peu et tâche d'avoir plus
de raison qu'on n'en a habituellement à ton âge, puisque la
nécessité l'exige. Vois-tu, mon cher Louis, les gens malheureux sont forcés à plus de bons sens et de sérieux que tous
les autres, s'ils veulent lutter dignement contre leur mauvaise
destinée. »

J'embrassai mère bien fort et je sus lui donner confiance
en moi.

« Mlle Bruelle s'est enveloppée de mystère hier au soir,
continua-t-elle, mais je crois avoir deviné ce que cache notre
invitation à déjeuner chez la comtesse Prascovie. Nadine
s'est prise pour vous deux d'une vraie passion d'enfant
malade privée d'amis de son âge. La comtesse ne refuse rien
à sa fille. « Elle irait lui décrocher les étoiles pour lui en

faire un collier si Nadine l'exigeait, » me disait l'autre jour
Mlle Bruelle, en me racontant les dépenses excessives que
fait la comtesse pour cette fille unique, si éprouvée dans sa
santé. Tu as vu, mon cher Louis, que Nadine a pleuré hier
lorsque j'ai fait pressentir notre départ prochain. Il est donc
possible que la comtesse, pour éviter une peine à sa fille, me
fasse la proposition déraisonnable de nous prendre tous les
trois chez elle. Or, si elle me dit ceci devant vous, je suis
sûre que Charlotte sautera de joie. A son âge, l'on va, comme
le papillon, droit au plaisir; mais je veux éviter la mortifi-
cation d'avoir à résister aux désirs irréfléchis de mes deux
enfants. Je veux t'expliquer qu'il serait indélicat d'accepter
cette offre de la comtesse Prascovie. Ce serait abuser de sa
faiblesse envers sa fille que de lui imposer une aussi lourde
charge. Et puis, à considérer la chose à notre point de vue
personnel, que seriez-vous dans sa maison, Charlotte et toi?
Des jouets animés, pas autre chose. Malgré les égards qu'on
aurait pour nous, il n'en résulterait pas moins que vous
dépendriez du caprice de Nadine, et si son engouement tombait, ce qui est le propre de ces amitiés trop subites, vous sor-
tiriez de cette maison avec de fâcheuses habitudes de luxe.
Admettons que Nadine ne se lasserait pas de vous. La comtesse serait donc obligée de me prendre chez elle puisque je
ne veux pas vous quitter? Quel serait mon rôle dans la maison,
dame de compagnie ou institutrice? En tous cas, je perdrais
sur vous l'autorité sans appel d'une mère, puisque vous
dépendriez de la comtesse et de Nadine Tu vois donc qu'il
ne faut pas me donner le chagrin d'imiter Charlotte si elle
se joint à Nadine pour me presser d'accepter la combinaison
que je pressens.

— N'aie pas peur de cela, mère; je n'avais rien deviné, lui
dis-je. Il est vrai que j'aurais du chagrin à quitter Nadine,
mais moins que je n'en ai eu à me séparer de Victor. J'aurais
voulu par moments rester à Palavas avec lui, me faire marin

pour ne pas le quitter, et te voir demeurer près de Mme Dauban, quand même tu aurais dû vendre des cordages avec elle. Mais je n'ai jamais pensé que je pourrais demeurer chez la comtesse. Je ne peux pas t'expliquer pourquoi cette idée ne m'est pas venue comme l'autre.

— Voyons, me dit mère, tâche de trouver pourquoi.

— Eh bien! à Palavas, nous aurions été chez nous, nous aurions gagné notre vie et aidé Mme Dauban à développer son commerce, tandis que chez la comtesse, nous vivrions comme de faux riches. »

Mère m'embrassa :

« Tu abondes dans mon sens, me dit-elle, c'est un sentiment de dignité qui t'inspire cette distinction. Ma volonté bien arrêtée, c'est de ne pas nous séparer, de lutter contre les difficultés de la vie avec nos propres ressources, de garder un toit commun, un foyer de famille, comprends-tu? Donc, tu t'associeras à moi pour refuser ce qu'on pourra nous offrir? Mais pas un mot d'avance à Charlotte, car après tout, je puis me tromper dans mes suppositions. »

Je promis le secret, et nous nous dirigeâmes vers le salon pour aller délivrer Charlotte de sa tâche musicale. On n'entendait plus qu'une note résonnant de loin en loin sur le clavier; en revanche, Charlotte tenait à voix haute des discours qu'un *do* naturel entrecoupait çà et là de sa sonorité grave.

« Je crains que Charlotte n'ait flâné en étudiant seule, dit mère à Mlle Bruelle que nous rencontrâmes, toute prête à sortir, dans l'antichambre.

— Pardonnez-moi, répondit-elle; vous pouvez bien lui envoyer par Louis l'ordre de se préparer; elle a travaillé fort posément près d'une demi-heure. Il n'y a que cinq minutes que je l'entends jaser tout haut avec accompagnement de *do* naturel. »

J'ouvris la porte et ne pus m'empêcher de rire. Charlotte,

assise sur le tabouret de piano avec Black sur ses genoux, tenait dans sa main droite la patte du chien dont elle frappait une touche blanche, et la main gauche levée dans une attitude de maître qui démontre, elle disait :

« Monsieur Black, vous ne quitterez pas cette touche que vous n'ayez appris à la frapper juste où il faut. Ce n'est pas dans le coin à droite, vous feriez résonner le *ré*, ni dans le coin à gauche. Ecoutez! on entend le *si* en même temps et c'est un vrai charivari. On frappe juste au milieu; on donne ainsi un beau son et... »

Black se laissait faire avec une docilité méritoire; mais Charlotte cessa de pérorer en m'apercevant. Ce n'est pas qu'elle fût confuse d'être ainsi surprise. Je l'avais tant de fois entendu faire répéter ses propres leçons à sa poupée! Elle se contenta de poser le chien à terre, et elle me dit :

« Il est donc temps de partir? Tant mieux, car vois-tu, Louis, ce Black n'a pas de dispositions pour la musique. Ce n'est pas qu'il soit paresseux ou désobéissant, mais sa tête est dure, pauvre Black! »

Mlle Bruelle se mit à rire elle-même du ton doctoral de ma petite sœur, et moi je ne pus m'empêcher de dire à ma mère tout bas :

« Mère, si tu prends un externat dans la ville de mon lycée, Charlotte aura du cœur à te seconder. Voilà ce que c'est qu'une vraie vocation pour l'enseignement. Faire la leçon, même à un chien! Moi, si je ne réussis pas à changer ma nullité, je balaierai vos classes.

— Espérons que nous trouverons un meilleur emploi à ton activité, » me répondit mère avec un léger sourire, le premier que j'eusse vu effleurer ses lèvres depuis notre deuil.

On se mit à table dès notre arrivée chez la comtesse, et rien ne justifia les conjectures de mère pendant le déjeuner, si ce n'est qu'à chaque caprice de Nadine, et ils étaient nombreux, la comtesse lui disait :

« Tu vas donner une fâcheuse idée de toi à Mme Lefort. Tu sais comme ses enfants sont bien élevés. Elle craindra qu'ils ne se gâtent auprès de toi. »

Aussitôt Nadine acceptait le mets qu'elle avait refusé brusquement, ou formulait ses demandes d'une façon moins impérieuse.

Lorsque le thé fut servi, on roula la chaise longue de la malade dans le salon voisin pour séparer les deux camps des grandes et des petites personnes. Charlotte rassemblait déjà les joujoux, lorsque Nadine lui dit, après avoir attendu que le valet de chambre eût refermé la porte :

« Laisse tout cela, Charlotte. Il ne s'agit pas de jouer aujourd'hui ; il faut causer de la grande nouvelle.

— Quelle nouvelle ? demanda ma sœur.

— Tu ne sais pas ?... Est-ce que tu aimerais à rester toujours avec moi ? Nous irons à Nice, puis à Florence, et puis en Russie, et partout nous nous amuserons, va ! A Nice, nous retrouverons mon cousin Mikaël. Vous savez, Louis, c'est le petit prince chez lequel vous irez. Il est bien gentil ; il vous plaira ; mais il aime à faire des niches ; il est joliment taquin ; il ne faudra pas vous gêner pour lui payer la monnaie de sa pièce. Je vous aiderai à lui jouer de bons tours dont il rira. Oh ! il a bon caractère. Il se porte si bien !

Et Nadine soupira. Charlotte l'écoutait, bouche béante ; elle n'avait pas compris. Lorsque Nadine lui eut enfin expliqué ce beau plan, le premier mouvement de Charlotte fut de s'écrier : « Quel bonheur ! » mais son second fut d'ajouter : « Et maman ? Je ne veux pas quitter maman ! »

« Elle viendra avec nous, reprit Nadine d'un ton beaucoup moins enthousiaste. J'ai peur de la faire bien endêver ; je tâcherai pourtant d'être sage, puisqu'il le faut. Je l'ai promis. »

Elle secoua cette idée fâcheuse d'une sagesse obligée, pour en revenir aux projets de jeux entre nous trois et le cousin

Mikaël. Je restai à l'écouter sans trouver rien à lui répondre.
Cette pauvre Nadine en était arrivée à croire réalisés tous les
projets qu'elle avait fait adopter à sa mère, tant elle était
habituée à voir tout céder devant ses fantaisies. Elle ne prévoyait aucune impossibilité. Elle avait parlé, tout devait plier
devant elle.

Qu'allait-elle dire lorsqu'elle connaîtrait notre refus? Si
elle pleurait, malgré moi je serais touché au point de pleurer
avec elle. Nadine m'observait tout en faisant ainsi des plans
d'excursions et un complot de bons tours à jouer à ce rieur
de Mikaël.

« Vous avez l'air contrarié, me dit-elle. Est-ce que vous ne
serez pas content de voir Nice et Florence?

— J'aimerais à voyager, mais je crois que je ne serai pas
de vos voyages. Nous partons pour la Touraine après-demain,
et puis j'entrerai dans un lycée dès que j'aurai ma bourse.

— Mais non, mais non. Puisque je vous dis que vous
allez venir demeurer avec nous. Mère arrange cela avec
Mme Lefort.

— Cela ne s'arrangera pas du tout. »

Nadine se mit en colère contre ma résistance, et tellement
en colère qu'elle mêla tout ce qu'elle sut me dire de blessant
en français à des injures russes que je ne comprenais pas.
Comme dernier et suprême argument, elle me jeta au visage
un gros volume de contes illustrés qui était placé près de sa
chaise longue.

On nous entendait de la salle à manger. Le valet de chambre
entra pour me dire que Mme la comtesse me demandait. Le
projectile que Nadine m'avait lancé en m'appelant vilain orgueilleux et *vieux* pédant (ce qui était assez drôle), ce projectile m'avait tout ébouriffé. J'arrangeai mes cheveux d'un
tour de main, et je trouvai dans la salle à manger la comtesse
consternée, Mlle Bruelle en colère et mère, seule, très calme.

« Vous a-t-elle fait du mal? » me demanda la comtesse.

VIII

ELLE ME JETA AU VISAGE UN GROS VOLUME.

Je dis que non. Nadine criait encore très fort, et je vis dans
les yeux de mère que, tout en plaignant la petite infirme, elle
ne trouvait sa conduite d'un bon exemple, ni pour Charlotte
ni pour moi. Elle parla tout bas à la comtesse, qui lui répondit à haute voix :

« Je n'oserai pas aller la trouver dans le premier moment
de sa déception. J'avais cru pouvoir lui promettre que vous
accepteriez ; maintenant que ces enfants se connaissent et
s'aiment, Bruelle pensait que vous n'auriez plus les mêmes
objections à nous opposer... Mais Nadine se fait mal à s'agiter
ainsi.

— Vous craignez trop de la contrarier quand il le faut,
répondit mère ; vous l'aimez trop pour l'aimer raisonnable-
ment, pour son bien. Voulez-vous que je me charge, moi,
d'aller lui parler ?

— Ah ! je crains qu'elle ne vous reçoive mal, » balbutia la
comtesse.

Mère sourit et passa dans le salon, d'où elle nous expédia
Charlotte. Nous attendîmes longtemps dans la salle à manger.
M¹ˡᵉ Bruelle grondait tout bas la comtesse Prascovie d'être
une mère si faible, et la comtesse lui disait :

« C'est votre faute, Bruelle. Quand vous étiez mon institutrice, vous ne m'avez prêché que la bonté. Si je la pousse
jusqu'à l'abus, c'est votre tort, après tout, que j'expie moi-
même. »

Enfin la porte du salon se rouvrit ; mère venait nous chercher pour nous conduire auprès de Nadine. Jamais je n'avais
vu notre petite amie aussi belle qu'à ce moment où, le teint
rosé par l'émotion, les yeux pareils à deux pervenches trempées de rosée, elle tendit de loin les deux bras à sa mère. La
comtesse accourut près de sa fille et toutes deux s'embrassèrent longuement. Nous entourions la chaise longue. Charlotte elle-même était attendrie.

« Mère, je ne te tourmenterai plus, dit enfin Nadine. Ce

n'est pas une promesse en l'air; c'est une vraie résolution.
Tu peux remercier Mme Lefort. Elle m'a fait comprendre que
j'ai été un mauvais sujet. »

Nous ne pûmes nous empêcher de rire. Quoique parlant
très bien le français, Nadine était allée chercher la plus
forte expression possible pour qualifier ses torts, et cette
expression les exagérait singulièrement et prêtait à la
gaieté. Elle fut décontenancée par notre hilarité, que mère lui
expliqua.

« Merci, madame, lui dit Nadine; j'ai du chagrin que vous
ne puissiez rester avec nous. Voyez quel bien vous m'auriez
fait, même pour mon français. Mais, puisque c'est impossible... Charlotte m'écrira quelquefois, n'est-ce pas?... et
Louis peut-être aussi, s'il ne m'en veut plus. »

Elle avait tourné la tête vers moi, sans oser me regarder.
Pauvre chère Nadine! comme je lui pardonnai de bon cœur,
et sans efforts!

Le lendemain matin, mère reçut une aimable lettre de la
comtesse; elle était accompagnée d'un présent pour Charlotte
et d'un autre pour moi, avec cette mention que Nadine avait
choisi elle-même ces souvenirs destinés à la rappeler à ses
petits amis. Le cadeau destiné à Charlotte était un médaillon
contenant le portrait de Nadine; le mien, une fort belle boîte
d'aquarelles. Il fallait que Charlotte eût révélé cet objet de
mes désirs pour que Nadine l'eût ainsi choisi tout à point, et
en effet, je me souviens d'un conciliabule entre elles après
notre réconciliation de la veille. Ma sœur convint du fait :

« Puisqu'elle me demandait ce que tu aimerais le mieux,
me dit-elle. Tu pourras barbouiller tout à ton aise. Il y a assez
longtemps que tu en as envie. Nadine a dit seulement que
tu lui enverras sans doute de tes peintures quand tu auras
appris à te servir de toutes ces couleurs. »

Je n'aurais pas mieux demandé que de me mettre tout de
suite à la besogne; mais il fallait faire nos malles, emballer

ma belle boîte. Tout en soupirant de ne pouvoir l'étrenner,
je la rangeai moi-même.

Le lendemain, nous dîmes adieu à Mlle Bruelle; elle était
affligée de voir partir mère, et aussi de nous savoir en l'air,
comme elle disait, sans situation arrêtée, et elle conservait
quelque ressentiment de notre refus d'entrer chez la comtesse
Prascovie; mais, au fond, son amitié était réelle, et elle nous
souhaita un heureux succès dans notre voyage en Touraine.
Charlotte fit des adieux tendres à son favori Black; je fus
moins expansif avec l'ara, mon compagnon de chambrée, qui
me réveillait le matin par ses coassements, et qui avait des
mœurs si traîtresses. A dire le vrai pourtant, je ne l'avais
pas vu d'un aussi mauvais œil depuis les réflexions du vétérinaire. Toutes les fois que je l'avais regardé se dandiner sur
son perchoir, la chaîne à la patte, il m'avait fait l'effet d'une
fable de La Fontaine, et j'avais rêvé à ma destinée future.

Le trajet n'est pas long de Paris à la banlieue de Tours. La
diversité des régions que notre train traversait m'intéressa.
Nous étions seuls tous les trois dans notre compartiment, et
je courais d'une portière à l'autre, selon que le paysage de
droite ou de gauche m'intéressait. Charlotte, elle-même,
montra successivement à sa poupée la tour ruinée de Montlhéry, le château de Blois et le donjon d'Amboise, en n'ou-
bliant pas de faire à cette petite personne un cours d'histoire
sur les événements dont ces divers lieux ont été le théâtre.

Elle lui répétait, il est vrai, les faits que mère réveillait
dans ma mémoire à chacune de ces occasions. Charlotte était
bien excusable, à son âge, d'ignorer encore la bataille de
Montlhéry que Louis XI livra au duc de Bourgogne, et où, si
plaisamment, chaque parti se crut vainqueur; elle n'en savait
pas davantage sur Blois, qui fut la résidence de Louis XII et
d'Anne de Bretagne, et ensuite des Valois, et sur Amboise,
cette vieille bastille de Louis XI; mais elle aimait à apprendre; elle écoutait tout ce que je disais, aidé par mère,

qui ajoutait à mes courts résumés bien des détails intéres-
sants, que Charlotte multipliait par ses questions. Ensuite,
ma sœur en faisait une sorte de conférence à sa poupée, qui
ne quittait pas son bras gauche, et elle embrassait de temps
à autre les joues d'émail de son élève pour la récompenser
de son attention soutenue.

Depuis le matin, cette poupée, autrefois appelée Louisette
(car j'avais l'honneur d'être son parrain), avait été rebaptisée
Nadine en souvenir de notre petite amie. Chaque fois que
Charlotte, au cours de son monologue, articulait ce nom, j'étais
ému au souvenir de notre chère petite malade, et en pensant
à ces deux affections que je laissais derrière moi : Victor et
Nadine, je me demandais si je trouverais à Noizay de quoi les
remplacer dans mon cœur, sans les oublier, bien entendu.

Cette idée me fit adresser, à mon tour, des questions à ma
mère. Connaissait-elle grand-père Lefort? Mon oncle Jean
avait-il des enfants?

Elle me répondit par un petit résumé de ses rapports avec
la famille de mon père. J'appris ainsi qu'elle était venue en
Touraine peu de temps avant ma naissance. Mon grand-père
était encore vigoureux à cette époque-là; il exploitait ses
biens avec son fils aîné Jean. A eux deux, ils composaient
toute notre parenté, en y joignant un frère de mon grand-
père, mon grand oncle, Léonard Lefort, qui vivait à Tours.
Pour me prémunir contre la chance possible d'un accueil
froid, mère me fit entendre, mais bien délicatement, que mon
oncle Jean, resté campagnard, avait été jaloux autrefois de
voir son frère devenir un *monsieur*, selon son expression.
C'était là ce qui avait empêché nos voyages de vacances en
Touraine, ces voyages toujours projetés, une année d'avance,
et toujours remis à plus tard. Mais la tendresse du grand-père
nous était assurée. Par malheur, sa santé avait décliné depuis
quelques années; il ne quittait guère son fauteuil, et la dernière lettre de l'oncle Jean disait qu'il s'affaissait de plus en

plus. Mère se promettait de si bien le soigner, elle comptait
qu'il aurait une telle joie à voir Charlotte et moi, qu'elle es-
pérait avoir longtemps encore sa bénédiction sur nos efforts
pour assurer notre avenir.

L'oncle Jean avait un fils, de deux ans plus âgé que moi,
et sa femme, ma tante Radegonde, devait avoir laissé à mère
un souvenir peu aimable, à en juger par les recommandations
de politesse soutenue qu'elle m'adressa. Quant au grand
oncle Léonard, il était veuf et sans enfants.

A mesure que nous approchions de la station, mère répondait à mes questions d'une façon distraite. Elle finit par ne
plus les entendre et je dus me taire.

Le train s'arrêta. On nous remit nos bagages; mais après
être sortie seule un instant dans la cour de la gare, mère fut
obligée de les consigner. Puis, elle revint à nous et nous dit
tristement.

« Il faut aller à pied ; j'espérais qu'on aurait au moins
envoyé le char à bancs, pour nous transporter à Noizay avec
nos bagages. On n'aura sans doute pas pu.

— Est-ce loin, Noizay? demanda Charlotte.

— Une promenade d'une demi-heure à peu près, mais la
route est belle, répondit mère en soupirant.

Nous partîmes par la jolie route ombragée que bordent des
prés entourés de saules ; le regain y foisonnait en jets multicolores. Les thyrses cendrés de la menthe embaumaient les
bas-côtés de la route, et c'était un vol d'abeilles et de papillons incessant autour des haies, qui tendaient vers nous leurs
longs bras chargés de mûres.

Charlotte courait, riait, jasait, se barbouillait les lèvres
à cueillir et manger les mûres des haies. Je l'imitai. Le
grand air, cette campagne si jolie sous les rayons du soleil
couchant, me mettaient aussi en gaieté; mais j'allais de temps
en temps porter une mûre ou une fleur à mère, afin de voir
si elle ne s'égayait pas comme nous. Non, malgré mes atten-

tions et les rires fous de Charlotte, cette pauvre mère restait sombre.

Quand la route tourna pour longer le coteau de Vernou, nous n'eûmes plus les prés qu'à notre droite, et nous aperçûmes, par échappées, la petite nappe d'eau de la Cisse, à demi-voilée de son réseau de plantes aquatiques d'où émergeaient çà et là des nymphéas blancs et jaunes. A gauche, sur le coteau, il n'y avait plus que des vignes. La plupart étaient encore chargées de leurs grappes noires ou blondes, traînant à terre, parmi les pampres mordorés. Dans quelques autres, on vendangeait.

Enfin, comme Charlotte commençait à traîner ses petites jambes, mère nous montra une maison blanche située à mi-côte. Charlotte me défia de courir aussi vite qu'elle jusqu'au large portail de bois qui s'ouvrait sur un chemin latéral, sorte de petit raidillon où le passage des voitures avait tracé de larges ornières. Je pris mon élan, et n'eus pas de peine à franchir, avant ma petite sœur, le seuil de l'habitation où mon père était né.

Cette idée me vint au moment où j'entrai dans cette vaste cour de ferme flanquée latéralement de bâtiments d'exploitation, et au fond de laquelle s'élevait la maison blanche, dont la porte était ombragée par un acacia.

Sous cet arbre, il y avait un banc de pierre circulaire et à côté, assis dans un fauteuil de bois, un vieillard dormait, les deux mains croisées sur un couvre-pied à fleurs qui cachait ses jambes, et la tête penchée de côté. Je fis signe à Charlotte d'approcher doucement. Ce devait être là notre grand-père.

Mère ne paraissait pas encore. Nous avançâmes à petits pas. Grand-père avait l'air si bon avec ses beaux cheveux blancs flottant sur le collet de sa veste que je me retenais d'aller lui sauter au cou. Je n'avais pas peur du tout de l'aborder, quoique je le visse pour la première fois, et je ne sais pas si j'aurais résisté bien longtemps au désir d'aller l'éveiller par un baiser; mais il ouvrit tout à coup les yeux; il nous regarda sans paraître étonné; il étendit les bras et nous attira tous les deux vers lui.

« Mes pauvres petits, nous dit-il, vous voilà donc! Je rêvais de vous. J'ai senti à l'instant que vous étiez là. »

Il nous embrassa l'un après l'autre en pressant nos têtes de ses mains tremblantes. Mon front sortit humide de cette étreinte. Deux larmes du grand-père y étaient tombées.

« Et comment êtes-vous venus? nous demanda-t-il. Je n'ai pas entendu le char à bancs.

— A pied, répondit Charlotte. On n'est pas venu nous chercher à la gare.

— Comment! comment!... » Et grand-père agita une petite sonnette qui était fixée au bras de son fauteuil.

Une femme grande et forte, vêtue en dame de campagne, d'une robe à la mode, mais protégée par un tablier de soie, parut à l'entrée de la maison. Elle fit un geste des épaules, en nous apercevant.

« Radegonde, lui dit grand-père, on n'est donc pas allé chercher ma bru et mes petits-enfants à la gare?

— Un jour de vendange, on ne pouvait pas disposer d'un attelage à volonté. Tous les chevaux sont occupés, répondit-elle d'un ton d'humeur. Quand on arrive chez les gens, il faudrait au moins s'informer si le moment est favorable.

— Je ne suis donc plus écouté dans ma maison, dit grand-père. J'avais donné des ordres bien précis. »

Tante Radegonde allait répliquer, mais elle aperçut mère qui entrait dans la cour. Après l'avoir saluée de loin, elle démontra de nouveau ses intentions peu hospitalières en rentrant dans la maison.

16

CHAPITRE IX

Les vanteries d'Alfred. — Une bataille à propos de Sully. — Les battus
paient l'amende. — A l'hôtel.

L'accueil que nous firent mon oncle Jean et son fils, mon
cousin Alfred, ne répara point la froideur si peu dissimulée
de tante Radegonde. Mon oncle arriva, conduisant un charroi
de vendange, et il s'occupa bien plus de sa charrette et de
son attelage que de nous. Alfred, un gros garçon plus haut
que moi de toute la tête, nous salua gauchement sans trouver
un mot à nous dire; il s'assit ensuite sur le banc de l'acacia
et se mit à faire claquer un fouet. Il nous regardait pourtant
en dessous, du coin de l'œil.

La cour se remplit de vendangeurs portant des hottes sur
leurs épaules, de vendangeuses, le panier aux bras; il en
venait par groupe de dix ou douze à la fois. En un moment,
la cour ressembla à une fourmilière.

— Père, il est temps de rentrer, le serein tombe, vint dire
tante Radegonde qui fit un signe à son fils.

Alfred pendit le fouet à son cou, à la façon des maquignons,
et à eux deux, ils roulèrent le fauteuil de grand-père dans la
maison. Nous les suivîmes dans une petite salle basse où un
couvert était dressé.

— Vous souperez avec le grand-père, dit tante Radegonde

à mère. Les vendangeurs font trop de bruit pour lui et sans
doute aussi pour une dame comme vous. Mais ne le faites
pas trop parler. Cela le fatigue, surtout le soir. Je vous laisse
Alfred pour tenir compagnie à ses cousins.

Si telle était l'intention obligeante de tante Radegonde,
Alfred n'en tint guère compte; il parut bien plus curieux
d'écouter ce que disaient les grandes personnes que de lier
conversation avec Charlotte et moi. Plusieurs fois même, d'un
ton d'enfant gâté, il prévint grand-père qu'il allait se donner
mal à la tête à force de causer.

Grand-père ne releva pas cette sortie peu respectueuse;
mais il fit signe à mère de se pencher vers son fauteuil, et il
lui parla plus bas. Je causais avec Charlotte. J'essayais même
de me familiariser avec mon cousin pour détourner son attention de cet aparté qui le préoccupait. Malgré moi, il m'arrivait
aux oreilles quelques bribes de ce que disait grand-père :

« J'ai les mains liées. Je ne suis plus rien ici... ce malheur
arrive quand je suis trop vieux pour vous secourir... Ayez
confiance dans mon frère Léonard. Voyez-le, ma fille... Lui
seul peut... »

Grand-père s'arrêta tout à coup. Tante Radegonde entrait.
On nous envoya visiter la tablée des vendangeurs qui était
disposée dans une vaste grange. Alfred, désigné par sa mère
pour nous y conduire, retrouva la parole dès qu'il fut seul
avec nous. Par contre, je la perdis.

Il se mit à me faire l'énumération du nombre de pièces
de vin qu'on attendait de la présente vendange, des bes-
tiaux qu'on élevait, des bâtiments de ferme qu'on allait
agrandir.

Tant mieux pour lui et pour ses parents, c'est sans doute
ce que je lui aurais répondu s'il ne s'était avisé d'établir un
parallèle entre la situation gênée où nous avait laissés le savoir
de mon père, et l'aisance dont le faisaient jouir les travaux
rustiques du sien. Ce gros Alfred avait des théories là-dessus,

et il me les expliquait à sa mode un peu grossière, tout comme il avait fait claquer son fouet avant dîner, à grands tours de bras. Voilà ce qui me ferma la bouche. Je ne voulus pas être aussi brutal que lui.

Toutes ces vanteries de mon cousin passaient loin au-dessus de la tête de Charlotte qui tournait autour des longues tables de la grange, recueillant çà et là un mot de naïve sympathie qu'elle devait à sa gentillesse. Les vendangeuses lui faisaient fête, et j'entendis l'une d'elles répondre à une question que lui adressait son voisin :

— Oui, ce sont les enfants du cadet Lefort, de celui qui était professeur. On dit qu'ils n'ont pas grands moyens de fortune, et c'est dommage, car ils sont vraiment mignons. Ce ne sont pas les gens d'ici qui leur donneront de l'aide : pourtant ils ont de quoi. Tout le bien leur appartient. Mais ils aiment trop amasser pour se montrer humains, même envers leur sang. »

Elle se tut en me voyant près d'elle.

Alfred me demanda tout à coup si nous devions rester longtemps à Noizay.

J'aurais voulu pouvoir lui répondre que nous en repartirions le lendemain, et jamais plus qu'en ce moment, je ne regrettai notre asile de Passy, où le seul débat était pour nous garder le plus longtemps possible.

— C'est que je vais à Amboise la semaine prochaine, reprit Alfred ; mon père et moi, nous y allons chercher des plants pour le verger, et j'espère aussi que nous en ramènerons un cheval qu'on me promet depuis longtemps. Si vous êtes encore ici dans huit jours, tu verras comme je monte bien. Il y a longtemps que je m'exerce avec les chevaux de la ferme ; mais ils sont patauds, ils trottent mal. Avec ce joli petit cheval, je pourrais faire des tournées autour de nos biens, et je dis toujours à père que cette dépense lui serait utile, parce que je surveillerais tout son monde au travail. »

Ah! mon cher Victor, ma gentille Nadine, que vous ressembliez peu à mon cousin!

Les jours suivants furent la suite logique de cette réception du premier soir. Tante Radegonde traitait toujours ma mère en visiteuse et l'empêchait formellement de rendre dans la maison le moindre service qui attestât son droit de résidence, sa qualité de parente. L'oncle Jean ne paraissait qu'à l'heure des repas. Toujours affairé, il parlait à peine. Grand-père avait avec mère de longs tête-à-tête après lesquels il sommeillait un peu lourdement dans son fauteuil. Charlotte courait toute la journée du verger à la basse-cour, et moi j'en étais réduit à la société d'Alfred qui me promenait dans les champs.

Nous ne nous entendions pas mieux pour être toujours ensemble; il me blessait à tout moment par ses vanteries et par le dédain qu'il montrait pour tout ce que j'avais appris à estimer. J'en pris un jour une revanche, qui eut pour nous des suites assez graves.

Nous étions allés ce matin-là faire une commission pour la ferme au village de Vernou. En passant sur la place, je m'arrêtai devant l'orme vénérable qui ombrage depuis près de trois siècles le porche de l'église. Mon père m'avait parlé autrefois de cet orme, curieux à d'autres titres que son antiquité. C'est un des rares survivants de ces arbres que Sully ordonna de planter sur la place principale de chaque commune de France en commémoration de l'Édit de Nantes. Ils devaient être là le signe visible de la tolérance dont cet Édit imposait le bienfait à des populations divisées jusque-là par les guerres de religion.

— C'est le Sully, n'est-ce pas? dis-je à mon cousin en faisant le tour de l'arbre trois fois centenaire.

— Tu l'as entendu nommer ainsi par quelque vieux radoteur du canton? me répondit Alfred en haussant les épaules. Ce n'est pas un *Sully*, c'est un orme, et je ne sais pas pour-

quoi les paysans de Vernou, qui se piquent en bons Tourangeaux de n'avoir pas de patois, appellent cet orme un *Sully*.
Les deux mots n'ont pas de rapport du tout.

— Mais c'est en souvenir de Sully qui l'a fait planter.

— Sully... qui? qu'est-ce que c'est que ce particulier? et
comment, toi qui n'es pas du pays, peux-tu savoir qu'un
nommé Sully a planté cet orme, il y a je ne sais combien
de temps?... et il doit y avoir beau temps, l'arbre est si
vieux! »

Je crus d'abord que mon cousin plaisantait. Je n'imaginais
pas qu'un grand garçon de quinze ans, qui se targuait de
n'avoir plus besoin d'étudier, pût ignorer que Sully a été le
ministre et le sage conseiller d'Henry IV; mais ce n'était pas
là un jeu de la part d'Alfred.

Quand je m'en avisai, je devins tout à coup très ironique.
Il me sembla que j'étais grandi d'un mètre, et ce fut d'un ton
dédaigneux, pédant aussi, que j'expliquai à mon cousin ce
que c'était que Sully, et comment les paysans rendaient un
hommage traditionnel à ce grand homme en gardant son nom
au vieil orme de Vernou.

« Est-ce que tu prétendrais me faire la leçon, bambin? »
me dit Alfred en se campant les poings sur les hanches.

Un vieux monsieur qui était assis de l'autre côté du Sully
et qui avait entendu notre débat, vint à nous et dit à mon
cousin :

« Cette leçon est fort à propos, et tu devrais être honteux
d'ignorer, à ton âge, l'histoire de ton pays. Moi, je suis confus de t'avoir eu pour élève pendant six ans, et si tu ne sais
pas même l'essentiel, c'est que j'ai perdu mes peines avec toi.
Ne t'ai-je pas dit cent fois que chaque homme ne vaut que
par ce qu'il sait? »

Alfred avait écouté avec impatience ces observations que
lui faisait l'instituteur de Vernou; mais à ces derniers mots,
il partit d'un gros rire et répondit, le nez en l'air :

« Alors, Monsieur, vous devriez être le plus riche du canton, et mon cousin Louis, qui sait ce qu'on faisait il y a trois cents ans, devrait être embarrassé à faire le compte de sa fortune. Voyez comme tout va à l'envers : Louis n'a que ses belles paroles, et moi que vous traitez d'ignorant, je suis le seul de nous qui aie de la terre au soleil.

— Ah! ce jeune garçon est ton cousin! Il a de qui tenir, » dit l'instituteur qui ajouta pour moi quelques mots obligeants.

Mais Alfred me tira par le bras et prit congé brusquement, sous prétexte que nous étions pressés. Il me fit en effet parcourir la longue rue du village, sans me lâcher, et en m'entraînant d'un pas vif. Quand nous eûmes dépassé les dernières maisons et qu'il me tint seul sur la route, il se rua sur moi d'un mouvement haineux, me jeta à la renverse sur un des tas de cailloux longeant le fossé et m'asséna de solides coups de poings avant que j'eusse la présence d'esprit et la force de me défendre.

« Tiens! professeur, voilà le paiement de ta leçon! Tiens! voilà pour m'avoir mortifié devant le monde! Voilà pour t'apprendre que je vaux quelque chose, au moins par la force des poignets. Ah! méchant drôle, tu manges mon pain et tu oses te moquer de moi!... »

Il m'avait mis un genou sur la poitrine, et me frappait entre chaque mot. J'avais peine à respirer, et comme il me tenait aussi les deux mains, je ne pouvais ni crier ni remuer.

La colère me prit tout à coup contre cette attaque traîtresse qui m'avait surpris d'abord et même anéanti. Je dégageai ma main droite, je serrai le poing, moi aussi, et je le lançai devant moi. Alfred poussa un cri, puis il se rejeta en arrière.

Je voulus me rendre compte du coup que j'avais porté; mais il me passait des éclairs devant les yeux et une humidité

IX

« TIENS, PROFESSEUR, VOILA LE PAYEMENT DE TA LEÇON. »

17

fade qui baignait mes lèvres et mon menton me fit porter les
mains à ma figure. Je saignais abondamment du nez, et je
dus me pencher sur le tas de pierres pour ne pas souiller mes
vêtements.

Ma vue s'éclaircissait peu à peu, et je retrouvai bientôt la
faculté de penser. Alors j'affectai de ne pas me tourner du côté
où devait être Alfred. Je ne voulais ni avoir l'air de craindre
une nouvelle attaque, ni provoquer mon cousin, par la pitié
que pouvait lui inspirer mon état, à me faire des excuses. Je
finis pourtant par me demander comment je ne l'entendais
ni bouger ni souffler, et j'eus même la simplicité de croire
que mon unique coup de poing avait pu lui faire plus de mal
que je n'en ressentais de tous les siens sur ma tête et mes
épaules. Je me levai et regardai autour de moi : Alfred s'était
éclipsé.

Je respirai plus librement, et ma tête encore chancelante
en fut allégée. Bien sûr, après cette lâche agression, voyant
mon sang couler, il était allé se cacher tout honteux. Je savais
le chemin. J'allais rentrer tout droit et conter à mère comment mon cousin m'avait traité. Le moyen de le cacher
lorsque je portais des marques de sa violence sur mes vêtements déchirés, dans mon mouchoir ensanglanté et peut-être
sur ma figure? Oui j'allais tout raconter à mère, jusqu'à ce
premier tort que j'avais eu de me moquer de mon cousin.

Mais tout en marchant, d'autres pensées me vinrent. J'allais
faire gronder Alfred qui n'en aurait que plus de rancune
contre moi. Tante Radegonde passait à mon cousin toutes ses
fantaisies et ne le réprimandait jamais; elle serait blessée de
voir morigéner son fils d'importance. Peut-être en deviendrait-
elle encore plus froide pour nous, et qui sait ce qu'il arrive-
rait si elle se fâchait tout à fait contre mère?... Et cette
pauvre mère, qui subissait déjà une réception presque hostile, j'allais donc accroître ses embarras à Noizay?... Il
valait mieux se taire. Alfred ne se vanterait certes pas de sa

violence. Il valait mieux ne pas me plaindre, et m'en tenir
désormais à ne pas perdre de vue le fauteuil du grand-
père.

Je descendis par un pré jusqu'à la Cisse; je lavai ma
figure, mes mains, et du mieux que je pus, mon mouchoir,
et je revins à Noizay, satisfait d'avoir pris une résolution sage
et bonne.

Quand je mis le pied sur le seuil, je rencontrai tante
Radegonde qui passait d'un air affairé, portant à la main des
compresses. Elle s'arrêta tout court en m'apercevant, comme
si mon entrée avait quelque chose de stupéfiant; puis après
m'avoir lancé un coup d'œil indigné, elle me dit, en hochant
la tête, de haut en bas :

« Le vaurien ! le petit effronté ! Quoi ! tu oses revenir ici ?

— Mais, ma tante, qu'ai-je fait?

— Il le demande ! Si je n'aimais pas mieux attendre que
ton oncle t'administre la correction que tu mérites, je m'en
chargerais tout de suite. »

Tante Radegonde joignit le geste à la menace; elle leva la
main sur moi; elle paraissait tentée de ne pas s'en fier à son
mari, et je crois qu'elle aurait cédé à cette tentation si mère
n'eut paru tout à coup à l'autre porte du vestibule.

D'un mouvement plus vif que de coutume, mère vint se
mettre entre moi et la main toujours levée de tante Radegonde.

« Qu'a donc fait cet enfant? lui demanda-t-elle.

— C'est inutile à vous raconter, puisque vous le soutenez
déjà, répartit ma tante sèchement.

— Pardonnez-moi, ma sœur. Je suis prête à le rappeler à
de meilleurs sentiments s'il a mal agi, et à raisonner avec lui
sur sa conduite; mais je n'ai pas l'habitude de lui infliger
des corrections manuelles.

— Eh bien ! reprit tante Radegonde toute cramoisie de
dépit, vous auriez dû lui apprendre à ne pas en faire usage

pour son compte et à ne pas se servir de ses poings. Quand
on reçoit les gens chez soi, il est pénible d'avoir, pour prix de
cette hospitalité, son fils unique éborgné. »

J'avais éborgné Alfred ! Était-ce possible? Je pris ma
course follement, par l'escalier, et pleurant à chaudes larmes,
tout secoué de sanglots, je fis irruption dans la chambre de
mon cousin, au risque d'y voir l'horrible preuve du méfait
dont j'étais accusé.

Ah ! grâce à Dieu, tante Radegonde avait exagéré dans sa
colère. Alfred était là, renversé sur un fauteuil, les paupières
de l'œil gauche gonflées, marbrées, mais y voyant plus clair
que moi, à travers mes larmes.

. « Pourquoi pleures-tu ? » me dit-il d'un air grognon.

Je n'étais pas encore en état de lui répondre, et pendant
notre silence, la voix aigre de tante Radegonde monta jusqu'à nous. Il nous était impossible de suivre ce qu'elle disait;
mais son ton était assez expressif.

Alfred s'agita un moment; il me regarda d'un air boudeur;
puis il finit par me dire :

« Tu m'as marqué en pleine figure, et d'un seul coup.
C'est joli pour un gringalet de ton âge. Mon œil va passer
pendant huit ou neuf jours par toutes les couleurs de l'arc-
en-ciel. Tu comprends que j'ai été vexé, pourtant si j'avais
su que cela ferait un tel vacarme... »

La voix de mère m'appelait. Je la rejoignis dans le corridor;
elle me prit par la main; la sienne tremblait, et elle me conduisit vers sa chambre.

Au moment où nous allions nous y renfermer, tante Radegonde parut, non plus en colère, mais embarrassée et cherchant ses mots :

« Ma sœur, dit-elle (et c'était la première fois que je lui
entendais donner ce nom à mère), comment expliquerez-vous
au grand-père ce départ subit? La moindre émotion l'affecte.
Vous ne voudriez pas lui faire du mal?

— Pas plus que vous, répondit mère. Je lui dirai que nous allons visiter l'oncle Léonard.

— Et vous irez réellement à Tours?

— Sans doute. Nous y trouverons quelque asile modeste où il nous sera possible de demeurer jusqu'à ce que notre avenir soit réglé.

— Vous comptez donc vous établir pour quelque temps auprès de l'oncle Léonard? dit tante Radegonde d'un air soucieux. Mais, entre nous soit dit, il ne vous aidera en rien. Il ne vit que pour lui, en vieillard égoïste, et je vous avertis qu'il est avare.

— Que m'importe? Je n'ai à lui demander que ses bons conseils.

— Voyons, ma sœur, reprit tante Radegonde, avec un effort pour être persuasive, vous n'allez pas nous quitter ainsi pour une petite vivacité de ma part. N'allez pas à Tours où vous n'aurez que des désagréments. Restez avec nous.

— Je vous remercie. J'espère que nous nous reverrons, dans les bons termes où l'on doit rester entre gens de la même famille; mais nous serons partis d'ici à une heure. »

Quand nous fûmes arrivés à Tours et installés dans un hôtel modeste, il fallut me mettre au lit. J'avais la fièvre et mal dans tous les membres. Mère passa le reste de la journée à écrire à nos amis de Paris et de Montpellier; après notre rupture avec nos parents de Noizay, elle éprouvait le désir de se rapprocher par la pensée de ceux qui nous aimaient.

Nous avions déjà échangé des lettres avec M. Peyrade et Mⁱⁱᵉ Brueile. Victor et Nadine nous avaient écrit aussi; ils avaient beau ne pouvoir faire que des vœux pour notre bonheur, leur écrire, parler d'eux, y penser, nous tenait chaud au cœur. Nous nous sentions moins seuls dans la vie quand nous évoquions, entre nous, leur souvenir, et jamais mère n'en avait plus besoin que dans ce triste jour où elle avait dû, par dignité, fuir notre asile naturel, cette maison de Noizay qu'elle avait quittée, l'âme navrée.

Charlotte s'installa près de mère, et remplit plusieurs pages de sa grosse écriture; elle ne se faisait jamais prier pour composer une lettre. Son orthographe et son style étaient encore fantaisistes; mais, à huit ans, l'on n'est pas forcé d'être parfait sur ces deux points, et c'est déjà très beau que l'on trouve quelque chose à tirer de son propre fonds pour écrire à ses amis. Mère respectait les naïvetés de Charlotte, et moi-même, malgré mon grand mal de tête, je fus amusé en lisant la missive où elle priait Mlle Bruelle de « *Zerrer la pate à Black* » et de dire des « *choses vertes à l'ara.* » Je ne pouvais m'expliquer ce qu'elle avait voulu dire, et quoique mère me fît signe de ne pas troubler la confiance qu'avait Charlotte dans la qualité de sa prose, je lui demandai ce qu'elle entendait par ces *choses vertes*.

Charlotte commença par être très troublée de la crainte d'avoir écrit une sottise, et déclara qu'elle allait déchirer sa lettre. Mère n'y consentit pas; c'était Louis qui ne comprenait pas cette phrase; Mlle Bruelle saurait fort bien ce qu'elle signifiait. C'était à Louis qu'il fallait expliquer ce terme.

« Des choses vertes, dit Charlotte, ce sont des choses pas très aimables, puisqu'on dit d'un enfant pas sage qu'on va le gronder vertement. Mais Louis a raison; Mlle Bruelle aime ce grand criard d'ara, elle sera fâchée que je lui dise des choses vertes. »

Malgré ce scrupule de ma sœur, la lettre ne fut pas détruite, et j'obtins que toutes ces missives ne partissent que le lendemain; j'y voulais joindre mon mot et écrire aussi à Victor.

Dès que Charlotte fut couchée et que nous fûmes débarrassés de son éternelle question : « Quand retournerons-nous chez grand-père? On y était bien mieux que dans ces petites chambres. Quand repartirons-nous pour Noizay? » mère vint

s'asseoir à mon chevet et notre longue causerie lui fit du
bien. Malgré les insinuations de tante Radegonde, elle prit
confiance dans la démarche que nous allions faire le lendemain auprès de l'oncle Léonard.

Mon grand-oncle Léonard Lefort, plus jeune que mon
grand-père de douze ans, devait en avoir soixante-quatre à
cette époque. Il avait mené une vie plus aventureuse que son
frère, rivé au sol natal par l'exploitation de son héritage.
Léonard avait reçu sa part en argent, et après son service
militaire, où il avait pris goût à voir du pays, il était allé
faire du commerce en Allemagne, puis en Angleterre. Après
s'être marié dans ce dernier pays, il était revenu se fixer
à Tours, afin de faire bénéficier sa femme et son fils, très
délicats de poitrine tous les deux, du doux climat de la
Touraine. Il n'avait pu les faire vivre ainsi que quelques
années de plus. La phthisie avait fini par les lui enlever l'un
et l'autre.

A partir de ce moment, l'oncle Léonard était devenu
bizarre, un peu misanthrope, disait-on. Il n'avait pas cessé
son commerce de commissionnaire en toutes sortes de produits de la Touraine, avec l'Angleterre; mais hors de ses
affaires, il ne voyait personne et restait confiné dans sa
maison du faubourg, du côté de la levée de Grandmont. Pour
seule distraction, il cultivait son jardin, qu'on disait rempli
des fleurs les plus rares.

Qu'il fût ou non un vieil égoïste, comme l'avait prétendu
tante Radegonde, c'était l'unique appui moral que nous
eussions à invoquer dans notre abandon. Le lendemain matin,
nous parcourûmes dans toute sa longueur cette jolie rue
Royale qui descend en ligne droite des hauteurs de la Tran-
chée pour s'abaisser mollement jusqu'aux Portes de Fer,
menant à la levée de Grandmont, et nous allâmes sonner à
la porte de l'oncle Léonard.

Son habitation n'avait pas grande apparence sur la rue.

Un mur fort haut, percé d'un portail de bois gris accoté d'une
petite porte, c'était tout ce qu'on en voyait. Des aboiements
répondirent à notre modeste coup de sonnette, et une vieille
femme en bonnet tourangeau, à longues barbes de mousseline
plissée, vint nous ouvrir.

« ... Certainement, M. Lefort était chez lui ; mais il ne recevait jamais de visites, surtout le matin... Ah! l'on était de
sa famille, et l'on insistait pour faire passer au moins son
nom?... Alors, on pouvait entrer dans la cour, pendant qu'elle
irait voir, au risque d'être grondée , si nous devions être
reçus. »

Tel est le résumé des pourparlers que nous dûmes échanger
à cette porte que son cerbère enjuponné s'obstinait à tenir
par le loquet pour nous en barrer l'entrée. Enfin, la vieille
femme s'effaça d'un air maussade, et nous nous trouvâmes
dans une cour dont les murs disparaissaient sous des réseaux
de plantes grimpantes, et en face d'une maison à larges
baies vitrées, à la mode anglaise, aussi riante que la façade
sur la rue était morne. L'aspect de cette habitation donnait
confiance; mais, du fond de sa loge, le gros chien de garde
grondait tout bas, d'un grognement continu, et la vieille servante revint à nous, d'un air aussi peu hospitalier.

« Monsieur ne peut pas vous recevoir, dit-elle, il est en
affaires; mais il vous prie de venir dîner ce soir à six heures
avec vos enfants. »

Ce délai avait quelque chose de bien froid ; mais l'invitation
pour le soir le compensait.

CHAPITRE X

L'oncle Léonard. — Comptes de tutelle. — La légende de Dick Whittington et de son chat.

Quand on voyait pour la première fois mon oncle Léonard Lefort, on le trouvait d'une physionomie peu engageante, et tout de suite l'on se tenait sur ses gardes, prêt à la riposte ou à demi-dérouté d'avance, selon que l'on était d'un naturel batailleur ou pacifique.

D'une stature sèche, un peu élevée, mon oncle Léonard avait une figure osseuse éclairée de tout petits yeux fourrés tout au fond d'une arcade sourcilière proéminente ; ils avaient l'air, ces yeux-là, d'être en embuscade dans ce creux, de s'y cacher pour mieux dévisager les gens sans être surpris eux-mêmes. Une bouche à lèvres serrées qui ne se déplissaient que par une contraction amère, maligne, accentuait encore cette physionomie. L'impression défiante qu'on en ressentait était à peine atténuée par la grâce onduleuse dont une belle chevelure blanche tombait sur le collet de l'oncle Léonard.

Il vint nous recevoir lui-même à la porte de la rue. Néanmoins son accueil n'eut rien de cordial. Il secoua la main de mère sans parler, me regarda jusqu'au fond des yeux, et il fallut que Charlotte se pendît à son bras en le tiraillant, pour qu'il se souvînt qu'un oncle a le droit et presque le devoir d'embrasser ses petites nièces. Lorsqu'il comprit que ma sœur réclamait de lui cette caresse de bienvenue, il s'exécuta en effleurant le front de Charlotte d'un air rechigné, et il nous introduisit dans un petit salon en demandant à mère « en quoi il pouvait lui être utile. »

Cette question, faite d'emblée, déconcerta mère. Elle balbutia quelques mots de protestation contre ce motif d'intérêt attribué à sa visite. Je me dis qu'à ma place Victor ne laisserait pas mortifier sa mère, je n'en étais pas à mon premier regret de m'être sauvé la veille en pleurant au lieu de soutenir moi seul notre cause contre tante Radegonde. Je pris courage, je me mis à regarder les beaux cheveux blancs de mon oncle, et non pas ses yeux de furet, je lui dis à ma manière que nous ne voulions de lui que sa bienveillance, et je lui racontai tous nos plans. Il me sembla que c'était assez lui prouver que nous n'avions pas besoin de ses secours.

« Il est gentil, ce garçon-là, » dit tout à coup l'oncle Léonard. Mais comme il souriait à sa façon, je ne sus s'il se moquait de ma hardiesse ou s'il m'en savait gré.

L'annonce du dîner coupa court à ce pénible début; mais l'oncle Léonard ne sut pas nous mettre à l'aise davantage. Il mangeait vite, presque sans causer, ce dont il s'excusa auprès de mère sur son habitude de repas solitaires.

Tout le luxe de ce dîner, fort simple de mets, consistait en deux corbeilles de belles fleurs qui paraient les bouts de la table, et en un dessert de fruits superbes. Rien du reste dans la maison ne justifiait la fortune attribuée à l'oncle Léonard par nos parents de Noizay. Le salon était fané de tentures, ennuyeux par ce rangement rigide des pièces rarement habitées. L'ameublement de la salle à manger y était assorti. Rien ne révélait là ces recherches de luxe dont aiment à s'entourer les gens qui gagnent beaucoup d'argent, en témoignage visible de leur situation prospère.

Quand il eut plié méthodiquement sa serviette, l'oncle Léonard dit à mère :

X

L'ONCLE LÉONARD VINT NOUS RECEVOIR A LA PORTE DE LA RUE

« D'après ce que Louis m'a appris tout à l'heure, je vois, ma nièce, que vous avez décidé du sort de vos deux enfants à vous toute seule sans attendre ce qu'en penserait leur famille paternelle. C'est d'une femme à sentiments fiers, délicats, mais ce n'est pas tout à fait juste et sensé... Je sais ce que vous allez me répondre : Le grand-père est infirme et trop âgé pour s'occuper d'eux ; Jean est trop absorbé par ses affaires personnelles ; mais je suis là, moi, et vous auriez dû me prier de vous seconder dans votre tâche.

— Je vous ai écrit, mon oncle.

— Oui, pour me faire part de vos peines ; mais ce n'est pas là ce que je veux dire. Des orphelins doivent avoir un tuteur, et vous êtes partie de Montpellier sans rien régler de tout cela. C'est à moi que revient ce titre ; je me suis entendu à ce sujet avec les gens de Noizay, et à vous parler franchement, je vous attendais plus tôt à Tours pour régler devant la loi cette situation. Vous avez oublié le positif, ma nièce. Ainsi, dans aucune de vos lettres, vous ne nous avez renseignés sur votre situation pécuniaire. C'est un point important pour ces enfants. Il est impossible que votre mari vous ait laissés dans une misère immédiate. Je sais qu'il a été mal partagé à Noizay, puisqu'on lui a compté tous ses frais d'éducation dans son lot d'héritage ; mais enfin vous lui aviez apporté une petite dot, et, en homme sage, il devait faire une réserve sur son traitement pour l'avenir. Il doit donc vous rester quelques ressources.

— Bien peu, répondit mère. Mon mari avait prêté de l'argent à un ami qui s'est trouvé insolvable, ce qui a fait une brèche à notre petit capital. »

L'oncle Léonard frappa de son poing fermé sur la table.

« Voilà bien l'éternelle duperie des gens à beaux sentiments ! dit-il avec dépit. Mais je suis là désormais pour qu'on n'abuse plus de tant de faiblesse. En résumé, combien vous reste-t-il ? pouvez-vous m'en faire le compte précis ?

— Assurément, répondit mère, et quand vous vérifierez nos papiers, vous verrez la justification de ce qui nous manque et de ce qui nous reste. Devant voyager, j'ai déposé notre pauvre petit pécule à la Banque de France pour l'en retirer quand nous serions fixés. Voici le reçu de la Banque. »

Elle le tira de son portefeuille et le montra à l'oncle Léonard par-dessus la table. Il le prit et, après l'avoir examiné, il le mit sans autre explication dans son portefeuille à lui, qu'il remit dans sa poche d'un air qui semblait dire : « Essayez de le réclamer, maintenant que je le tiens. »

Ma figure exprima sans doute naïvement ce que je pensais de ce transfert de notre argent, opéré sans le consentement de mère. Mon oncle cligna de l'œil en me regardant et fit la petite grimace qui était sa façon de rire :

« Je vous avoue, dit-il à mère, que j'ai parlé devant les enfants de peur d'être obligé de les renvoyer au jardin, pour lequel je crains leurs ébats ; mais ils se sont si bien comportés à table que je puis espérer qu'ils ne marcheront pas sur mes plates-bandes et n'arracheront rien. »

Charlotte répondit de sa réserve ; il lui tardait d'être enfin libérée de l'obligation de se tenir coi.

« D'après tout ce que je sais de Louis, reprit l'oncle Léonard, il est plus studieux que joueur. J'ai envie de m'assurer de la façon dont il sait l'anglais. Dans la lettre qu'il m'a écrite au jour de l'an dernier, il prétendait le lire couramment. Nous allons voir ce qu'il en est. »

Nous rentrâmes au salon, d'où Charlotte prit son vol vers le jardin, qui encadrait ses ombrages et ses massifs fleuris dans la porte-fenêtre ; mon oncle ouvrit une bibliothèque et y prit un livre mince, relié en toile rouge frappée de gauffrures dorées.

« Tiens, me dit-il avec un soupir, c'est le livre qui amusait le plus mon pauvre fils que j'ai perdu. Il n'a que peu de pages ; les illustrations y tiennent autant de place que le texte ;

mais parcours-le en conscience, car je t'interrogerai sur tes impressions. »

Il m'installa sur un banc, placé près de la porte-fenêtre, et il rentra au salon où je l'entendis qu'il disait à mère :

« Maintenant que nous avons une base sérieuse, causons du meilleur parti à tirer de votre situation... »

J'ouvris le livre et, en face d'un frontispice représentant un grand clocher dans le lointain, et au premier plan, un jeune garçon assis sur une pierre et la tête tournée vers ce clocher, où l'on distinguait une grosse cloche en mouvement, je lus ce titre, tout fleuri d'arabesques :

Histoire véridique de Dick Whittington et de son chat.

Je fis la grimace. Je me trouvais déjà un peu grand pour m'intéresser aux petits contes; mais, sous ce titre, je vis ensuite en **caractères** plus fins cette mention :

Fameuse légende historique du XIV° siècle.

Et je tournai la page pour courir au texte anglais. Comme par suite d'événements que je raconterai plus tard, ce petit livre est venu en ma possession, il m'est possible de le traduire ici. Mes enfants, auxquels ce récit est dédié, auront peut-être à lire cette légende le plaisir qu'elle cause aux milliers de jeunes lecteurs anglais, qui tous ont épelé leurs syllabes dans l'histoire de Dick Whittington :

« Un riche marchand de Londres, nommé M. Fitzvaren, rentrait un soir de la Cité, où il était allé pour ses affaires. En approchant de sa maison, il entendit du vacarme à la porte basse de l'office s'ouvrant sur la rue.

« Retire-toi, fainéant, graine de coquin et de voleur, criait la
« voix aigre de la cuisinière. Il n'appartient pas à des gueux

19

« de ta sorte de s'arrêter devant une maison honorable. »

« Au lieu d'entrer par la grande porte, M. Fitzvaren se
dirigea vers celle de l'office, et il vit, à demi couché sur le
trottoir et la figure collée aux barreaux, un jeune garçon dé-
guenillé, mais d'heureuse physionomie. Ce garçon n'avait
l'air ni effronté ni malhonnête; mais il avait peine à se soutenir et de grosses larmes lui tombaient des yeux. M. Fitzvaren fut touché de son aspect pitoyable :

« Que fais-tu là ? » lui demanda-t-il.

« Le jeune garçon le salua humblement et lui répondit :

« Excusez-moi, messire. Je voudrais bien aller plus loin
« pour ne pas contrarier cette dame; mais je n'en ai pas la
« force. Ah! comme Londres est grand et que les pauvres
« gens ont tort d'y venir... Si j'avais su !...

« — Tu trembles; tu as froid ?

« — Oui, messire, et très faim aussi, murmura le jeune
« garçon en baissant la tête.

« — Si tu veux que je m'intéresse à toi, conte-moi com-
« ment tu es venu à Londres. Où sont tes parents ?

« — Au cimetière de notre village, morts tous deux, mon
« père et ma mère! Une vieille voisine me nourrissait par
« charité; mais elle se privait pour moi. Souvent, nous
« avions très peu à partager. Aux veillées, j'entendais parler
« de Londres. On disait que cette ville était si belle; on y de-
« venait si riche! J'ai eu envie d'y venir gagner ma vie. Je
« suis parti avant-hier matin, mais je ne savais pas mon
« chemin. J'ai rencontré un fermier qui allait à Londres avec
« sa charrette pleine de légumes. Il m'a fait monter dedans,
« et voilà comment je suis arrivé. J'avais tellement envie
« d'être à Londres que, dès les premières maisons, j'ai sauté
« à bas de la charrette sans remercier le bon fermier. Bien
« sûr, c'est mon ingratitude qui m'a porté malheur!

« — Et comment? » demanda M. Fitzvaren, que ce récit
amusait.

« — Ah! messire, si j'avais causé avec le fermier, il m'au-
« rait donné des conseils; il m'aurait dit que je me trompais
« en croyant les rues de Londres pavées d'or. Je n'y ai trouvé
« que de la boue, beaucoup de boue! J'ai bien vu de belles
« maisons comme la vôtre; mais partout on m'a repoussé
« quand je demandais, hier au soir, un coin pour dormir à
« l'abri. J'ai pleuré toute la nuit, en plein air, et bien regretté
« le grabat de la vieille voisine.

« — Tu ne le regretteras pas la nuit prochaine, lui dit
« M. Fitzvaren, touché de sa détresse et de la facilité intel-
« ligente dont le jeune garçon lui avait appris ses malheurs.
« Comment te nommes-tu?

« — Dick Whittington. »

« M. Fitzvaren ordonna à l'un de ses valets de conduire
Dick à l'office, pour l'y faire bien souper, et, comme la cuisinière, celle-là même qui avait injurié le pauvre petit, avait
justement réclamé l'aide d'un marmiton, il fut décidé que
Dick remplirait cette fonction, la seule à laquelle son jeune
âge le rendit propre.

« La cuisinière, qui avait un caractère acariâtre, fut très
vexée de voir introduire dans la maison le mendiant qu'elle
avait injurié, et elle rendit la vie dure au pauvre Dick. A tout
propos, et souvent même sans prétexte, elle le battait en se
servant de sa cuiller à pot, l'arme qu'elle avait le plus naturellement sous la main. Elle lui assigna pour coucher un
petit réduit dans le grenier, qui était hanté par des souris et
des rats si remuants que Dick avait peine à dormir. Parfois,
il les sentait qui grignotaient ses couvertures et qui poussaient l'audace jusqu'à se promener sur sa figure.

« Malgré ces inconvénients, Dick prenait son sort en patience. Il était bien nourri; on lui avait fait faire un habit
neuf; le valet de pied, qui l'aimait, lui avait fait don d'un
alphabet et lui apprenait à lire à ses moments perdus. Dick
voulait s'instruire pour devenir quelque chose de mieux qu'un

marmiton et pour n'être pas coiffé, sa vie durant, par la
cuiller à pot de la cuisinière. Quand M. Fitzvaren rencontrait son petit protégé, il lui disait un mot de bonté, et Dick
cherchait toutes les occasions de lui prouver sa reconnaissance.

« M. Fitzvaren avait une fille de l'âge de Dick à peu près.
Elle se nommait Alice et elle avait aussi bon cœur que son
père. Un jour, le perroquet favori d'Alice s'envola et alla se
percher dans l'arbre le plus élevé du jardin. Tous les valets
de la maison furent en mouvement pour rattraper l'oiseau.
Après plusieurs essais infructueux, ils renoncèrent à grimper
dans l'arbre, de crainte d'en tomber, tant la branche où l'oiseau persistait à rester était mince. Dick ne dit mot ; mais,
pendant que tous péroraient au pied de l'arbre, il se mit à y
grimper, et il parvint à rendre à miss Fitzvaren l'oiseau
dont la perte l'affligeait ; mais ce ne fut pas sans avoir été
mordu, égratigné par le perroquet fugitif.

« Un autre jour, le valet de pied, qui suivait habituellement Alice et sa gouvernante à la promenade étant malade,
miss Fitzvaren voulut que Dick le remplaça. Il passa son
bel habit et se tint à distance respectueuse des deux prome-
neuses, selon les instructions qu'il avait reçues ; mais il crut
devoir y déroger en s'apercevant qu'après avoir fait la charité
à un pauvre, miss Alice laissait tomber sa bourse par mé-
garde. Dick la ramassa et courut la rendre à sa jeune mai-
tresse qui, le soir même, raconta ce fait à M. Fitzvaren.

« Dick ne reculait devant aucune corvée pour se rendre
utile ; il cira si bien un matin les bottes d'un ami de la maison,
que celui-ci lui donna un penny. C'était le premier argent
que possédait Dick, et il rêva longtemps sur l'emploi qu'il en
ferait.

« Le lendemain, il venait de faire une commission, quand
il rencontra une petite fille qui portait un chat sous son bras.
Ils lièrent conversation ensemble, et Dick apprit qu'elle allait

au pont de Londres pour jeter de là son chat dans la Tamise,
parce qu'elle n'avait pas de quoi le nourrir.

« Dick eut pitié de la pauvre bête ; il offrit à la petite fille
son penny en échange du chat affamé, et il rentra à la maison
en portant son acquisition sous son bras. Le premier mouvement de la cuisinière quand elle vit ce nouveau commensal,
fut pour s'armer de la cuiller à pot. Après avoir bien battu
Dick, elle lui déclara qu'elle ne donnerait pas une miette de
nourriture à ce chat galeux.

« — Il mangera sur mes repas et dans mon assiette, »
répondit doucement le marmiton.

« Dès ce jour, Dick eut un ami, et il recueillit vite le prix
de son bienfait. Les rats de son grenier n'osèrent plus faire
des excursions sur son lit, que le chat gardait, en sentinelle
vigilante.

« Sur ces entrefaites, M. Fitzvaren, ayant un navire prêt
à mettre à la voile, fit appeler tous ses domestiques et leur
dit :

« Un de mes navires va partir. Il est juste que ceux qui me
« servent ne perdent pas une occasion de profit. Chacun de
« vous n'a qu'à me confier soit en argent, soit en nature, de
« quoi commercer dans les pays lointains. Au retour du na-
« vire, il lui sera rendu compte de sa part de gain. »

« Tous les domestiques risquèrent peu ou prou, chacun
suivant ses économies.

« Je ne vois pas Dick parmi les autres, dit Mlle Fitzvaren
« à son père ; le pauvre garçon aura appris pourquoi vous
« convoquiez vos gens et il ne sera pas venu, n'ayant à ex-
« porter ni argent ni marchandise. Père, je veux vous donner
« quelque chose pour lui, de l'argent qui fructifiera en son
« nom.

« — Je n'en veux pas, répondit M. Fitzvaren. Il faut que
« chaque apport provienne réellement de la personne titu-
« laire. Sans cela, on lui ferait la charité. Qu'on appelle Dick.

« Il a peut-être quelque chose à risquer dans cette affaire. »

« Dick fit une entrée piteuse au parloir. Il savait d'avance de quoi il s'agissait.

« Je n'ai rien, dit-il, rien au monde, pas une épingle.

« — Si, tu as ton chat! dit un valet d'écurie facétieux.

« — Quelle spéculation de commerce peut-on faire sur un « chat? dit M. Fitzvaren en riant.

« — On ne sait pas, on ne sait pas, objecta miss Alice, « qui voulait absolument que le pauvre Dick tentât la for- « tune. Puisque vous n'avez pas autre chose, Dick, il faut « confier votre chat au capitaine du navire. »

« Si tout autre que miss Alice eut donné cet avis à Dick, il aurait résisté; mais comment ne pas obéir à une si bonne maîtresse? Les larmes aux yeux, le cœur navré de quitter son unique ami, Dick donna son chat au capitaine et le na- vire partit.

« Tous les valets prirent le pauvre Dick pour but de leurs risées au sujet de sa singulière pacotille; la cuisinière devint encore plus aigre, et Dick, seul au monde, désormais sans consolation, tracassé le jour, réveillé la nuit par les rats du grenier, prit la résolution de s'en aller. Vraiment, il ne pou- vait être plus malheureux ailleurs.

« Le 1ᵉʳ novembre, dès l'aube, Dick s'esquiva de la maison Fitzvaren et marcha tout d'une traite jusqu'à Hollovay. Se sentant fatigué, il s'assit sur une pierre (qui existe encore à cette place et qu'on nomme pierre de Whittington), et là, il se mit à penser à ce qu'il allait faire. Pendant sa méditation, les cloches de Bow se mirent à sonner, et dans leur carillon, il entendit répéter et répéter encore les mots suivants :

« Retourne, Whittington,
« Trois fois maire de Londres.
« Return, Whittington,
« Threece lord major of London.

« Être lord-maire de Londres, premier magistrat de la
Cité; se promener dans un beau carrosse doré, recevoir Sa
Grâce le roi d'Angleterre et lui faire des discours, quel rêve
d'avenir !

« Dick écouta les cloches tant qu'elles voulurent sonner et
lui répéter cet augure fantastique; puis, tout doucement, il
revint sur ses pas, et il eut la bonne chance de rentrer à la
maison avant que la cuisinière ne fût levée. Il y reprit son
office de marmiton, et ne pensa plus aux cloches de Bow que
lorsque la cuisinière s'escrimait trop fort de sa cuiller à pot.

« Cependant le navire fut porté par le vent sur la côte de
Barbarie, habitée par des Maures inconnus aux Anglais. Les
marins furent bien reçus par ces barbares, et le capitaine fut
invité à dîner chez leur roi. Mais à peine le festin était-il
servi dans une salle basse du palais, qu'une multitude de
gros rats entra dans la salle et se jeta sur les mets. Le roi
s'excusa auprès de son convive, et lui dit que ces maudites
bêtes finiraient par rendre son palais inhabitable, parce qu'il
ne savait comment s'en débarrasser.

« Que donneriez-vous, lui demanda le capitaine, à quelqu'un qui vous délivrerait de cette engeance?

« — La moitié de mon trésor. »

« Le capitaine alla chercher dans sa cabine le chat de
Whittington, qui, à peine dans la salle, se jeta sur les rats
et en fit un grand carnage. Quand il eut dit au roi que ce chat
était une chatte et qu'elle aurait bientôt des petits, le roi fut
enchanté; il acheta toute la cargaison du navire à un bon
prix et donna en plus plusieurs lingots d'or pour le chat.

« Un matin que M. Fitzwaren était dans son cabinet, il
vit entrer le capitaine du navire, son second et tous les
hommes d'équipage chargés de lingots d'or. Le capitaine
raconta son aventure en Barbarie. Alors M. Fitzwaren dit
à son valet de chambre :

« Allez chercher Dick. Qu'il vienne tout de suite; mais par-

« lez-lui avec déférence, et appelez-le monsieur Whittington.
« Je me réserve de lui apprendre ce qui lui arrive.

« — Vous allez donner tout cet or à cet enfant, monsieur
« Fitzvaren? lui dit le capitaine. Qu'en fera-t-il?

« — Il lui appartient, répondit l'honnête M. Fitzvaren.
« Dieu me préserve d'en distraire un seul penny. »

« Tout ébloui de ce qu'il avait vu et entendu, le valet de
chambre descendit à la cuisine, où il trouva Dick occupé à
récurer une casserole.

« Voulez-vous venir, monsieur Whittington, lui dit-il,
« mon maître vous demande. »

« Puis, emporté par sa joie de la fortune échue à son petit
favori, le valet oublia les instructions qu'il avait reçues et il
s'écria :

« Viens vite, Dick : c'est le dernier ordre auquel tu obéis,
« car le navire est revenu, ton chat t'a rapporté plus gros
« d'or que toi, et te voilà riche comme un roi.

« — Vous aussi, vous vous moquez donc de moi! fit le
« marmiton. Laissez-moi finir ma tâche, sans quoi je serais
« battu. »

« Un second exprès de M. Fitzvaren obtint plus de
créance parce qu'il s'abstint de commentaires. Dick monta
l'escalier du parloir, en ayant malgré lui dans les oreilles
le bourdonnement des cloches de Bow, et il rejeta tout soupçon de mystification lorsque M. Fitzvaren lui dit en lui
montrant un siège :

« Asseyez-vous, monsieur Whittington. Je veux être le
« premier à vous annoncer votre bonne fortune et à souhaiter
« qu'elle vous profite. »

« Dick avait été courageux et patient dans l'adversité; il
accepta la richesse sans en être ébloui. Il commença par faire
un beau présent au capitaine, au second, à tous les matelots
du navire, puis à son bon ami le valet de chambre et aux
autres domestiques, sans même oublier la cuisinière.

« Elle fut si confuse de cette générosité qu'elle ne put
s'empêcher de murmurer :

« Ah! monsieur Whittington, je ne mérite guère vos
« bontés. »

« Il lui répondit en riant :

« Pardonnez-moi, je dois à votre cuiller à pot une vertu.

« — Et laquelle? » demanda M. Fitzvaren, qui présidait à
cette distribution de libéralités.

« — La patience, répondit Whittington. »

« Le pauvre Dick, devenu M. Whittington, s'associa au
commerce de M. Fitzvaren; il grandit, s'instruisit, devint un
homme remarquable et il épousa miss Alice. La fête de leurs
noces fut superbe. Le lord-maire, les aldermen, les shériffs,
et tous les plus riches marchands de la Cité se firent honneur
d'y assister. »

Qu'il y ait ou non du fantastique dans cette légende du
chat de Dick faisant la fortune de son maître, il est certain que
Whittington, parti de très bas et parvenu à une haute situation par son travail et son intelligence, fut shériff de Londres
en 1360 et plus tard, trois fois lord-maire, selon la prédiction
des cloches de Bow. Il reçut notamment, en cette qualité, le
roi Henri V à son retour en Angleterre, après la victoire
d'Azincourt, et le roi lui dit :

« Jamais prince n'eut un tel sujet que vous. »

Bel éloge venant d'un si grand roi, et auquel Whittington
répondit avec autant de justesse que d'à-propos :

« Jamais n'eut sujet un tel prince que Votre Grâce. »

« Whittington fut anobli et créé chevalier. Il mérita cette
distinction par sa vie honorable et jamais il n'oublia qu'il
avait été pauvre, dénué de tout, car après avoir bâti une
église de ses deniers, il édifia une école, puis un collège qu'il
fournit de bourses pour les étudiants pauvres. »

Le texte finissait là; je l'avais parcouru fort vite, intéressé
au sort du pauvre Dick, et pour savourer une seconde fois

cette impression, je regardais les gravures illustrant chaque page, lorsque la voix de mère, arrivant jusqu'à moi, me fit tressaillir :

« Monsieur, disait-elle à mon oncle, vous ne détruirez point mon unique espoir pour cet enfant. Je veux faire pour lui ce que son père eût fait si Dieu nous l'avait conservé plus longtemps. »

Est-ce que je me trompais? La voix de mère était haletante, brisée. Est-ce que l'oncle Léonard, lui aussi, l'affligeait au point de la faire pleurer? Est-ce que nous avions quitté Noizay pour retrouver aussi des querelles à Tours?

Je ne réfléchis point sur ce que j'allais dire, mais d'un bond je rentrai au salon.

CHAPITRE XI

Si prompt que j'eusse été, je ne pus m'assurer si mère pleurait; elle était penchée sur un papier couvert de chiffres au crayon, que mon oncle venait de tracer sans doute; il tenait encore ce crayon à la main droite, et il gesticulait pour accentuer la démonstration qu'il arrêta en m'apercevant, mais dont j'entendis ces dernières phrases :

« Ce n'est pas moi qui vous entrave, ma nièce, c'est la nécessité. D'après ces calculs, votre petit capital vous fournira journellement pour vivre à trois la somme insuffisante de 3 fr. 38. Risquer une part de ce capital dans une entreprise d'externat ou de pension serait... Eh bien, Louis, que viens-tu faire ici? nous ne t'avons pas appelé, me dit l'oncle Léonard en m'apercevant. »

J'allai vers mère; de la main, elle me fit signe de ne pas la déranger, et elle se baissa encore plus sur le papier chargé de multiplications et de divisions. Était-elle absorbée dans la vérification des calculs que mon oncle avait faits? Voulait-elle me cacher sa figure? Je ne le sus point; mais comment répondre à l'oncle Léonard autrement que par ces mots :

« J'ai lu l'histoire de Whittington, vous pouvez m'interroger si vous voulez.

— Ah! pourquoi pas? C'est même fort à propos? Dis-moi
d'abord ce que tu en penses.

— D'abord, je ne crois pas un mot de tout ce qui se passe
en Barbarie : ces rats dont le roi ne sait pas se débarrasser,
et les lingots d'or qu'on donne en échange du chat. C'est un
conte.

— Possible ; toutes les légendes du moyen âge ont une part
de merveilleux, et plus nous allons, moins l'on croit aux
choses fantastiques. Mais alors, d'après toi, à quoi Whittington doit-il sa fortune ? car je t'avertis qu'il a existé et que le
fond de l'histoire est réel. »

Je réfléchis un instant :

« M. Fitzvaren a-t-il aussi existé? demandai-je.

— Il paraît qu'oui.

— C'est lui qui aura fait la fortune de Whittington en
l'envoyant sur mer, ou en l'employant chez lui à autre chose
qu'à récurer des casseroles. »

J'avais parlé d'abondance, un peu fier de ma perspicacité,
et je ne devinai pas pourquoi l'oncle Léonard se mit à taper
du pied avec dépit en m'envoyant le plus méprisant de ses
sourires.

« C'est cela, dit-il d'un ton âpre, toujours le vieux préjugé
sur un aide nécessaire, indispensable! Et à ton âge, Louis,
tu l'as déjà!... Avant Dick, il y avait eu d'autres marmitons
dans la cuisine de M. Fitzvaren, et aucun autre que lui
n'est devenu par la suite lord-maire de Londres. Ce n'est
donc pas M. Fitzvaren qui a fait la fortune de Dick, car
alors pourquoi n'aurait-il pas fait celle de tous ses marmitons ? C'est le mérite personnel de Whittington qui l'a rendu
digne de tous les succès. C'est la délicatesse de conscience
qui lui faisait, tout petit, gagner son pain au lieu de l'accepter
comme une aumône, c'est sa probité, son intelligence, sa

patience qui ont aidé à sa fortune. Tel qu'il était, s'il n'eut
pas rencontré M. Fitzvaren, il serait arrivé par d'autres
voies à la situation qu'il a conquise. Des Fitzvaren, il y en a
plein le monde, mais combien peu de Whittington! Sache
bien ceci, l'important est de valoir par soi-même. Alors, on
peut se passer d'aide. Les jeunes chênes n'ont pas besoin de
tuteurs, et ils poussent droit et dru, Dieu merci! Vraiment,
je suis fâché pour toi que tu n'aies pas compris le vrai sens
de cette histoire. »

Je n'osai point protester; pourtant j'avais compris cette
moralité avant que l'oncle Léonard prît la peine de me l'exposer de ce ton rude. Je crus que nous en avions fini avec
Whittington; mais il poursuivit :

« Tu n'entres pas dans assez de détails pour que j'apprécie
ta compréhension du texte anglais. Voyons! à la place de
Dick, qu'aurais-tu été capable de faire?

— Je suis sûr, répondis-je, que j'aurais rendu la bourse
tombée à miss Alice, et que j'aurais essayé de grimper à
l'arbre pour lui rendre son perroquet; j'aurais dégringolé
sans réussir, par exemple, parce que je ne suis pas adroit
à la gymnastique. J'aurais volontiers donné mon penny pour
empêcher de noyer le chat, et je l'aurais aimé. C'est si triste
d'être tout seul! Je crois aussi que j'aurais travaillé de mon
mieux; mais peut-être que j'aurais fait trop chauffer de temps
en temps sur le fourneau cette maudite cuiller à pot, pour
échauder la main de la cuisinière.

— Ah! ah! et tu ne lui aurais pas non plus fait part de tes
trésors?

— Mais si, pour lui faire honte de sa méchanceté. »

Mon oncle me donna une tape amicale sur la joue :

« Mon garçon, me dit-il, les cloches de Bow sonnent à un
certain moment pour chacun de nous. C'est l'heure pour toi.
Veux-tu devenir professeur comme ton père, imposer dans ce
but à ta mère l'obligation d'aller demeurer dans une ville

inconnue, et d'y chercher péniblement des moyens d'existence,
car tu ne pourras pas l'aider d'ici à bien longtemps! Ou
veux-tu que je sois ton Fitzvaren? Je ne ferai pas d'un coup ta
fortune, non; mais je te mettrai en main une profession qui
dans trois mois te rapportera quelque chose, et qui aidera au
bien-être des tiens avant même que la moustache ne te soit
poussée? Attends : ne réponds pas encore. Dans l'idée de ta
mère, la seconde alternative est une déchéance. Il est certain
qu'il est plus noble d'embrasser une carrière libérale; mais
encore pour cela, faut-il avoir son pain assuré. Autrement,
on fait vivre les siens de sacrifices incessants et si l'on ne
devient pas un homme d'élite, on se décourage, et l'on devient
un déclassé, c'est-à-dire un propre à rien. On dédaigne les
tâches ordinaires que tout homme est apte à remplir, et l'on
reste au-dessous des tâches auxquelles on aspire. Au total,
c'est le malheur pour la famille qui a eu des aspirations plus
hautes que ses moyens .. Je ne puis pas juger ce dont tu es
capable, je ne m'y connais point; si j'étais certain que tu
eusses les capacités de ton père, je laisserais ta mère et ta
sœur manger pour toi leur pain tout sec... »

J'arrêtai mon oncle; cette image me frappa plus que tout le
reste.

« Non, lui dis-je, il ne le faut pas. Je veux gagner ma vie
le plus vite possible.

— Tu ne prévois pas à quoi tu t'engages. Tu as été jusqu'ici
un jeune fils de famille, servi, pomponné, choyé, et à mains
blanches. Dans huit jours tu seras un petit employé faisant
des paquets, s'essayant aux correspondances de commerce,
copiant des factures, trottant par les rues sur l'ordre du
moindre employé plus ancien que toi dans la maison. »

Je me mis à rire et je répondis :

« Dick récurait les casseroles. »

Mais, tout de suite, l'idée me vint que j'intervenais dans le
débat de mère et de mon oncle pour donner raison à ce der-

nier. Je me tournai vers la table où mère était accoudée
quand j'étais entré ; son fauteuil était vide, et en la cherchant,
je la vis passer sur la terrasse avec Charlotte.

« Très bien, me dit l'oncle Léonard, je suis certain maintenant que tu as compris l'histoire de Whittington. »

Mère fut silencieuse pendant notre séjour à l'hôtel. Je sentais qu'elle m'en voulait d'avoir décidé de notre sort contre
son gré ; mais, je l'avoue, j'étais fier de penser que sous peu,
grâce à mon travail, j'ajouterais quelque chose à ces 3^{fr}, 38^{c}
par jour auxquels nous en étions réduits.

Le lendemain, tout au matin, mon oncle arriva.

« J'ai un logement pour vous, dit-il à mère ; je viens vous
prendre pour l'aller visiter. Vous m'avez dit que vos meubles
sont consignés en gare à Paris où vous les avez laissés pour
attendre de savoir où vous vous fixeriez. En avez-vous la
liste? »

Après l'avoir lue, il ajouta :

« Jamais ils ne pourront tenir dans le petit logement que
j'ai en vue. Nous en vendrons une partie. Il ne faut pas
garder de non-valeurs. Voyez-vous, ma nièce, il faut trancher
dans le vif, et vous établir sur le pied modeste qui convient
à votre position. Quand l'on garde des restes d'une ancienne
aisance, on ne fait qu'augmenter ses regrets, et l'on s'expose
à dépenser plus que l'on a.

— C'est ce que je ne ferai jamais, répondit mère un peu
blessée de cette leçon. Je me défendrai du mieux que je pourrai avec nos ressources restreintes, sans rien devoir à personne, pas même à titre d'obligeance. »

Au lieu d'être piqué de cette réplique, l'oncle Léonard
y applaudit et nous partîmes tous trois avec lui.

Il nous mena, par la rue de la Vieille-Intendance, à une
maison qui avait dû être construite vers la fin du XVe siècle
pour servir de résidence à quelque noble seigneur. Ce vaste
et haut corps de logis accoté à chaque extrémité de deux

tourelles où montait un escalier à vis, des angles rentrants
et sortants sur la façade, quelques fenêtres carrés ayant
gardé leurs meneaux de pierre sculptée, d'autres si étroites
qu'elles semblaient un vide causé par la chute d'une pierre,
telle était l'architecture irrégulière de cet hôtel qui, malgré
l'élégance bizarre de son aspect, avait quelque chose de
choquant, et comme l'air d'une princesse devenue servante.

Des linges blanchis étaient étendus pour sécher dans la
vaste cour d'honneur qui le séparait de la rue. A droite, un
hangar en briques longeait son côté latéral et appuyait son toit
contre la tourelle dont la porte était encore surmontée d'un
écusson héraldique. Le puits, revêtu d'une sorte de berceau
en lames de fer forgé, dont les branches feuillues formaient
en se rejoignant un bouquet de fleurs de lis, était déshonoré
par sa margelle jonchée de débris de légumes et plus encore
par le prétendu ornement que lui faisaient des fleurs
poussant dans de vieilles marmites, et dont il était entouré.
La façade elle-même était gâtée par quelques ouvertures en
maçonnerie moderne qu'on y avait pratiquées sans goût,
selon les besoins d'aménagement intérieur, et par l'utile
adjonction des conduits d'eau en zinc qui réduisaient au rôle
d'épouvantails de pierre les gargouilles allongées hors de la
ligne du toit; ces monstres sculptés bâillaient largement leur
ennui de leur inutilité, et leurs gueules ne servaient plus que
de nids aux hirondelles.

L'oncle Léonard nous précéda dans l'escalier de la tourelle
du côté gauche.

« Comme c'est bâti! nous dit-il en frappant sur la vis
cannelée autour de laquelle s'imbriquaient les marches de
pierre, en tranches obliques. C'est bâti pour l'éternité. Dans
ce temps-là, ils n'épargnaient ni les matériaux ni la main
d'œuvre.

—Mais mon piano ne pourra jamais passer ici, » dit mère.
Mon oncle se tourna brusquement :

« Un piano? pourquoi garder un piano? Vous tireriez du vôtre au moins cinq à six cents francs, peut-être plus.

— L'argent n'est pas tout, répliqua mère. Vous m'avez prouvé, monsieur, que je dois être ma propre ménagère, mais raison de plus pour que je garde cette unique échappée vers mon ancienne existence. La musique fera du bien aux enfants et à moi-même. Elle me sera ce que vous est la vue de votre jardin.

— Bon ; mais votre piano pourra passer par cet escalier, je vais vous le prouver. »

Il monta quelques marches et alla frapper à une porte enfouie au fond d'un palier encastré dans l'épaisseur du mur. Au mot « d'entrez », il ouvrit cette porte, et sans autres façons, il nous fit signe de le suivre.

Nous nous trouvâmes dans une vaste pièce qui devait être à la fois la cuisine et la salle à manger de ce logement. Une sorte de symétrie la séparait en deux régions distinctes. A gauche, la cuisine avec tout son outillage ; à droite, le buffet, une table ronde, des chaises cannées, et les quelques recherches de bien-être que comporte la pièce où se réunit la famille. Ce côté-là devait également servir d'atelier.

Près de la fenêtre à meneaux, une femme était assise devant une sorte de métier où une petite masse de papier était serrée entre deux ais de bois ; il en pendait trois ficelles, et d'autres masses de papier ressemblant à des livres sans reliure étaient disposées à côté sur une grande table. La femme posa sa longue aiguille enfilée de gros fil de lin, et se leva pour nous saluer.

« Mère Tournier, lui dit mon oncle, donnez-moi la clé de là-haut. Est-il venu quelqu'un pour le visiter depuis avant-hier?

— Oui, deux personnes ; mais elles l'ont trouvé trop cher pour elles.

— Vous ferez ôter l'écriteau. Le logement est loué. Mais

21

à propos, voulez-vous montrer à Madame, qui le prend, votre
grand bahut, cette armoire que vous croyiez être obligée de
démonter en emménageant, et qui a passé tout de même par
l'escalier ? »

Mme Tournier se leva, et nous ouvrit la porte voisine de
son établissement de travail, mais elle ne fit que traverser
cette pièce, une chambre à coucher modeste d'ameublement,
et qui n'était remarquable que par son exquise propreté. Il
n'y avait là que des meubles d'ouvriers aisés : un lit, une
commode, des chaises en noyer, quelques photographies au
mur, et par-delà des rideaux blancs de la fenêtre, un voile de
plantes grimpantes, parterre aérien qui égayait cet humble
intérieur.

Mme Tournier ne fit donc que traverser cette chambre et
nous en ouvrit une autre, située tout à l'autre bout. L'appartement était en enfilade, selon la disposition de beaucoup
d'anciens logis.

Mon oncle s'arrêta sur le seuil et s'écria :

« Peste! comme vous gâtez votre fils, car c'est sa chambre,
n'est-ce pas?

— Mais naturellement, monsieur, répondit Mme Tournier
en redressant la tête par un mouvement d'orgueil maternel.
Je tiens à ce que le capitaine soit mieux chez ses parents que
dans toutes ses garnisons. Et ne dites point que nous le gâtons.
Il nous fait honneur, notre fils. Est-ce que nous ne devons
pas l'honorer en retour?... Madame, dit-elle à ma mère,
est-ce que ce n'est pas beau pour le fils d'un ouvrier d'avoir
réussi dans l'armée presque aussi vite que les jeunes gens
sortis des écoles du gouvernement ?

— Oh! certes, très beau, répondit mère, et voilà sans doute
le portrait de monsieur votre fils? Il a une physionomie heureuse, et je gage qu'il est sensible à ces recherches dont vous
l'entourez à cause de l'affection qu'elles témoignent, encore
plus que par goût pour le luxe.

— Oh! oui, » dit Mme Tournier avec un bon sourire qui embellit ses traits un peu vulgaires.

Pendant que mon oncle mesurait avec sa canne la vieille crédence sculptée qui était, selon ses prévisions, plus haute et plus large que le plus grand piano droit, je regardais le portrait du capitaine. Oui, il avait une figure belle et loyale, et l'air content d'être au monde. Et pourquoi pas? Il y réussissait par son seul mérite et faisait ainsi la gloire de ses parents. Partant de très bas, il avait su faire son chemin. Quel encouragement pour moi! Je regardai longtemps ce portrait et ne quittai la chambre qu'après avoir fait au capitaine un signe d'intelligence qui signifiait :

« Je t'imiterai. »

Mon oncle, tout en prenant des mesures, disait entre ses dents, sans se soucier d'être entendu par Mme Tournier et de l'attrister :

— Un tapis de moquette, des tentures de perse, des meubles sculptés, quelle folie! enfin, chacun a la sienne, et votre mari qui gagne dix ou douze francs par jour peut se permettre d'extravaguer pour son fils. Après tout, cela vaut mieux que les dépenses de cabaret ou de jeu, et il en reste quelque chose. »

Ce chiffre de douze francs par jour me frappa. Ces gens-là étaient bien plus riches que nous et en montant l'escalier pour gagner le second étage où était le logement à nous destiné, je demandai à mon oncle quel était l'état de maître Tournier.

« Il est ouvrier doreur-relieur, et des plus habiles, me dit-il. Mais attention, vous voici chez vous. »

C'était la répétition du premier étage, trois grandes pièces en enfilade dont le plafond à poutres saillantes n'était pas blanchi, et qui n'auraient pas été laides grâce aux fenêtres originales s'ouvrant au nord et au midi, si les anciennes hautes cheminées n'eussent été remplacées par d'affreuses cheminées modernes en bois peint de façon à simuler le marbre. Au total, trois grandes halles carrelées de briques rouges, à murs couverts de fort laids papiers à ramages.

« Vous aurez de l'espace, disait mon oncle en démontrant l'avantage de deux expositions que présentait chaque pièce.

— Et même trop, répondit mère. Comment chaufferai-je en hiver cette immensité?

— La mère Tournier vous dira comment elle s'y prend; elle vous initiera aux us et coutumes du pays. Je vous recommanderai à son bon voisinage. »

Mère se promenait de long en large; de temps en temps, elle s'approchait de l'oncle Léonard pour lui présenter une objection; mais elle s'arrêtait. Elle n'osait pas. Il s'aperçut enfin de son embarras.

« Eh! quoi, vous n'êtes pas enchantée de ce logement? lui dit-il d'un air qui prouvait qu'il la trouvait trop difficile.

— Excusez-moi, je préfère en chercher un autre. Je suis prête à toutes les économies possibles; mais je ne me résignerais pas à faire ma cuisine dans cette première pièce d'entrée, et je n'oserais pas demander au propriétaire d'établir ici une cloison, ce qui serait facile pourtant. Je craindrais que cette demande n'augmentât mes frais de loyer.

— Le propriétaire, mais c'est moi ! » dit mon oncle.

Il tira son calepin, fit des calculs :

« Allons, vous aurez votre cloison, dit-il, j'y mettrai les ouvriers demain. Il faut bien faire quelque chose pour ses parents. Naturellement, comme vous l'avez dit, cela augmentera votre loyer; mais comme vous me signerez demain un bail de trois, six et neuf ans, l'augmentation sera peu de chose. »

Telle fut l'unique concession que mon tuteur fit à ma mère.

Quinze jours après, nous étions installés, mais après une série de discussions aussi polies que possible entre mère et l'oncle Léonard qui avait voulu faire vendre les trois quarts

de nos meubles sous prétexte d'en faire de l'argent; il nous
eût réduits au plus strict nécessaire si mère n'avait tenu à
conserver de quoi rendre notre logement moins laid. Ce
qu'elle eut à défendre surtout, ce fut la bibliothèque de mon
père qu'elle voulait garder pour moi; tous ces livres annotés
de sa main nous étaient sacrés et ne devaient pas être livrés
à des étrangers, fût-ce même à prix d'or. C'était notre fortune,
à nous; nous y retrouvions à chaque page son cher souvenir,
et même des instructions dans ses auteurs favoris dont les
maximes étaient soulignées et souvent commentées par lui
à la marge.

L'oncle Léonard fut plusieurs jours avant de comprendre
et d'approuver notre sentiment à ce sujet; enfin il se résigna.
Il est juste d'ajouter qu'il déploya beaucoup de zèle pour nous
épargner trop de dépenses dans cette installation; il n'oublia
pourtant pas de se faire rembourser jusqu'au dernier centime
les menues sommes qu'il avançait.

Il eut l'idée ingénieuse d'utiliser comme rayons à livres les
planches de nos caisses d'emballage. Mère les couvrit du drap
sombre qui avait été la tenture de l'ancien cabinet de travail
à Montpellier, et mon oncle mit l'habit bas pour les clouer
au mur. La première pièce fut ainsi tapissée de livres du haut
en bas et elle prit un aspect honorable.

Quand nous fûmes installés ainsi, nous eûmes la visite de
tante Radegonde que la curiosité amenait. Elle voulait
apprendre au juste ce que l'oncle Léonard avait fait pour nous;
elle nous félicita de l'intérêt que nous lui avions inspiré, mais
nous avertit que nous nous étions donné en lui un tyran. Nous
verrions d'ailleurs par la suite qu'il était capricieux autant
que despote. Elle essaya d'arracher à mère quelque plainte
contre les procédés mesquins de l'oncle Léonard, mais elle
eut le chagrin de n'y pas réussir.

Nous avions annoncé à tous nos amis le changement opéré
dans notre destinée. Ils nous répondirent tous, mais dans un

esprit différent. Mlle Bruelle déplorait ce changement; Victor,
au contraire, me félicitait d'avoir pris un parti avantageux
aux miens. L'excellent M. Peyrade s'offrait à continuer par
correspondance mon éducation classique. Je pouvais bien travailler chaque soir deux heures, écrire mes devoirs sur du
papier pelure. Je les lui enverrais tous les huit jours, et je
recevrais en échange ses corrections et ses conseils. Sa lettre
se terminait ainsi :

« Fais du commerce, puisqu'on le veut ; mais ce n'est pas
une raison pour ne pas cultiver ton esprit. »

Un beau matin, je fus installé en qualité de sixième et
dernier commis dans la maison Carlet et Cie, commission-
naires en marchandises, dont la spécialité était l'exportation
en Angleterre des produits comestibles de la Touraine. J'entrai ainsi d'emblée, présenté par mon tuteur, dans la carrière
que j'avais choisie. Mais que les exemples sont décevants, et
qu'il y a loin d'une résolution généreuse à sa pratique heure
par heure !

Mon oncle m'avait pourtant indiqué d'avance le programme
de cette nouvelle vie : marchandises à trier, à emballer, addi-
tions de factures, expéditions au chemin de fer, courses de ci,
de là ; mais je n'avais point prévu que tout ce tracas matériel
lasserait mon corps, et par contre, n'occuperait pas mon intelligence. J'avais les membres rompus chaque soir. Aussi avec
quel plaisir je retrouvais alors notre cher foyer de famille !
Mère aussi était lassée par les occupations matérielles que
notre pauvreté lui imposait ; mais elle affirmait que ces détails
domestiques ne l'ennuyaient point.

« C'est pour vous que je travaille, pour que vous ayez
une habitation saine, de bons aliments, des vêtements convenables, comment veux-tu que cette occupation me pèse? me
disait-elle avec ce bon sourire auquel elle essayait de réha-
bituer ses lèvres pour nous égayer. D'ailleurs, il nous reste à
tous le soir pour vivre de notre vie d'autrefois. »

Après le dîner, elle nous faisait une heure de musique; puis, je donnais une leçon à Charlotte, qui avait bien besoin de se remettre à l'étude après ce long temps d'arrêt. D'abord, elle essayait de jouer avec moi. Quand nous nous occupions de grammaire, elle appelait les accents circonflexes, de petits chapeaux, les apostrophes, des virgules en l'air, et les cédilles, des tire-boutons, et je manquais du sérieux nécessaire devant ces images inattendues, puis je revenais à mon rôle.

Quand Charlotte était couchée, je faisais mes devoirs avec plus de goût que jamais, et s'il me restait un peu de temps avant l'heure où mère posait son ouvrage à l'aiguille, je prenais mes crayons, parfois ma boîte d'aquarelle, et je dessinais ou je m'essayais à peindre.

Une composition revenait sans cesse dans ces ébauches: elle m'était inspirée par le mélange confus des paysages de Touraine récemment parcourus, et du style de notre maison.

C'était un petit château à tourelles, planté à mi-coteau comme la maison de Noizay, avec une rivière au bas, aussi onduleuse que la Cisse, et entouré d'ombrages légers. A une des fenêtres à meneaux, deux têtes apparaissaient.

Je disais à mère :

« C'est ton futur château. Tu es à la fenêtre avec Charlotte. Vous m'attendez et je viens par ce petit bateau qui court sur la Cisse.

— Et qui me donnera ce château?

— C'est moi qui le ferai bâtir après avoir gagné beaucoup d'argent. »

Je refis peut-être vingt fois cette composition. J'y ajoutais des tourelles; j'épaississais le parc; je mettais des échappées de vue, et il me venait généralement de nouvelles idées d'embellissement lorsque mère me disait en prenant la lampe :

« Cher enfant, il est temps de se dire bonsoir. »

Ces soirées me ranimaient pour ma tâche du lendemain ; parfois elle était rude; le dernier venu et le plus jeune, je

devais obéir aux autres commis qui se faisaient parfois un
jeu de m'ahurir par des ordres contradictoires. J'avais des
habitudes de bonne tenue ; ils me nommaient par raillerie le
petit Monsieur et s'ingéniaient à me trouver des besognes
désagréables. Je les faisais sans maugréer et même en riant,
pour les braver ; je me donnais du cœur en me rappelant la
casserole de Whittington. Alors mon sobriquet changea et je
devins *Tête de fer*.

Il va sans dire que tout ceci se passait dès que M. Carlet,
notre patron, n'était pas au bureau. Ce gros homme à face
colorée, de ronde encolure, était très bon sous ses façons
rustaudes, parfois même violentes ; il n'eût pas souffert qu'on
me tracassât, et pour rien au monde pourtant je n'aurais
voulu me plaindre à lui.

Son premier commis aurait eu qualité pour obtenir qu'on
me laissât en paix ; mais il avait d'autres préoccupations
dès que M. Carlet avait pris son chapeau et sa canne. Ce
M. Félix (on ne le nommait pas autrement dans la maison)
était un beau gros garçon de vingt-cinq ans qui laissait
pousser ses ongles d'une longueur démesurée, à la mode des
mandarins chinois. Dès qu'il était seul à nous présider, il
prenait sa lime ou son polissoir et s'absorbait dans la contemplation ou dans l'embellissement de ses précieux ongles.
Il s'y mirait, leur faisait des moues, tantôt satisfaites, tantôt
fâchées, selon que l'opération avait réussi. En casser un,
c'eût été pour lui un désastre ; aussi touchait-il le moins possible aux objets qui eussent pu les endommager. Il poussait
cette précaution jusqu'à écrire le moins possible. Il me dictait
généralement les lettres et les bordereaux d'expédition, sous
prétexte de former ma main et mon style.

Comme il m'avait repris avec hauteur un jour où j'avais
changé dans une lettre une formule peu correcte, j'écrivais
machinalement ce qu'il me dictait, en bon ou mauvais français, absurde ou non de sens et de forme.

M. CARLET M'ADMINISTRA DEUX VIGOUREUX SOUFFLETS.

J'eus tort cependant de ne pas réclamer lorsqu'un jour que
j'écrivais un bulletin d'expédition de fruits pour Londres, un
malencontreux coup de ciseau qui lui déformait l'ongle de
l'index lui donna une distraction et lui fit me dicter : *Par
petite vitesse.*

J'écrivis ponctuellement : « Par petite vitesse. » Les fruits
de cet envoi, pêches, poires et raisins, allaient être frais au
déballage ! On n'y trouverait que leurs bois et leurs pépins,
au milieu de quelle bouillie ! Mais pourquoi M. Félix m'avait-il
traité d'impertinent lorsque je lui avais signalé avec politesse
une première bévue, trois jours auparavant ? Ne m'avait-il pas
défendu tout contrôle ?

La malice des autres commis m'avait déjà gagné sans
doute. Je ris lorsque le camion partit, chargé de ces caisses
de fruits qui allaient séjourner huit ou dix jours de gare en
gare avant de traverser la mer.

Une heure après, M. Carlet entra, la face écarlate, les yeux
sortant de la tête. Il se mit à crier en entrant :

« Quel est le sot qui vient de faire cette belle expédition ?
J'aurais perdu là plus de mille francs si je ne m'étais trouvé
par hasard à la gare. Quel est le niais qui envoie des fruits en
Angleterre par petite vitesse ? »

M. Félix fit grincer ses dix ongles sur son bureau et répon
dit avec aplomb :

« C'est Louis Lefort. Avec ses prétentions, il ne fait que
des inepties. »

M. Carlet m'administra deux vigoureux soufflets.

« C'est pour t'apprendre, me dit-il, à réfléchir une autre
fois à ce que tu as à faire. Si ce n'était de ton oncle, je te ren-
verrais.

— Je m'en vais de moi-même, Monsieur, je ne ferai plus
de sottises chez vous. »

Je pris mon chapeau ; je saluai d'un geste un peu raide et
je gagnai la rue.

CHAPITRE XII

Salut, belle jeunesse. — En cachette. — Un ultimatum. — Tête-de-fer.

Je marchai à grands pas devant moi, au hasard, pendant
plus d'un quart d'heure, sans conscience du mouvement
mécanique qui m'emportait, la face congestionnée par les
deux soufflets que je sentais brûlants sur mes joues, sans
autre bruit dans les oreilles que le grincement des ongles de
M. Félix sur le bureau de chêne et l'écho de sa phrase :
« Louis ne fait que des inepties ! »

Je m'arrêtai tout court en me trouvant sur le pont.
Qu'allais-je faire de ce côté ? Ce n'était pas mon chemin pour
revenir à la maison. Je fis quelques pas dans le sens contraire... Mais que pourrais-je dire à mère quand elle me
demanderait pourquoi je rentrais si vite. Je m'accoudai au
parapet et regardai longtemps couler les eaux paresseuses
de la Loire sur leur lit de gravier et de sable, à sec par
endroits.

Le frémissement intérieur qui me secouait s'apaisa peu à
peu. Je parvins à lier quelques idées. Je me rendis compte du
coup de tête que je venais de faire, avant la fin de mon
premier mois d'essai. Je me rappelai ce qui ne m'avait pas
frappé au fort de mon indignation : la mine consternée de

M. Carlet à mon mouvement pour saluer et sortir. Certes, il eût été moins suffoqué si je lui avais rendu ses soufflets.

Fallait-il tout simplement rentrer au bureau? Peut-être que ce serait délivrer ce brave homme du remords de m'avoir frappé. J'éviterais toutes les complications qui allaient être la conséquence logique de cette rupture : la colère de mon oncle, ses railleries surtout. Puis, que ferait-il de moi? quelle nouvelle place me trouverait-il? Enfin, cette rupture apporterait un nouvel embarras à mère. Quoi! elle s'astreignait aux travaux les plus durs, et moi qui m'étais flatté d'être son aide et de devenir son soutien, je ne savais pas supporter une rebuffade ! Je quittais le poste que j'avais choisi, quand j'avais la promesse d'être payé à raison de 25 francs à partir du second mois. Quelle joie je m'étais promise à l'avance d'apporter à mère cette petite somme, la première due à mon travail ! Quels jolis rêves nous aurions faits ce soir-là en escomptant mes gains futurs qui devaient s'accroître de six mois en six mois ! Comme j'aurais étalé mes dessins, toutes mes aquarelles en disant à mère :

« Fais un choix entre tous mes châteaux ; tu vois bien qu'il le faut ; sans quoi nous aurons l'argent nécessaire avant de savoir comment l'employer. »

Il faudrait donc renoncer à cette fête dont je caressais l'espérance !

Je fis quelques pas vers la rue Royale, puis je revins arpenter les quatre cent trente-quatre mètres de longueur que présente le pont de Tours, de l'une à l'autre rive. Non, je ne pouvais pas revenir chez M. Carlet, je ne le pouvais pas. Devant tous les commis, j'avais déclaré que je partais; je ne devais pas m'exposer à leurs méchantes plaisanteries. Déjà je leur avais servi de plastron; s'ils me trouvaient assez lâche pour manquer à ma résolution, ils feraient de moi leur jouet. Puis, mon retour donnerait à M. Carlet le droit de me frapper de nouveau à l'occasion. Tout mon être se révoltait à cette idée

Midi sonna aux horloges de la ville, et l'angelus s'envola
par groupes de notes claires de tous les clochers. Il y avait
deux heures par conséquent que je me promenais sur le pont,
que je regardais la Loire, ses îles pleines d'ajoncs, ombra-
gées de hauts peupliers, le côteau de Saint-Cyr, et. de l'autre
côté de l'eau, la masse confuse des maisons de la ville que
dominaient les deux hautes tours de Saint-Gatien, et la vieille
tour de Charlemagne.

Mère devait m'attendre pour le déjeuner. Si je m'attardais,
elle allait être inquiète. Je pris ma course par les quais et coupai à travers les petites rues pour arriver plus vite. Comme
j'entrais dans la tourelle de l'escalier, je me heurtai contre
mon oncle qui descendait.

« Ah ! te voici enfin, bonne pièce ! me dit-il. Attends-moi
ici un moment ! »

Il remonta les deux étages. Je n'osai lui désobéir en le suivant. Je l'entendis chuchoter à la porte, et ce mot de mère
me parvint seul distinctement. Il avait un accent de prière ·

« Mais vous me le renverrez ce soir ? »

Je prêtai l'oreille pour apprendre à l'avance ce que mon
oncle allait faire de moi ; un incident me fit perdre sa réponse.
Resté immobile devant la première marche de l'escalier, j'eus
à livrer passage à maître Tournier qui ne me rencontrait
jamais sans me dire un mot gracieux. Cette fois encore, il me
salua d'un : « Salut, belle jeunesse ! » auquel je ne répondis
dans mon trouble qu'en lui ôtant ma casquette.

Je le regardai monter : il relevait par le coin son tablier
de lustrine verte que serrait par derrière à la taille une agrafe
représentant une tête de lion ; sa main noircie par les fers à
gaufrer effleurait la vis de pierre ; il levait ses pieds chaus-
sés de pantoufles brodées à la main d'un mouvement leste
pour un homme de soixante ans. Mais que de force encore
dans sa stature carrée, et comme le sourire lui était venu facilement aux lèvres dès qu'il m'avait vu. Sa moustache grise

s'était hérissée sur ses lèvres charnues ; il s'était fait de petites
rides aimables autour de ses yeux bruns, et il avait paru
dépenser un trop plein de gaieté dans son salut caressant. Il
allait déjeuner, lui ! J'entendais la mère Tournier remuer des
assiettes. J'avais faim, moi aussi. Je sentais tout à coup un
grand vide dans mon estomac, mais le père Tournier avait
gagné la moitié de sa journée ; voilà pourquoi il était si joyeux,
et moi, j'avais fait une belle équipée !

Il rencontra mon oncle sur son palier et, décidément, la
conscience d'une tâche bien remplie donne de l'aménité ; il dit
à son propriétaire :

« Ah ! M. Lefort, votre neveu vous attend ? Il est mignon,
cet enfant.

— Il deviendra mignon si je m'en mêle, » répondit mon
oncle d'une grosse voix qui ne me présageait rien de bon.

Il parut et me fit signe de le suivre. Nous descendîmes la
rue de la Vieille-Intendance sans échanger un mot ; mais,
quand je le vis se diriger vers la maison Carlet, je m'affermis
sur mes deux pieds.

« Non, lui dis-je.

— Ah ! tu refuses de venir faire à ton patron des excuses
de ta conduite ?

— Comme je n'ai pas eu tort, je n'ai pas d'excuses à faire.
Je n'irai pas. Non... et non. »

Mon visage s'inonda de larmes. Ce n'était pas en me
menant ainsi en toute rigueur sans me raisonner qu'on pouvait me faire rentrer chez M. Carlet.

« Pas de scènes dans la rue ! Tu fais l'enfant après avoir
essayé de jouer à l'homme grave et susceptible ce matin.
Essuie tes yeux. Je ne te traînerai pas de force, » me dit mon
oncle.

Je m'efforçai de ravaler mes larmes. Ah ! que j'avais besoin
de voir mère, de lui dire mes vrais torts dont mon chagrin
me punissait déjà ! Mais, au lieu de retourner sur ses pas, mon

oncle poursuivit son chemin vers la levée de Grandmont et il me fit entrer chez lui.

Il me mena droit à une petite serre où il n'y avait que des pots de terre empilés, des outils de jardinage, un guéridon de jardin et un vieil escabeau.

« Reste là, me dit-il, la solitude rasseoit les idées. »

Il ferma la porte et s'assit non loin de là, sous un berceau de chèvrefeuilles où son déjeuner servi l'attendait. Je crus d'abord qu'il oubliait volontairement le mien. Je le calomniais. Il se frappa le front tout à coup, cassa un gros morceau de pain, se fit apporter un verre où il versa trois doigts de vin et m'envoya le tout par sa vieille servante Madeleine.

Malgré son air bourru, Madeleine avait l'âme compatissante. Sous prétexte de m'apporter une carafe d'eau, elle fit un tour à l'office avant de venir à la serre, et après avoir placé ostensiblement le pain, le verre et la carafe sur le guéridon, elle me glissa dans la main deux poires et une tablette de chocolat.

« C'est tout ce que j'ai pu prendre pour que vous ne mangiez pas votre pain tout sec, me dit-elle; mais n'en dites rien, vous me feriez gronder, et voyez-vous, mon petiot, cédez aux idées de Monsieur tout de suite; vous seriez toujours obligé de finir par là. »

Elle me quitta. Son maître la rappelait. Je mangeai quelques bouchées avec avidité. Je dus m'arrêter; elles m'étouffaient.

La journée fut éternelle pour moi. Que devait penser mère? Comment expliquerait-elle mon absence à Charlotte? Ma sœur allait-elle apprendre que ce frère aîné qu'on lui donnait pour modèle était en pénitence, enfermé comme un petit garnement?

Loin de me dompter cependant, la solitude m'excita. Quand le jour tomba, l'oncle Léonard parut à l'entrée de la serre.

« Viens faire ta soumission à M. Carlet, me dit-il. Il dîne

23

avec moi ici ; tu seras en tiers si tu es devenu raisonnable. »

Je répondis :

« Je vous remercie, j'aime mieux le pain sec.

— Tu y prends goût ? A ton aise. »

Une heure après, Madeleine m'apporta une bonne soupe chaude, du pain et, cachée sous son tablier dans une soucoupe, une cuisse de poulet rôti. Il faisait presque noir dans la serre. Nous tournions tous deux le dos à la porte, elle en plaçant les mets de mon dîner sur le guéridon, moi, en les recevant.

« Mon oncle a-t-il permis la soupe ? lui demandai-je.

— Oui ; mais de la soupe et du pain, ce n'est pas restaurant. Mangez le poulet tout chaud et cachez ensuite la soucoupe et la fourchette sous un pot de terre renversé.

— Mon oncle ne vous a pas dit de m'apporter ce poulet ? Alors remportez-le, Madeleine. Je ne dois pas y goûter. »

Elle résista. J'insistai pour subir ma punition, et au beau milieu de notre débat qui attendrissait la vieille servante, une ombre passa entre nous deux. C'était mon oncle.

« Ah ! Madeleine, dit-il, vous me trichez. »

Puis il prit ma tête à deux mains et la secoua, mais sans colère, et il ajouta :

« Il y a du mauvais, il y a du bon dans cette tête-là. Trop d'orgueil, mais on est correct. Allons, mange cette part de poulet ; je t'y autorise. Madeleine te mènera ensuite à ta chambre. Si la nuit est de bon conseil pour toi, tant mieux ; sinon, j'aviserai. »

Après cette journée d'émotions, je dormis tout d'une traite dans le lit de la chambre d'amis dont Madeleine borda maternellement les couvertures, et je ne fus rendu au sentiment de la situation que lorsqu'elle me réveilla le lendemain matin en me disant que mon oncle m'attendait.

Je m'habillai très vite, sans avoir le temps de penser à l'épreuve que j'allais subir. Le bon sommeil de la nuit m'avait

XII

« AH! MADELEINE, VOUS ME TRICHEZ »

refait physiquement, mais il ne m'avait donné aucune idée.
J'étais encore ahuri de mon brusque réveil, de ma toilette
précipitée, quand j'entrai dans le cabinet de mon oncle.

Il me fit d'abord un petit sermon sur mes torts de la
veille, mais d'un ton assez doux, et il me dit ensuite en
souriant :

« Raconte-moi donc comment, toi qui te piques de raisonner, tu as commis une telle bévue au sujet de cette expédition. »

Cette question me donna confiance. J'entrai dans tous les
détails possibles sur ce qui s'était passé, sans oublier d'avouer
qu'il y avait eu de la malice de ma part à me conformer au
rôle passif que M. Félix m'avait imposé. Mais j'ajoutai que
si ma part dans cette sottise valait deux soufflets, celle de
M. Félix devait au moins être de quatre soufflets, en bonne
justice. Pourquoi passait-il son temps à se faire les ongles?
Et quand cette occupation lui ôtait sa présence d'esprit en
affaires, pourquoi rejetait-il ses fautes sur ses subordonnés?

D'après le tour qu'avait pris la causerie, je me croyais
revenu au temps où mon père me laissait m'expliquer à ma
façon sur mes torts, où il me permettait même d'en rejeter la
responsabilité sur les personnes que je croyais y avoir con-
tribué. Père m'écoutait en ce cas, m'obligeait même à dire le
fond de ma pensée, pour en redresser ensuite les errements
avec une douce autorité.

En réalité, je ne gardais pas rancune à M. Félix; je le
trouvais trop ridicule pour lui en vouloir. Si j'argumentais
contre lui, c'était pour prouver indirectement à mon oncle
que les soufflets étant sujets à se tromper de joue, les grandes
personnes ne devaient pas avoir la main aussi prompte. Mais
mon aveu sincère, dans lequel je plaidais pour rentrer chez
M. Carlet sans cérémonie d'excuses, eut un effet inattendu.
Mon oncle m'adressa plusieurs questions au sujet de M. Félix,
et finit par s'écrier :

« Ah? ce mirliflor ne songe qu'à soigner ses ongles, et nous
vole notre temps et notre argent! Je le ferai renvoyer dès ce
soir. »

Mon oncle était le bailleur de fonds et l'associé de M. Carlet.
Ce fut ainsi que je l'appris. Je n'aurais certes point parlé
autant si j'avais su que mes réponses allaient causer le renvoi
de M. Félix. Il avait peut-être besoin de gagner sa vie, lui
aussi, et justement mon oncle arpentait son cabinet en pestant
contre la sotte vanité des jeunes gens de l'époque qui, sans
un sou en poche, singent les fils de famille.

J'allais donc mettre ce pauvre garçon dans la rue... Il était
aimé des autres employés parce qu'il n'était pas méchant,
malgré ses airs d'importance. C'est pour le coup qu'ils allaient
tous me prendre en grippe. Je comprenais maintenant pourquoi ils m'avaient tracassé pendant ma première quinzaine
d'essai, pourquoi ils se cachaient de moi quand ils grapillaient
leur goûter dans les masses de fruits entassés au magasin.
L'un d'eux avait même murmuré derrière moi le mot d'espion.
Je ne me l'étais pas appliqué; j'étais si loin de deviner que
j'étais dans la maison de commerce de mon tuteur, et que
les employés me soupçonnaient d'être une sorte d'œil du
maître ouvert sur leurs manquements. Cette situation allait
s'accentuer par le renvoi de M. Félix. On m'en accuserait, et
je ne pourrais vraiment pas me défendre de l'avoir causé. Je
dis à mon oncle :

« On me rendra la vie malheureuse là-bas : je vous en prie,
ne renvoyez pas M. Félix. S'il s'en va, je ne puis rentrer chez
M. Carlet. »

Nous discutâmes longtemps sur ce point, et aussi sur le rôle
que j'aurais à jouer dans la maison Carlet. Si je m'étais prêté
à ce que voulait mon oncle, qui ne considérait que ses inté-
rêts, j'aurais justifié l'accusation d'espionnage portée contre
moi les premiers jours. Vivre au milieu de gens qui se défie-
raient de moi et me détesteraient, les surveiller, aller raconter

en cachette ce qu'ils feraient de mal, non, ce n'était pas
possible.

« Et pourtant, me dit mon oncle, c'est ton devoir de neveu.
Je paie ces gens-là; est-ce que tu trouves juste qu'ils perdent
leur temps ou gaspillent mon bien?

— Ce n'est pas juste. Je tâcherai de ne pas les imiter s'ils
font mal.

— Et tu ne m'en diras rien?

— Non, je ne veux pas rapporter.

— Quand je te dis que c'est ton intérêt. Ai-je des enfants?
Qui héritera de moi, si ce n'est toi et les autres de Noizay?...
Si je suis content de vous, par exemple, car je ne suis obligé
à rien. Ah! si Alfred avait eu la tête moins dure, s'il était
parvenu à compter vite et bien, c'est lui qui aurait accepté à
ta place! »

C'était possible et même certain. Alfred avait des dispositions à inspecter et à morigéner. Je répondis tout franc que
je n'étais pas propre à ce métier, et que décidément je ne
voulais pas retourner chez M. Carlet.

« C'est ton avenir que tu brises, me dit sèchement mon
oncle. N'en parlons plus. Mais que comptes-tu faire? Si tu as
amené cet esclandre dans l'espoir d'entrer au lycée quand ta
bourse te sera accordée, tu t'es trompé. J'ai écrit au ministère.
La bourse ne viendra pas. Tu te dis décidé à faire n'importe
quoi plutôt que de rester là où je t'assurerais une belle position
plus tard. Mais ce sont là des mots. Que ferais-tu plutôt? »

Maître Tournier me revint à l'esprit, tel que je l'avais vu
monter l'escalier devant moi la veille, le pas leste, dégagé,
un gai refrain entre les dents, tenant de la main le coin de
son tablier vert dont l'agrafe de cuivre à tête de lion brillait
comme un bijou.

Je répondis spontanément :

« J'aimerais mieux travailler à l'atelier de reliure où va
maître Tournier. »

Mon oncle fit un brusque soubresaut : « Tu te ferais ouvrier!
Quelle tête à l'envers! Bah! tu me paies de phrases; tu serais
bien vexé si je te prenais au mot. Nous allons voir du reste
ce qu'il en est... Je t'ai prévenu hier que j'aviserais à te
trouver une place si tu ne voulais pas rester dans ma maison
de commerce pour y remplir ton rôle de neveu. Tu n'as pas
pu croire que du jour au lendemain je pourrais te trouver une
situation aussi avantageuse que celle-là. Ta mère n'a pas les
moyens de te garder à rien faire; elle s'effraie déjà de ne
pouvoir joindre les deux bouts de son budget. Donc, si tu ne
veux pas rester à sa charge, il faut t'occuper le plus vite
possible. Je t'ai trouvé une place moins flatteuse pour l'amour-
propre que la première; mais tu y seras nourri, ce qui fera
une bouche de moins chez vous. Peut-être vas-tu faire des
difficultés pour l'accepter, car vraiment je ne sais plus comment va le monde; mais les garçons de treize ans se prennent
tellement au sérieux, qu'il n'y a plus moyen de les conduire. »

J'assurai mon oncle que je ne ferais pas de difficultés dès
qu'il ne s'agissait plus de la maison Carlet.

« Oui, reprit-il, c'est là ce qui te tient au cœur, l'emporter
sur ma volonté à ce sujet. Tu gâtes ton avenir, je te le répète;
mais c'est ton affaire. Allons, prépare-toi. Je vais te conduire
chez ton nouveau patron.

— Qui est-ce? »

Il hésitait à me le dire.

« Je ne te menacerai pas de t'y laisser indéfiniment, continua-t-il; mais trois mois passés là te feront du bien à la
santé et au caractère. Tu connaîtras ce genre de marchandises, et au bout de ce temps, comme tu seras las de la besogne
que tu vas faire, c'est toi qui me redemanderas à rentrer dans
la maison Carlet. Je t'y reprendrai. Tu vois que je ne suis
pas méchant et que je veux faire ton bonheur malgré toi.
Mais je t'avertis que si tu recommences la même frasque, si
tu quittes sans ma permission la maison où je vais te mettre,

je t'abandonne à tout jamais. Tu deviendras ce que tu pourras. Tout sera fini entre nous. Viens-tu? »

Il prit son chapeau et me fit signe de le suivre. J'étais curieux de savoir ce qu'il allait faire de moi. N'osant pas m'en informer directement, je me bornai à demander :

« Mère sait-elle où vous me menez ?

— Ah ! tu cherches déjà qui te soutienne contre moi ! me dit l'oncle Léonard de sa plus grosse voix. Il ne s'agit pas de ta mère entre nous deux; elle ne serait que trop portée à faiblir. Je suis ton tuteur; j'ai le droit de te diriger; tu es mon pupille. Ton devoir est de m'obéir. Mais, comme je ne veux pas que tu me fasses affront devant des étrangers, je vais t'apprendre où je te conduis. Tu connais l'endroit; c'est dans le voisinage de votre maison. Nous allons place du Marché, chez M. Frippard. »

Place du Marché, parmi ces vieilles maisons en bois et à toits pointus, que l'édilité tourangelle a respectées encore, j'en avais en effet remarqué une, plus curieuse que toutes les autres. Elle portait, celle-là, son toit un peu de travers, à la façon d'un bonnet lancé sur l'oreille. Ce n'était pas chez elle crânerie, mais sénilité. Les cheminées aussi penchaient de côté, malgré les crampons de fer qui s'y accrochaient, et pour achever de narguer les lois de l'équilibre, le premier étage se tassait en formant ventre sur la rue. En apparence, le rez-de-chaussée en était écrasé.

Cette maison ressemblait à ces petits vieux dont la tête émerillonnée est sujette au tremblement nerveux dû aux vins blancs des coteaux voisins, et dont l'embonpoint est mal soutenu par des jambes grêles, disproportionnées, vacillantes. Malgré tout, et toujours, comme ces petits vieux du pays, la maison tenait bon, et même elle avait l'air gai avec les sculptures de ses poutres saillantes, avec ses fenêtres inégales, à petits carreaux verdâtres, où se miraient les fleurs de ses balcons de bois.

24

Quant au rez-de-chaussée, le passant n'aurait pu deviner
sa destination, tant il était bas et peu éclairé par ses deux
baies à petits carreaux, s'il ne s'en était échappé sans cesse
une odeur de victuailles et si un écusson placé entre la porte
et la fenêtre cintrée n'avait porté ces mots :

A la renommée des rillettes.

FRIPPARD

Non, il n'était pas possible que mon oncle voulût me placer
là. Il devait y avoir d'autres Frippard sur la place, faisant un
autre commerce que celui des comestibles et des rillettes.
L'oncle Léonard me regardait tout au fond des yeux pendant
que je me demandais si je devais me fâcher ou rire d'être
menacé d'aller faire un tel apprentissage. Une seule chose
me faisait craindre que ce projet ne fût sérieux. La maison
Carlet exportait des comestibles de tout genre, et puisque
mon oncle affirmait que ces trois mois d'épreuve ne seraient
pas perdus pour ma pratique commerciale, il était possible
qu'il me mît là pour me dompter, pour m'assouplir le caractère.

Mon cœur se gonfla. J'aurais tout accepté avec plaisir,
même de prendre en main la bêche du cultivateur, mais ce
métier-là me répugnait.

« Hé bien, me dit mon oncle, puisque tu étais prêt à ceindre
le tablier vert du relieur, il ne s'agit que d'une différence de
couleur, et la livrée blanche du marmiton est plus gaie. Ton
ami Whittington en a porté une analogue. Est-ce que cela
ne t'engage pas? D'ailleurs, tu aimes tant les saucisses... »

Il me raillait, c'était visible. Je le trouvai cruel de se jouer
ainsi de ma détresse. Pourtant, la certitude me calma. Certes,
je n'entendrais jamais le son d'une cloche de Bow dans la
boutique de maître Frippard; mais à quoi bon exposer des

répugnances dont mon oncle se moquerait? Je pris mon chapeau et, serrant les dents malgré moi, je dis d'une voix aussi assurée qu'il me fut possible :

« Je ne deviendrai pas maire de Tours à ce métier-là ; mais va pour la toque de marmiton, puisque cela vous plaît, mon oncle. »

Il me suivit en frappant à petits coups de sa canne le sable de la cour.

« Ils t'appelaient *Tête-de-fer*, chez M. Carlet, murmura-t-il. C'était assez bien trouvé, ce sobriquet. »

Ni mon oncle ni moi, nous ne nous doutions que le jour même on allait m'affubler d'un autre surnom que j'étais destiné à porter plus longtemps que le premier.

CHAPITRE XIII

Chez maître Frippard. — Grain-de-sel. — En remplissant les seaux
à la fontaine. — Le médecin malgré lui.

Maître Frippard réalisait le type traditionnel des bons
géants. Grand presque à toucher du front les solives saillantes du plafond, il était fort à proportion. Un tablier de
toile écrue dessinait sa bavette jaune sur le large plastron de
sa chemise, dont les manches relevées fort haut, en petit tur-
ban, laissait voir des bras musculeux, à biceps saillants. Sa
physionomie offrait aussi tous les traits de ce type : sous un
front bas, carré, de gros yeux bleu-faïence, surmontés de
sourcils à longues soies éparpillées au hasard, un nez court,
dressé droit, en gourmand qui flaire de ses narines toujours
ouvertes, enfin une large bouche dont le rire découvrait
d'énormes palettes blanches.

« Ah! ah! vous me l'amenez donc! dit-il à mon oncle sans
autre préambule, en faisant son apparition par une porte
intérieure qu'il laissa battante et derrière laquelle trois têtes
curieuses, coiffées du classique bonnet de toile blanche, me
dévisageaient en se faisant entr'elles des grimaces espiègles.

— Oui, le voilà, je vous le livre, Frippard; vous pouvez le
mettre à la besogne tout de suite. »

Maître Frippard éclata de rire.

« C'est donc sérieux, dit-il, après s'être tenu les côtes
devant mon attitude piteuse. Vous poussez la plaisanterie à
bout, monsieur Lefort. »

Mon oncle le tira par le bras et l'emmena dans un coin de la
boutique. Il se mit à l'endoctriner tout bas ; je le supposai du
moins. Il parlait d'un ton bref, avec des gestes secs, et tout en
dodelinant de la tête, maître Frippard riait encore d'un si bon
cœur qu'il était obligé de passer souvent le revers de ses grosses
mains sur ses yeux. Cette hilarité faisait se trémousser tout
son corps, et l'affiloir pendu à sa ceinture dansait à son côté.
Mon oncle lui faisait pourtant la leçon d'un fort grand sérieux ;
mais quand ils revinrent tous deux vers moi, maître Frippard
riait encore, et ce fut encore dans cette bouffée de gaieté qu'il
souleva mes bras l'un après l'autre, prit d'une rude poigne
mes mains de frêle adolescent, et les montra à mon oncle en
lui disant :

« Que voulez-vous que je fasse de ça ? C'est menu, menu,
bon à tenir l'aune ou la plume et pas nos outils. Si vous me
laissez votre neveu, il est si petit, si blanc, qu'un jour je me
tromperai. Je le fourrerai dans mes hachis parce que je le
prendrai pour un grain de sel.

— Oh ! Grain-de-sel ! Le nouveau s'appelle Grain-de-sel !
dirent derrière la porte entr'ouverte les trois apprentis amusés
par cette comparaison.

— Silence au laboratoire ! cria maître Frippard d'une voix
qui roula comme un tonnerre, et qu'on me ferme cette porte.
Si les rillettes prennent un coup de feu pendant que vous faites
les furets à écouter, gare à vous tout à l'heure, gâte-sauces ! »

La porte se referma comme d'elle-même et sans bruit.

Une heure après, j'étais revêtu de l'uniforme blanc de mon
emploi, et je m'agitais avec plus de bonne volonté que de
succès dans la vaste officine où maître Frippard procédait de
sa personne à toutes les combinaisons gastronomiques dont il
faisait commerce et qui achalandaient sa maison.

Mon inexpérience, mes répugnances visibles ne furent pas prises en mauvaise part, ni même raillées par mes nouveaux camarades. J'étais là dans un milieu plus grossier, mais moins malveillant qu'à la maison Carlet. Maître Frippard commandait toutes les manœuvres avec une rude jovialité, et il distribuait avec une justice stricte les éloges, les reproches et parfois aussi les croquignoles sur le nez à tous ses apprentis. Ceux-ci étaient de vrais Tourangeaux du peuple, déliés d'esprit, flâneurs, amis de leurs aises, un peu malins, bons camarades au demeurant. Chacun d'eux me mit au courant de la besogne, sans oublier de me nommer du sobriquet créé par la plaisanterie du patron.

Il finit par s'apercevoir que tous trois m'appelaient Grain-de-sel; il fit une grimace de satisfaction; il était flatté sans doute de voir sa saillie consacrée par l'assentiment de son petit monde; puis, par réflexion, il prit sa grosse voix et dit à l'apprenti :

« Et si le nouveau t'appelait Grain-de-plomb, parce que tu es lourd au travail, n'aurais-tu pas ce que tu mérites? Allons, pas de ces taquineries. J'entends qu'on vive en bon accord. Quand on pêche à la même soupière, et qu'on taille son pain à la même miche, on est frères. Le nouveau s'appelle Louis. Que chacun le sache. N'est-ce pas, mon petit Louis, que tu ne veux pas de ces surnoms?

— Monsieur, cela ne me fâche pas du tout.

— Ah! vraiment?... Tiens, tu es un bon garçon. »

Et à partir de ce moment, maître Frippard lui-même m'appela Grain-de-sel.

Enfin, le soir arriva. J'ignorais à quelle heure je pourrais me retirer, et après un souper présidé comme le dîner par Mme Frippard, une petite femme mince qui ne soufflait pas mot à table, mais qui nous servait copieusement, j'allais rentrer avec les autres dans l'officine. Maître Frippard me fit signe de rester avec lui à la boutique.

« Mon petit, me dit-il, tu seras libre chaque soir après le
souper. Va-t'en donc. Ta mère a bien hâte de te voir. Porte-
lui de ma part ce pâté d'alouettes pour ta bienvenue, et dis-
lui que si Frippard t'a pris chez lui, c'est pour que tu ne sois
pas plus mal dans une autre maison. »

J'avais tellement hâte de revoir mère après ces deux jours
passés loin d'elle que je remerciai à peine maître Frippard et
que j'oubliai de laisser chez lui ma défroque de marmiton.
Je partis en courant, mon pâté d'alouettes à la main, je fran-
chis la cour de notre maison en trois bonds, je volai par l'escalier, et j'allai frapper à notre porte. Ce fut Charlotte qui
vint m'ouvrir. Elle recula d'un pas d'abord, puis en me reconnaissant, elle jeta un cri et courut vers mère en disant :

« Il est déguisé, c'est un carnaval. »

Mère était installée devant un métier semblable à celui que
nous avions vu au premier étage chez Mme Tournier. Des piles
de volumes en feuilles s'étageaient à côté d'elle sous la lampe
et elle cousait avec une grosse aiguille enfilée d'une ficelle
qu'elle posa pour venir à ma rencontre.

En m'apercevant sous ce costume, elle voulut me parler,
puis elle se détourna vivement et alla dans sa chambre dont
elle poussa le verrou.

Après m'avoir assailli de questions incohérentes, Charlotte
me dit :

« Est-ce que mon oncle a été aussi méchant avec toi qu'avec
nous? Mère a bien pleuré, va! Il est venu faire des scènes.
Alors mère a voulu gagner de l'argent, et elle apprend à
coudre des volumes pour Mme Tournier. Et tu sais? M. Peyrade a écrit; il lui a envoyé une lettre d'un de ses amis qui
connaît une maîtresse de pension à Tours; maman est allée
porter cette lettre avec moi. Peut-être qu'elle aura des leçons
de piano et d'anglais. Alors tu comprends, nous ne serons
plus si pauvres et tu ne seras pas obligé de suivre tous les
caprices de ce vilain oncle Léonard.

Mère appela Charlotte; il était l'heure de la coucher; puis enfin, elle revint près de moi. Elle baissa la lampe, pour économiser l'huile, me dit-elle, et me fit asseoir près d'elle assez loin de la fenêtre qu'éclairait un blanc rayon de lune.

Ce fut dans cette pénombre qu'elle écouta, en me tenant les deux mains, le récit de ces deux jours si accidentés pour moi. Si je n'avais eu d'abord les naïves révélations de Charlotte, j'aurais pu ignorer que mère avait eu des discussions à mon sujet avec mon oncle; elle ne m'en dit rien, mais elle ne me cacha pas sa tristesse de me voir réduit à un état manuel quand elle avait rêvé pour moi une carrière plus élevée. Elle alla même jusqu'à regretter de n'avoir pas accepté chez la comtesse Prascovie le poste qui lui avait été offert.

« Là, du moins, me dit-elle, vous seriez restés dans la compagnie qui convenait à votre éducation. Maintenant, et tels que nous sommes descendus, c'est un monde entier à soulever que d'arriver par degrés à une humble indépendance. Tu vas perdre tout goût au travail intellectuel. Je gage déjà que tu es incapable de faire tes devoirs ce soir.

— Oui, mais je les reprendrai demain.

— Et si à force de vivre avec des gens grossiers, tu te trouves bien à leur niveau et n'éprouves plus le besoin de devenir plus instruit qu'eux?

— Ah! mère, voilà ce qu'ils t'envoient. »

Je lui présentai le pâté d'alouettes et fis la commission dont maître Frippard m'avait chargé.

« Allons, dit-elle, voilà qui donne une leçon à mon orgueil bourgeois. Ces braves gens ont du cœur, ce qui ne s'acquiert par aucune étude. D'ailleurs, tu n'es là que pour un certain temps.

— Oui, mère; mais je ne retournerai jamais chez M. Carlet. »

Je lui dis mes motifs et, tout en les approuvant, elle me demanda :

« Que fera ton tuteur si tu lui résistes de nouveau?

— Il m'abandonnera, il me l'a dit d'avance. Alors, mère, nous ferons ce que nous pourrons. Tu travailles, je travaillerai. Est-ce qu'on gagne assez d'argent à coudre des volumes?

— Guère, surtout moi qui n'y suis pas encore habile; mais cela fait quelques sous par jour, et c'est par sous qu'il faut économiser et compter désormais.

— Et M. Peyrade t'a écrit? »

Cette question nous ramena vers notre cher passé et, avant de nous quitter ce soir-là, mère et moi, nous pleurâmes une fois de plus mon père, et nous invoquâmes sa bénédiction sur nos efforts, pour rester dignes de lui dans nos malheurs.

Je poursuivis mon apprentissage chez maître Frippard, mais sans parvenir à vaincre la répugnance que m'inspirait le métier auquel j'étais condamné. J'enviais l'entrain de mes camarades, tous contents de leur sort. La besogne à laquelle j'étais réduit m'était antipathique, non pas seulement au moral, car elle nuisit bientôt à ma santé. Je perdis l'appétit, malgré les protestations de M\u1d50\u1d49 Frippard quand je n'acceptais pas mes assiettes pleines. Je maigris dès le premier mois, et je me mis à grandir si vite que les manches de ma veste laissaient mes poignets à découvert.

Mes camarades m'épargnaient cependant les travaux les plus pénibles. Une plaisanterie invariable avait cours entre eux à ce sujet :

« Ceci n'est pas à faire par Grain-de-Sel, disaient-ils; il y fondrait. »

Et tout en riant, ils se partageaient la besogne. Mais il y avait une de ces corvées fatigantes que je réclamais sans cesse, que je tenais à m'attribuer, c'était d'aller remplir les deux seaux à la fontaine du Marché. J'échappais ainsi pendant quelques minutes à l'atmosphère épaisse de l'officine où je m'étiolais. Je respirais en plein air et, pendant que mes

seaux s'emplissaient, je tournais autour de la belle fontaine qu'érigea, en 1510, sur cette place, Jacques de Beaune,
seigneur de Semblançay, et dont un Tourangeau, Michel
Colomb, *tailleur d'ymaiges du roy*, sculpta si délicatement les motifs sur des blocs de marbre de Gênes d'un
blanc pur.

Je tournais autour des quatre faces de ce monument, sobre
de lignes, mais qui porte le sceau gracieux de la Renaissance
à son aurore. Je n'entendais rien, à cette époque, aux divers
styles d'architecture; j'ignorais dans quel siècle et par qui
cette fontaine avait été construite; mais son élégance me
plaisait et, à force de regarder ses détails de sculpture, je vis
les quatre écussons de ses faces, et je finis par découvrir que
l'inscription de l'un d'eux :

Potiùs mori quàm fœdari

devait être la devise d'Anne de Bretagne.

« Plutôt la mort qu'une souillure. » Quelle belle devise! Je
me l'appliquai à moi-même : « Plutôt cet humble métier si
répugnant pour moi qu'un espionnage à exercer dans la maison
Carlet, » et je remportais les seaux pleins avec une sorte de
fierté.

Cette consolation que me donnait la devise d'Anne de Bretagne fit que je m'ingéniai à trouver ce que rappelaient les
écussons et les devises des autres faces de la fontaine.

Ce fut dans cette occupation que me surprirent un jour
deux passants qui, eux aussi, s'étaient arrêtés devant ce monument historique sans que je m'avisasse de leur présence.
J'étais trop absorbé dans un essai de traduction d'une devise
inscrite sous un écusson, où était sculpté un porc-épic.

Je répétais entre mes dents les trois mots de cette devise :
« *Cominus et eminus,* « de loin et de près, » et j'ajou-

tais : » Qu'est-ce que cela veut dire? où est le rapport avec un
porc-épic?

— Qu'est-ce que cela? d'où sais-tu le latin? » me dit une
voix.

C'était le plus jeune des deux promeneurs, un grand monsieur, d'environ quarante-cinq ans, qui m'adressait cette
question. L'autre était un vieillard, qui portait une rosette à
sa boutonnière, mais un vieillard encore très vert, dont les
yeux perçants me dévisagèrent, et qui, me voyant prêt à me
sauver sans répondre, m'arrêta court en me prenant par le
collet de ma veste.

« Oui, d'où sais-tu le latin, mon petit homme? » me demanda-t-il à son tour d'un ton brusque.

Cette double question était si peu en rapport avec mon
costume et avec ma fonction de pourvoyeur d'eau, que je
rougis et eus honte d'y répondre; puis, je me moquai intérieurement de ma vanité, et, puisqu'il s'offrait une occasion
d'apprendre ce qui m'embarrassait, je ne voulus pas la laisser
échapper.

« J'ai fait un peu de latin. Comment traduiriez-vous cette
devise, monsieur, vous qui devez le savoir tout à fait bien?
demandai-je au vieillard qui tiraillait toujours, par un geste
amical, le collet de ma veste.

— Ah! répondez, monsieur Maurcillan, dit-il à son compagnon. Ceci vous met dans votre élément. »

M. Maurcillan ne se fit point prier, et j'appris de lui que je
ne traduisais pas infidèlement la devise que Louis XII avait
prise après ses victoires en Italie, en adoptant pour emblème
le porc-épic, dont les défenses frappent de près et de loin. On
croyait, à cette époque, que le porc-épic attaqué pouvait lancer
au loin ses piquants.

« Mais, si tu entends quelque peu le latin, me dit-il en me
menant vers l'autre face latérale de la fontaine, tu dois comprendre la devise inscrite sous ces belles armes de Tours,

XIII

« D'OÙ SAIS-TU LE LATIN, MON PETIT BONHOMME ? »

armes parlantes, comme tu vois : de sable à trois tours d'argent, pavillonnées et girouettées de gueules au chef de France avec l'inscription :

Sustentant lilia turres.

Je fus très content de pouvoir lui répondre :
« Oui; cela signifie : « Les tours nourrissent les lis. » Cette devise a sans doute été donnée à la ville au temps où les rois de France résidaient habituellement en Touraine.
— Tout juste, mon petit ami, me dit-il en me conduisant par la main devant le quatrième écusson, qu'il me désigna comme celui de Semblançay, le trésorier de Louis XII et de François Ier, qui, voulant établir cette fontaine dans le quartier le plus populeux de la ville, fit amener jusque sur cette place les eaux de la source du Limançon, près Saint-Avertin. Il me fit cet historique de si bonne grâce, que je m'enhardis à lui demander :
« Monsieur! et cette vieille tour qui est sur la place voisine et qu'on appelle la tour de Charlemagne, est-il vrai qu'elle soit si ancienne?
— Et d'où daterait-elle, selon toi, si elle était du temps de Charlemagne? m'interrogea le vieillard, auquel son compagnon dit en souriant :
— Docteur, vous doutez qu'il le sache? Je gage que vous ne l'embarrasserez point.
— Elle daterait de l'an 800, répondis-je. C'est alors que Charlemagne fit à Tours le partage de ses États entre ses trois fils; mais je vous préviens, messieurs, que j'ai feuilleté mon Histoire de France après avoir entendu nommer cette tour la tour de Charlemagne; sans cela, je ne vous donnerais pas une date si précise. »
Le docteur me prit le menton dans la main, releva mes cheveux, me tâta le front et dit en riant :

« Quel drôle de petit bonhomme tu fais!... Contentez-le donc, M. Maureillan.

— La tour, reprit celui-ci, est du ixe et du xiiie siècles; elle s'élève à la place où était à l'époque de Charlemagne la célèbre basilique de Saint-Martin; c'est un des clochers de cette basilique, et il a été construit des deniers du trésorier Hervé au-dessus de la tombe de Luitgarde, femme de Charlemagne, et morte à Tours le 4 juin 800. Tu vois que la légende n'a pas tort de donner le nom de Charlemagne à cette tour, qui éternise en même temps une grande douleur de sa vie et le moment le plus brillant de sa gloire, celui où il faisait rois ses trois fils avant d'aller à Rome pour y être sacré empereur.

— Grain-de-Sel! » cria-t-on de l'autre bout de la place.

Je m'étais oublié à causer. Je saluai les deux passants et soulevai mes deux seaux, depuis longtemps pleins.

« Mais c'est trop lourd pour toi! fit le docteur. Dis-moi, comment t'appelles-tu? que font tes parents?

— Grain-de-Sel! Grain-de-Sel! »

J'arpentai la place à grands pas et, par bonheur, je n'avais pas à entrer par la boutique, car pour rien au monde je n'eusse voulu que ces messieurs pussent m'interroger encore ou me retrouver. L'entrée de l'officine était par une porte bâtarde s'ouvrant sur une petite ruelle. Je m'esquivai ainsi et, de la journée, je ne retournai chercher de l'eau à la fontaine.

Mon oncle venait de loin en loin à la maison; mère le recevait avec une froide déférence, et ses visites n'étaient jamais longues. Nous échangions, lui et moi, un dialogue qui se reproduisait chaque fois dans les mêmes termes :

« Te plais-tu chez Frippard? me demandait-il.

— Ce sont de bonnes gens. Il faut que je reste là puisque vous m'y avez mis.

— Veux-tu rentrer chez M. Carlet?

— Jamais ! »

Il partait en frappant des coups secs de sa canne contre les marches de pierre de l'escalier.

Je devenais si pâle et si maigre que mère voulut profiter des derniers beaux jours de l'automne pour utiliser nos dimanches en promenades. Nous partions vers midi et ne revenions qu'à la nuit tombée. Mère emportait un livre, moi, mon album à dessiner; Charlotte, des paquets de ficelle pour lier les bouquets qu'elle comptait faire. Nous visitâmes tous les environs de la ville : Plessis-lès-Tours, dont les ruines sont si insignifiantes qu'on a peine à se figurer la bastille de Louis XI dans cette plaine ouverte, les prairies longeant la Loire du côté de Marmoutiers, Mettray et sa colonie agricole, Saint-Avertin.

Un dimanche d'octobre, nous montâmes le coteau de Saint-Cyr, et nous nous promenâmes par les jolis chemins enguirlandés de haies, qui courent sur le plateau à travers villas et cultures. Nous finîmes par entrer dans une prairie, où je m'assis à côté de mère, pendant que Charlotte trottait après les colchiques d'automne et les hautes herbes qui s'échevelaient çà et là.

Tout à coup, elle poussa un cri, et je la vis poursuivie par un chien qui s'était élancé du chemin vers elle en la voyant folâtrer dans la prairie. Charlotte fuyait de notre côté; son pied s'embarrassa dans quelque herbe ou la frayeur paralysa ses mouvements; bref, elle tomba sur le nez pendant que j'accourais vers elle. Mais, chemin faisant, quoique je n'eusse guère le temps de réfléchir, je compris que le chien n'était pas enragé comme je l'avais craint. Il tournait autour de Charlotte étendue à terre, et gambadait en poussant de petits cris. C'était un jeune lévrier qui avait voulu jouer et qui, dans son âme d'honnête chien, s'étonnait d'avoir causé tant d'émoi.

Mère courait aussi vers nous, et j'avais à peine relevé

26

Charlotte qui ne s'était pas fait de mal, mais qui avait ses cheveux tout pleins d'herbes et ramenés sur ses yeux, lorsque je vis que mère causait avec un monsieur qui lui faisait des excuses après avoir rappelé et tancé le chien.

« L'enfant s'est-elle blessée ? » demanda-t-il.

Je la lui amenai sur le bord du chemin où il stationnait, tenant par le collier son chien qui baissait l'oreille, et je reconnus ce vieillard que j'avais rencontré place du Marché, et que son compagnon qualifiait de docteur. J'espérai qu'il ne me reconnaîtrait pas. Je ressemblais si peu au porteur d'eau du carroir de Beaune, vêtu comme je l'étais, d'un deuil très convenable, et surtout accompagné de mère et de Charlotte. Ce fut d'abord de celle-ci qu'il s'occupa.

— Point de mal? dit-il. Ah! tant mieux. »

Il renouvela ses excuses à mère et la salua pour prendre congé. Tout à coup son regard tomba sur moi, ce regard qui traversait de part en part ce qu'il fixait.

« Ah! c'est mon jeune latiniste! » s'écria-t-il.

Et une préoccupation qui ne m'échappa point lui fit examiner des pieds à la tête nos costumes de deuil. Sans être luxueux, ils étaient loin d'être en rapport avec ma tenue sur la place du Marché. Mère qui ne savait rien de mon aventure fut surprise; le docteur la lui conta, et comme nous étions restés tous les quatre sur le chemin, et que Charlotte parlait d'aller rassembler les débris épars de son bouquet, il lui dit :

— N'en faites rien. Si madame votre mère y consent, je vais vous montrer dans le voisinage un endroit où vous pourrez cueillir de plus belles fleurs. »

Mère hésitait; mais voyant que ce vieillard s'occupait surtout de moi, me poussait sur mes études latines, elle nous suivit, se mêlant çà et là à la causerie.

Nous arrivâmes ainsi à une petite porte percée dans un haut mur que nous avions déjà longé avant d'entrer dans la prairie. Là, nous rencontrâmes une paysanne qui portait dans ses bras un enfant malingre, peu proprement couvert de langes d'indienne à fleurs.

— Monsieur, Monsieur le docteur, dit-elle, je viens de chez vous. Vos valets m'ont renvoyée. Et je n'ai confiance qu'en vous pour soigner mon petiot qui s'en va mourant.

— Et vous le promenez par les chemins? cria le docteur qui devint peu à peu presque violet de colère. Puis, de quel droit venez-vous chez moi? Est-ce que je suis médecin? Du plus grand au plus petit, vous êtes tous des obstinés. C'est inutile de casser mes cordons de sonnette. Combien de fois faudra-t-il que je le répète : Quand un épicier est retiré, est-ce que vous allez lui demander pour un sou de poivre? Eh bien, donc?... Votre enfant... »

Tout en grondant ainsi, il avait tiré le mouchoir qui cachait une petite figure jaune et tirée geignant sur le bras de la paysanne :

« Votre enfant n'a qu'un peu de fièvre. Vous le tenez mal. Lavez-le plus soigneusement, et puis, nourrissez-le bien... Ah! ah! cela vous fait pleurer?

— Si je pouvais, mon bon monsieur; mais mon homme aussi a les fièvres et alors...

— Et alors, il n'y a pas abondance à la huche, reprit le docteur de la même voix grognonne. Toujours la vieille histoire. Attendez! »

Il se fouilla dans plusieurs poches d'une main rageuse, en tira sa main gauche les trois derniers doigts fermés, les deux premiers tenant un calepin sur lequel il écrivit deux mots au crayon. Puis il tendit ce feuillet à la paysanne et j'entendis une sorte de tintement.

« Tenez, lui dit-il, voilà un mot pour le docteur de l'hôpital. Vous aurez consultations et médicaments. Et souvenez-vous qu'on m'agace quand on vient me tracasser en qualité de médecin. Allez, allez! »

Et il accentua ce renvoi d'un geste impérieux.

« Ah ! Dieu vous bénisse, monsieur le docteur ! » dit la paysanne dans la main de laquelle je vis briller de l'or.

Il nous fit entrer par la petite porte qu'il referma vivement et nous nous trouvâmes dans un immense jardin d'où l'on découvrait toute la vue des coteaux du Cher, la vaste plaine, et Tours en contrebas.

Cet incident avait mis notre hôte de méchante humeur ; il grommelait entre ses dents et nous regardait l'un après l'autre en semblant se demander pourquoi il nous avait introduits chez lui.

— Oh ! les belles fleurs ! dit Charlotte en s'arrêtant devant un massif de roses.

— C'est vrai, il s'agit d'un bouquet, dit-il en tirant un sécateur de sa poche. Pendant que je vais le cueillir, mon ami le latiniste ira le long des espaliers avec sa sœur et cueillera pour elle et pour lui les grappes de raisin qui le tenteront. »

Quand nous revînmes, le docteur et mère avaient beaucoup causé ; il m'attira vers lui, et me dit en me pinçant légèrement l'oreille.

— Je sais le secret du porteur d'eau latiniste. Mon enfant, je ne te reverrai sans doute point. Je vis en solitaire et ne reçois jamais personne ici. Tu vois que je ne vous fais même pas entrer dans ma maison. Mais je veux te dire en te quittant ce mot d'un vieillard qui a beaucoup vu et qui sait ce que sont les épreuves de la vie :

« Ne laisse jamais entamer ta conscience par rien ni par personne. Emporte aussi cet axiome consolant d'un vieil auteur que j'aime :

« La terre n'est jamais ingrate au travail obstiné. »

Il nous conduisit jusqu'à la petite porte, et tirant encore une fois son calepin, il écrivit quelques mots sur une carte de visite qu'il donna à mère en lui disant :

« Si vous voulez vous présenter avec cette carte au Sacré-Cœur de Marmoutiers, peut-être cette introduction faite par un vieux Tourangeau sera-t-elle plus efficace que celle de vos amis de Montpellier auprès de cette maîtresse de pension à Tours. »

Il salua mère, tendit le bouquet à Charlotte, me frappa sur l'épaule et verrouilla derrière nous la porte de son jardin.

CHAPITRE XIV

Bijoux de bibliothèque. — Réserve discrète prise pour de l'orgueil.
Adieux du bon géant.

Les quelques mots de recommandation que nous emportions
avaient été écrits par notre ami inconnu au-dessous de son
nom imprimé sur sa carte de visite. Ce nom — docteur Bretonneau (et pourquoi ne l'écrirais-je pas ici en toutes lettres?)
— ne nous apprenait pas ce que le moindre Tourangeau nous
aurait dit, à savoir que c'était le nom d'une célébrité, d'une
illustration, non seulement du pays, mais encore de la science
médicale.

Nous avions assisté à une de ces boutades violentes subies
par tous ceux qui venaient le relancer dans sa retraite. A
quelque classe qu'appartinssent les personnes qui sollicitaient
ses soins, le docteur leur opposait le singulier raisonnement
de « l'épicier retiré auquel on ne demande pas pour un sou de
poivre, » qui était devenu proverbial en Touraine à force
d'avoir été répété par lui, en tant d'occasions. La seule différence de son accueil était dans l'inépuisable charité qui accompagnait ses bourrades aux pauvres gens, et dans l'habileté
avec laquelle il savait se dérober aux recherches des gens de
haut parage. Il avait si bien stylé ses serviteurs que les solliciteurs riches se retiraient sans avoir soupçonné que le docteur

Bretonneau était à cent pas d'eux, dans son jardin, écussonnant
ses rosiers ou taillant ses belles treilles.

Après une longue vie de travaux scientifiques couronnés de
succès qui l'avaient fait appeler à la cour de Prusse et à la cour
d'Angleterre, dans des cas désespérés, et qui avaient fait de ce
médecin de province l'égal en renommée des premiers docteurs
de Paris, M. Bretonneau avait voulu s'assurer quelques années
de repos dans sa propriété de Saint-Cyr, et il défendait systé-
matiquement sa porte contre toute importunité.

Sans connaître ces détails, ni la valeur de la recommandation qu'elle avait reçue, mère avait pris confiance dans ces
quelques mots au crayon qui lui avaient été donnés par le
docteur; mais elle ne voulut pas se présenter au couvent de
Marmoutiers sans s'être préparée à une audition musicale.
Elle négligea la couture des volumes, sans l'abandonner tout
à fait : elle ne cousait plus que deux heures par jour. Tout le
reste du temps qu'elle ne donnait pas aux soins du ménage,
elle le passait au piano.

J'avais besoin de cet exemple de courage pour remonter le
mien qui tombait à plat. Quand je rentrais le soir, j'étais si
las de tout le corps, ma tête était tellement vide que je n'étais
bon qu'à dormir. Depuis plusieurs semaines, l'envoi des
corrigés de M. Peyrade était accompagné d'une petite lettre
dans laquelle il m'exhortait à plus d'énergie. Il m'offrait
comme stimulant l'exemple de Victor qu'il avait pris en amitié
au point de lui donner des leçons, à lui aussi. Victor en pro-
fitait si bien qu'il devenait capable de concourir bientôt pour
l'École Navale.

J'étais tout aise des succès de Victor, et touché des encou-
ragements que M. Peyrade s'efforçait de me donner; mais la
vie que je menais m'alourdissait, et il fallait le soir que j'en-
tendisse mère poursuivre ses lectures musicales, pour que
j'eusse la force d'ouvrir seulement mes livres classiques.

Un matin, comme je partais à mon heure habituelle, je

rencontrai dans la cour de notre maison maître Tournier qui
s'en allait, lui aussi, à son atelier. Nos voisins observaient
à l'égard de mère une réserve respectueuse, l'obligeant de
leurs petits services et ne s'en faisant pas un droit à la fami-
liarité; mais l'un et l'autre manquaient rarement l'occasion
de m'adresser un mot amical lorsqu'ils me rencontraient seul.

— Tu n'as pas trop bonne mine, me dit maître Tournier en
mettant sa main sur mon épaule. Tes yeux se creusent, ton
teint est malade. Le genre de travail auquel ton oncle t'a condamné ne te convient pas du tout. Tu t'y forces par obéissance... M. Léonard Lefort dirait : Par entêtement. Quoi
qu'il en soit, c'est trop dur pour toi, cette épreuve. Quelle
idée de t'avoir donné un pareil métier! »

Je lui répondis :

« Le vôtre est donc préférable? »

Sa moustache se hérissa; ses yeux lancèrent un éclair d'orgueil :

« Mon métier! s'écria-t-il. On voit bien, mon enfant, que
tu ne sais pas de quoi tu parles. La reliure n'est pas un métier ;
c'est un art... un art industriel, je veux bien, mais un art,
surtout dans la partie qui est ma spécialité. Il y faut du coup
d'œil, du goût, de la justesse de main. Aimes-tu les livres? »

Oh! oui, je les aimais, et depuis longtemps. Cette passion
était un héritage paternel.

« Alors, tu sais qu'il y en a qui valent mieux que les autres.
Tu es un garçon instruit d'ailleurs. Tu n'ignores pas que certains livres sont des chefs-d'œuvre de l'esprit. Eh bien! un
très bon livre mal relié, c'est un bijou enveloppé d'un haillon,
c'est un tableau de maître dans un cadre en bois blanc, comprends-tu? Mais un excellent livre habillé d'une reliure parfaite, juste de ton, de dorures, s'ouvrant bien, élégante de
lignes, de forme et de couleur, c'est un bijou bien serti. C'est
un chef-d'œuvre de l'âme et de la main humaine, comme
disait mon fils, un fier relieur, celui-là; et ce métier-là, pour

27

être manuel, ne donne pas des calus à l'esprit, témoin la belle
carrière que mon fils le capitaine fournit dans l'armée. Aussi
l'on dit l'art de la reliure, ne l'oublie pas, mon cher Louis.
Sans doute, il y a des relieurs à la douzaine, comme il y a des
médiocrités dans les arts industriels, et même dans les autres,
à ce qu'il paraît. Dans les soixante ouvriers de la maison
Labat où je travaille depuis seize ans, il s'en trouve qui ne se
doutent pas de ce que c'est que la reliure. Il faut des manœuvres dans un temps où la pacotille se vend par grosses
fournées. Mais le patron fait aussi de l'art. Il a eu un grand prix
à l'exposition de Londres, et les meilleurs amateurs de France
sont ses clients, et ne discutent pas le prix qu'il leur demande
lorsqu'il signe des reliures de son poinçon au bas de la
garde. »

Maître Tournier continua de m'exposer avec conviction les
mérites de la reliure, jusqu'au moment où nous dûmes nous
séparer. Ce jour-là, je rêvai de l'atelier Labat dans l'officine
de M. Frippart.

Pendant que je traînais ainsi ma chaîne, mère fit sa visite
au couvent de Marmoutiers et alla aussi chercher une réponse
à l'institution de jeunes filles où la lettre de M. Peyrade
l'avait introduite. Les résultats de ces deux démarches furent
inespérés; mais ils imposaient à mère une décision qu'elle
n'osa pas prendre sans consulter mon oncle Léonard. Nous
allâmes donc chez lui le dimanche suivant, n'ayant pas reçu
sa visite de toute la semaine. C'était la première fois que je
retournais à la levée de Graudmont depuis que j'y avais
été interné à l'époque de ma sortie de la maison Carlet. Nous
ne faisions pas de fréquentes visites à mon oncle; il ne nous
y avait pas encouragés.

Madeleine n'était plus rébarbative, ou plutôt nous avions
appris à connaître le fonds excellent que les ordres auxquels
il lui fallait bien obéir réprimaient chez elle.

« Monsieur est de mauvaise humeur parce qu'il a eu une

attaque de rhumatismes, dit-elle à mère. S'il vous parle
rudement, ne vous en en chagrinez pas. » Et elle ajouta, la
bonne créature, sans croire manquer de respect à son maître :
« Tout chien qui aboie ne mord point. »

— Est-ce de ce garçon que vous venez me parler? en a-t-il
assez, l'entêté? » dit mon oncle que nous trouvâmes assis
devant un feu clair de javelles, les jambes empaquetées de
couvertures.

« Non, c'est de Charlotte et de moi, » répondit mère.

Les sourcils de l'oncle Léonard se froncèrent, et il écouta
d'un air maussade la difficulté qui lui était soumise.

Il s'agissait de savoir comment mère, ayant la surveillance
de ma sœur, pourrait vaquer aux occupations qu'elle avait
trouvées. Les dames de Marmoutiers lui avaient assuré deux
cours de piano par semaine; à l'institution Dumoulin, elle
pouvait faire le cours d'anglais, et donner aussi quelques
leçons de piano; mais la directrice de cette seconde maison
objectait que jusqu'alors elle n'avait point payé ces cours-là
en numéraire. Ces services étaient équilibrés avec les frais de
pension de la fille du professeur auquel mère pouvait suc-
céder. Mme Dumoulin offrait donc de prendre Charlotte chez
elle, et si mère voulait décidément gagner un peu d'argent,
il fallait se résoudre à mettre en pension Charlotte qu'elle ne
pouvait toujours emmener avec elle, et dont les études
étaient déjà entravées à la maison par les soins du ménage.

« Mais comment avez-vous pu réussir dans ces deux
démarches, étant si nouvellement arrivée dans un pays où
les étrangers ne se font pas si vite leur place? demanda
l'oncle Léonard.

— Un vieil ami de Montpellier m'avait donné une lettre pour
Mme Dumoulin; mais à vrai dire, je n'ai réussi auprès d'elle
qu'après lui avoir annoncé mon succès à Marmoutiers. Le
suffrage des dames du Sacré-Cœur a commandé le sien.

— Et qui vous a envoyée à Marmoutiers?

— Le docteur Bretonneau.

— Lui, cet original inabordable! Les femmes sont étonnantes pour se faufiler partout. Et qui vous a introduite auprès de celui-là?

— Mon fils. »

Mère raconta nos deux rencontres pendant que l'oncle Léonard se frottait les jambes en bouchonnant sa couverture d'un mouvement rageur.

« Et maintenant, monsieur, lui dit-elle, m'autorisez-vous à me séparer de Charlotte, malgré le grand chagrin que j'aie de ne pas la garder chez moi? J'espérais faire son éducation moi-même. Mais j'ai à remplir un devoir encore plus impérieux, qui est de gagner de quoi nous suffire à tous trois, ce qui me serait impossible si je me confinais dans le rôle de ménagère. Puis-je confier Charlotte à Mme Dumoulin?

— Faites ce que vous voudrez, cria l'oncle Léonard, en se dressant sur ses pieds gonflés et en jetant au loin sa couverture. Je ne me mêle plus de vous tous, si ce n'est pour vous conserver votre petit capital. Tout ce que vous avez fait là est blessant pour moi. Ce Louis, qui est d'un orgueil révoltant, a de qui tenir... Si vous n'aviez pas assez pour vivre. — Eh! ne le savais-je point? — Pourquoi ne vous êtes-vous jamais plainte à moi? Ne pouviez-vous pas me demander si je ne voulais pas faire quelque chose pour l'éducation de votre fille! Pourquoi ne m'avez-vous pas aidée de votre influence quand j'ai voulu faire rentrer Louis dans la maison Carlet? Vous êtes trop faible à l'égard de ce garçon, ma nièce. Je vois bien que vous cherchez à m'attendrir sur son compte en me parlant de sa santé. Mais je vous répète que s'il ne va pas jusqu'au bout de l'épreuve que je lui ai infligée, il peut bien devenir ce qu'il voudra. Je cesse de m'occuper de lui. Puisque vous avez trouvé de l'appui, des recommandations, après tout, vous pouvez vous passer des conseils d'un vieux parent qui a ses idées à lui, peut-être pas les meilleures. Je suis un

homme d'un autre temps. Si vous vous croyez plus sage
que moi, ma nièce, gouvernez vos enfants comme il vous
plaira. »

Mère était consternée en quittant l'oncle Léonard. Tous
ses sentiments de délicatesse tournaient contre elle, étaient
méconnus. Charlotte était triste, elle aussi, malgré la promesse
de sortir tous les samedis soir et de passer avec nous tous
ses dimanches. Ce ne serait plus notre vie de famille.

Moi seul, j'étais satisfait. Mon oncle ne voulait plus s'occuper de nous. J'étais donc libre!

« Non, me dit mère. Il ne faut pas prendre au pied de la
lettre un mot échappé dans un moment de mauvaise humeur.
Par déférence pour ton oncle, tu dois poursuivre l'épreuve
jusqu'au bout. Dans cinq semaines, les trois mois d'essai
qu'il t'a assignés seront finis, et s'il persiste alors dans son
abstention, nous consulterons nos amis sur le meilleur parti
à prendre à ton égard. »

Mes forces n'allèrent pas jusque-là. J'étais tellement
rebuté d'une besogne antipathique, je mangeais si peu qu'un
jour, au moment du coup de feu simultané du fourneau et
du four, je tombai en faiblesse. On me l'apprit, du moins,
quand je me retrouvai assis sur une chaise dans la cour, la
tête inondée d'eau vinaigrée. Maître Frippard m'avait porté
là dans ses bras robustes, et il m'avait frappé si vigoureusement dans les mains qu'elles me cuisaient.

Tous les gens de la maison, alarmés, faisaient cercle
autour de moi. Un herboriste voisin qu'un de mes camarades
avait été chargé d'aller réquisitionner, vint me tâter le pouls.
Il se fit conter les détails de mon accident, puis il déclara
péremptoirement que je n'étais pas taillé pour faire un fabricant de rillettes.

« Juste ce que je disais! s'écria maître Frippard. C'est
trop menu, trop fin, trop mièvre. Voilà pourquoi je refusais
de le prendre.

— Alors pourquoi le gardez-vous? objecta l'herboriste.
C'est affaire de conscience. »

Maître Frippard lui parla tout bas. J'entendis seulement
le nom de mon oncle et ces mots : « pour le mâter », et l'on
m'envoya passer le reste de la journée dans l'arrière-boutique,
en tête-à-tête avec un verre d'eau sucrée à la fleur d'oranger,
mon patron tenant à me ramener lui-même à la maison après
avoir enfourné et surveillé ses cuissons.

Ce brave homme me conduisit par la main comme si
j'eusse été un tout petit enfant; il ne voulut même pas m'abandonner à moi-même pendant que nous montions l'escalier
tournant de la tourelle. Il me couvait des yeux et allongeait
de temps à autre le bras, prêt à m'offrir cet asile si je m'éva-
nouissais de nouveau. Je le rassurai. Hors de l'officine sur-
chauffée, je n'éprouvais plus qu'une impression de lassitude.

« Madame, dit maître Frippard, je vous ramène mon
pauvre Grain-de-Sel. Ne le renvoyez pas demain. Je n'en veux
plus chez moi; *il y fondrait.* »

Après avoir raconté l'accident qui m'était survenu, il ajouta :
« Vous entendez bien que c'est moi qui vous le rends, et non
pas lui qui me quitte. J'en prendrai la responsabilité envers
M. Lefort. S'il me retire pour un temps la clientèle de sa
maison de commission, il me la rendra par la suite. On ne
fait pas mieux dans ma partie que Frippard. Mais l'important,
c'est qu'il ne soit pas fâché contre son neveu. Les vieilles
gens tiennent à leurs idées et, quand on leur résiste, ils
n'oublient pas cela dans leur testament. Il vaut donc mieux
que je porte tout le poids de la chose. J'en ai le moyen. Je suis
de taille. Adieu, mon petit Louis, car je ne veux plus t'appeler
Grain-de-Sel, je te souhaite un état qui te convienne mieux
que le mien.

Et le bon géant se sépara de moi avec la même rondeur
dont il avait fait ma connaissance.

XIV

JE TOMBAI DE FAIBLESSE

CHAPITRE XV

Charlotte en pension. — La mère du capitaine. — Rue Baleschoux.
Visite à l'atelier.

J'avais besoin de me refaire au moral et au physique, et
ma présence continuelle fit supporter moins douloureuse-
ment à mère le départ de Charlotte. Ce terme est trop fort
pour exprimer une séparation aussi mitigée. Ma sœur devait
voir mère tous les jours et passer à la maison tous les
dimanches; moi-même, pendant ma période de convales-
cence, j'allais la demander au parloir à la récréation de midi.

Son pensionnat était à dix minutes à peine de chemin, sur
cette place du Chardonnet si fréquemment mentionnée dans
les chroniques du xv° siècle par les visites qu'y faisait
Louis XI à certains bourgeois de Tours.

Charlotte me contait ses impressions. C'était bien triste
pour elle de ne pouvoir plus être l'ombre de maman, de ne
pas l'avoir à chaque minute pour la questionner, la tourmenter, l'aider aussi parfois, de ne pas recevoir son baiser du
lever et du coucher; en revanche, on n'était pas enfermé
toute la journée entre quatre murs; il y avait un grand jardin
à la pension; et puis il s'y trouvait des compagnes si aimables,
si gaies ! une surtout, Nathalie, dont Charlotte me parlait
sans cesse. Au bout de huit jours, elles étaient grandes amies.

28

Nathalie savait toutes sortes de rondes, et excellait aux barres ;
autant de jeux nouveaux pour Charlotte qui jusque-là s'était
amusée avec sa poupée ou avec moi, quand le grand frère
était disposé à suivre ses fantaisies.

Mère avait écrit à nos amis pour les consulter à mon sujet.
Mlle Bruelle avait répondu que j'étais encore à même d'accepter
le poste de menin chez le petit prince, cousin de Nadine, le
jeune garçon qu'on lui avait envoyé à ma place s'étant trouvé
une sorte de petit singe, propre seulement à lui donner de
mauvaises manières et de méchants exemples. Mais cette
proposition était inacceptable, puisque mère ne pouvait quitter Tours et qu'elle ne voulait pas me lancer tout seul par le
monde à mon âge.

M. Peyrade avait enveloppé de circonlocutions discrètes la
solution qu'il trouvait à notre embarras. Mais en dégageant
le fond de sa pensée de ses phrases entortillées, il offrait de
recommencer des démarches pour m'obtenir une bourse au
lycée de Tours, et engageait mère à ne pas attendre qu'on me
l'eût accordée pour me mettre à ce lycée en qualité d'externe.
Il ne fallait pas s'inquiéter des frais. M. Peyrade serait trop
heureux de voir son amitié pour moi consacrée par l'accepta-
tion de son aide, et plus tard je serais à même de lui rendre
ses avances. Mais toutes ces propositions délicates étaient
exprimées à demi-mot, et ce vieil ami avait écrit là quatre
pages qui avaient l'air de demander un service tandis qu'elles
en offraient un.

Ce cher M. Peyrade, que tout le monde à Montpellier
tenait pour un vieux garçon égoïste, calfeutré dans sa manie
de collections, était donc prêt à se dévouer de loin à un enfant
étranger, comme il se dévouait de près à Victor. Cet exemple
m'a toujours empêché d'ajouter foi aux jugements souvent
téméraires qu'on entend de par le monde.

Mère et moi, nous remerciâmes avec effusion notre vieil
ami, mais l'oncle Léonard avait peut-être raison de nous trou-

ver orgueilleux. Nous ne voulions de nos amis que leur affection, et en causant de ceci, mère me dit ces mots qui me
frappèrent :

« Mon enfant, mon sort est bien triste, puisque je suis
à jamais privée de celui qui faisait mon bonheur, je puis
dire aussi ma gloire, et enfin ma sécurité d'existence. Pourtant, je trouve ma vie désormais très intéressante. Je suis en
face de grandes difficultés : vous élever du mieux possible, et
y parvenir avec des ressources exiguës. C'est comme un
problème qu'on aurait à résoudre de jour en jour, peu à
peu. L'on cherche, l'on s'ingénie. Au total, on peut souffrir,
mais on ne s'ennuie pas. L'âme est occupée. Comprends-tu
cela ? »

Je le comprenais bien, moi qui me creusais la tête pendant
que mère était sortie pour ses leçons, afin de découvrir ce que
je pourrais bien faire de mon côté pour l'aider à résoudre ce
problème-là. Je savais que l'ambition de mère était de réaliser
par ses propres ressources ce que M. Peyrade conseillait de
faire avec les siennes. Le soir, elle remplissait de chiffres de
petits carrés de papier pour ses combinaisons de budget ; elle
compulsait sur son livre les dépenses des mois précédents ;
elle joignait les recettes à venir à notre mince revenu pour se
créer une base. Oui, l'on pouvait y arriver, bien juste, mais
enfin, grâce à ses leçons, à la couture des livres pendant les
heures du soir, on aurait les moyens de nouer les deux bouts
et de m'envoyer au lycée.

Je me retenais de la contrarier, mais cette perspective ne
me souriait pas. Victor, à Palavas, M. Ferdinand, à Paris,
mon oncle enfin m'avaient si bien démontré que mon éducation classique imposerait de longs sacrifices à mère sans rien
lui rapporter avant que je n'eusse âge d'homme ! Et je voulais, moi aussi, gagner de l'argent le plus tôt possible, ne pas
devoir mon bien-être à ces courses sous la pluie que mère
était obligée de faire, à ces fatigues des cours d'anglais qui

me la ramenaient enrouée ou la voix presque éteinte. J'avais
treize ans passés. Après quelques jours de repos, je serais
fort. Il fallait trouver quelque chose, m'ingénier, moi aussi,
de mon côté. Mais quoi ? mais où ? Je n'en savais rien.

J'eus la tentation d'aller demander conseil au docteur Bretonneau. Ce qui m'arrêta, c'est que mère avait résisté au
désir d'aller le remercier, à cause de ce qu'elle avait appris
de ses habitudes de sauvagerie. D'ailleurs, en nous quittant,
il nous avait expliqué assez clairement qu'il ne comptait pas
nous revoir. Il ne fallait pas songer à cet expédient.

Mon oncle était sans doute tout à fait fâché contre nous. Il
ne venait plus ; c'est qu'il nous avait abandonnés comme il
l'avait dit et je lui savais gré de se montrer ainsi homme de
parole.

Les après-midi étaient longs pour moi lorsque mère était
à Marmoutiers ou à l'institution Dumoulin. Quand j'avais
fait mes devoirs, un peu lu, beaucoup rêvé, la solitude me
pesait et je descendais chez Mme Tournier par besoin de voir
une figure humaine. Elle m'avait pris en amitié et me parlait
de son fils ; tout ce qu'elle me disait de lui était une leçon
pour moi. Ce capitaine, élevé aux écoles primaires de Tours,
fils d'ouvrier, ouvrier lui-même, avait donc été un sujet
remarquable pour monter en grade si vite et mériter cette
croix d'honneur que je voyais sur sa poitrine ? Je ne me
lassais point de me faire raconter comment il étudiait sans
cesse, et par quelle heureuse inspiration de droiture il n'avait
pas consenti à ce qu'on lui achetât un remplaçant après son
tirage au sort, par la raison que chaque homme doit servir
son pays.

« Il avait aussi une autre idée à ce sujet-là, ajoutait
Mme Tournier ; il ne voulait pas nous priver de ces économies
que nous avions amassées sou à sou. Il trouvait que ce serait
lâche de sa part de les laisser employer à l'exempter. »

Je répondais :

« Il avait bien raison. »

Un jour Mme Tournier interrompit cette causerie, toujours intéressante pour tous deux et me dit, après avoir empilé une quarantaine d'in-octavo dans une sorte de panier de blanchisseuse :

« Il faut que je vous quitte. Ces volumes sont pressés et j'ai promis de les rapporter aussitôt qu'ils seraient cousus. Je ne serai pas longtemps dehors. L'atelier est près d'ici, rue Baleschoux.

— Madame, il pleut et vous êtes enrhumée. Laissez-moi porter ce panier à votre place. »

Elle refusa, elle ne voulait pas se permettre de me prendre pour commissionnaire; je dus finir par lui avouer que je mourais d'envie de visiter la maison Labat, depuis le jour où maître Tournier m'avait vanté son art. Après un petit débat, je vainquis les scrupules de l'excellente femme, et mon panier au bras, je m'acheminai vers la rue Baleschoux.

L'expression figurée de coude appliquée aux angles des routes et des rues n'a jamais été mieux justifiée que par le tracé de la rue Baleschoux. Ce n'est pourtant pas une de ces ruelles flanquées de masures dont la direction tortueuse est en triste rapport avec la pauvreté des bâtisses et des habitants. Bordée des deux côtés de son étroite chaussée sans trottoir, de vieux hôtels datant des deux derniers siècles, la rue Baleschoux doit sa configuration irrégulière à ces droits de propriété particulière que l'édilité de ces temps-là n'aliénait jamais au profit de la commodité générale. Tous ces hôtels s'étaient groupés là, plutôt que de s'étaler à leur aise dans les rues éloignées du centre de la ville, moins aristocratiques par conséquent.

Petits gentilshommes, magistrats ou bourgeois riches, leurs propriétaires n'avaient pas été choqués du peu de largeur de la voie qui menait chez eux. Un coche pouvait y passer et même en croiser un autre à quelques angles. C'était suffisant.

Ils prenaient ailleurs, sur leurs cours bien aérées, sur leurs
jardins, l'air et l'espace nécessaires à la santé physique. Sauf
de rares exceptions, leurs demeures ne regardaient la rue que
de côté; quelques hôtels même lui tournaient le dos, réser-
vant à leur façade le vis-à-vis plus agréable du jardin.

La maison Labat, située à l'angle rentrant de la rue, était
formée de la moitié du corps de logis et de l'aile gauche d'un
vaste hôtel Louis XIV. L'autre partie de cet hôtel appartenait
à un autre propriétaire. Un mur coupait en deux la cour
d'honneur; mais l'espace resté à chaque habitation était
assez étendu pour qu'on y eût planté quelques arbres et
réservé deux massifs de verdure.

Chargé de mon grand panier, je traversai cette cour, en
regardant les deux étages de hautes fenêtres derrière lesquelles je voyais aller et venir des figures mouvantes. Je
m'engageai dans un grand vestibule et vis en face de moi une
machine en mouvement dans un étroit réduit de planches.
C'était le laminoir où l'on passe les feuilles d'impression nouvellement pliées, pour les glacer. Une roue de fer tournait,
mue par un homme de peine; un ouvrier plaçait les feuilles
sous le laminoir qui les pressait et les renvoyait, de l'autre
côté, à un apprenti qui les disposait en piles.

J'avais à ma droite un large escalier de pierre à rampe de
fer très ouvragée; mais j'apercevais au delà de cet escalier,
plus loin que le réduit du laminoir, une porte ouverte et des
tables chargées de volumes. J'eus un moment d'hésitation,
ne sachant s'il fallait monter ou aller tout droit. Les gens
du laminoir me regardaient, pendant un de leur temps
d'arrêt.

« Du cousage? des volumes cousus? me cria l'ouvrier.
C'est en haut; la porte à gauche.

— Ah! qu'il a l'air benêt, dit l'apprenti après avoir tendu
de mon côté sa tête moqueuse dont les longs cheveux étaient
maintenus en arrière par un diadème de basane rouge. Tiens!

c'est un des *fricotteurs* de Trippard. Je le connais. Il l'appelle
Grain-de-Sel. »

Je me souviens d'avoir vu ce gamin à nez retroussé, aux
yeux louches, venir acheter son déjeuner et faire enrager mes
camarades par ses lazzis et ses exigences d'acheteur.

« Tourne-à-Gauche, lui dit l'ouvrier, au lieu d'insulter les
gens, fais attention à tes doigts; le laminoir te les coupera un
jour pendant que tu feras le joli cœur à te démener de la
langue. Attention à la manœuvre! Recommencez, Clisset. »

La roue du laminoir se remit à tourner pendant que je
montais l'escalier; mais la raillerie de l'apprenti m'avait
troublé. Au lieu d'entrer par la porte de gauche sur laquelle
il était écrit : *Tournez le bouton, s. v. p.*, je frappai à la
porte de droite, plus voisine de l'escalier. Dès qu'on l'eût
ouverte du dedans, je fus confus de mon erreur : des biblio-
thèques d'acajou pleines de livres; un grand bureau couvert
de papiers, un vase de fleurs sur le tapis brodé d'une table de
milieu, ce ne pouvait être là que la première pièce de l'appartement de M. Labat. Je ne sus que dire à la jolie brunette de
dix à onze ans qui m'avait ouvert.

Elle fit une petite moue et s'écria :

« Toujours et toujours on se trompe. Est-ce que vous
n'avez pas vu l'inscription sur la porte de l'atelier? »

Elle me désignait du doigt le : *Tournez le bouton, s. v. p.*,
que je n'avais pas remarqué et dont les lettres me tiraient
les yeux maintenant.

« Mais peut-être vous ne savez pas lire, » ajouta-t-elle avec
un doux accent de pitié, qui m'excusait déjà tout en déplo-
rant mon ignorance.

Je lui expliquai mon cas, sans vouloir laisser à cette
gentille enfant l'idée que j'étais tout à fait inculte.

« Ah! vous venez pour la première fois et de la part
de la bonne Mme Tournier. Suivez-moi; je vais vous conduire. »

J'entrai sur ses pas dans l'atelier. Il occupait au premier
étage toutes les salles des deux façades s'ouvrant sur la
cour ; mais les divisions intérieures des pièces avaient été
détruites, et j'avais la vue d'un ensemble très mouvementé,
très bruyant, mais une vue très confuse. Je ne discernai
rien.

« Pourquoi vous arrêtez-vous? me dit ma jeune conductrice. Il faut apporter vos volumes et votre livret au bureau
de ma sœur pour qu'elle les reçoive et les inscrive au compte
de Mme Tournier. »

Elle me fit pénétrer dans une sorte de chambre vitrée pra-
tiquée en face de la grande horloge de l'atelier.

Une jeune personne d'une vingtaine d'années était là fort
occupée ; elle traçait, en suivant les contours d'un carton
carré, des marques à la craie sur une pièce de velours nacarat
déployée tout le long d'une table.

A l'autre bout, un vieil ouvrier tenait de grands ciseaux et
coupait le velours aux places blanchies par la craie.

Ni l'un ni l'autre ne s'avisa de notre présence, et je ne
devinai pas pourquoi ma petite conductrice se dissimulait
derrière moi et me faisait signe de m'avancer, de parler.

J'étais planté à l'entrée, tenant mon panier des deux
mains, mon livret dans la poche de ma veste, n'osant pas
interrompre l'occupation muette de ces deux personnes. Les
ciseaux allaient et venaient, mordant d'un coup juste l'étoffe
rutilante ; ils se refermaient à chaque lisière avec un grincement net. Les tons de rubis du velours, les moires de ses
cassures, ses reflets duvetés éclataient dans ce réduit vitré
comme une floraison de géraniums dans une serre. Mon
regard glissa sur le vieil ouvrier qui accomplissait sa besogne
de déchiquetage avec une régularité mécanique ; je regardai
la sœur aînée de ma jeune conductrice. Elle aussi avait une
aimable physionomie, de grands yeux noirs, mais calmes et
posés. Sa toilette, qui était d'une demoiselle, attestait par un

« EST-CE QUE VOUS N'AVEZ PAS VU L'INSCRIPTION ? »

détail, qu'elle prenait part habituellement à l'activité de la maison. Sa robe de soie était protégée par un tablier dont la bavette dessinait un corsage élégant de proportions. Ces mains blanches qui maniaient le velours n'étaient donc pas de ces mains paresseuses qui ne perdraient rien à devenir invalides.

Lasse de se cacher derrière moi et de me pousser le coude pour me faire avancer, ma jeune conductrice sauta d'un bond près de la table et dit :

« Céline, voici les volumes de Mme Tournier. »

Mlle Céline, leva la tête :

« Tu as encore saisi un prétexte pour venir dans l'atelier, dit-elle à sa sœur d'un ton de réprimande maternelle. Ce n'est pas bien, Nathalie. Tu me rendras moins facile à t'accorder ces sorties de ta pension que tu réclames sous tant de prétextes divers. Ta place n'est pas ici, tu le sais. Rentre dans l'appartement, mon enfant, si tu ne veux pas que père te voie et qu'il soit mécontent de toi.

— Eh! c'est la faute de ce garçon qui ne sait ni entrer où il faut, ni parler quand il doit », s'écria Nathalie.

Elle partit d'un pied léger en me refaisant cette jolie petite moue dans laquelle il y avait plus de mutinerie que de morgue ou de méchante humeur.

Tout en écrivant quelques chiffres sur mon livret, Mlle Céline me demanda pourquoi Mme Tournier n'était pas venue elle-même. Je lui dis notre voisinage et comment j'avais été curieux de visiter l'atelier.

« Vraiment! dit-elle. Qu'a-t-il de si intéressant pour vous? »

Elle paraissait si bonne, si gracieuse, toute cette ruche en travail qui nous entourait offrait un aspect si pittoresque; le bruit des petits marteaux d'acier, le craquement des presses, le ronflement du balancier, les rythmes divers des pas, des plioirs, du polissage à l'agate, des roues à aiguiser, l'aspect

étrange des volumes qui passaient le dos couvert de feuilles
d'or à bavures tremblantes, tout ce tableau était si animé, si
gai, si différent de celui que j'avais subi chez Frippard, que
je répondis spontanément avant toute réflexion :

« C'est que je voudrais bien apprendre la reliure. »

— Vous, mon petit ami?... »

Et comme elle regardait mes vêtements bien coupés, je
repris :

« J'ai besoin de gagner ma vie et je suis libre de me
choisir un état. »

CHAPITRE XVI

Parole échangée. — Première querelle de famille. — La bénédiction du grand-père. — Délivrance d'un remords. — Malgré tout le monde.

Cette visite à l'atelier, faite en compagnie de Mˡˡᵉ Céline qui m'expliquait, devant chaque établi, les diverses opérations de la reliure, fut le terme de mes indécisions. Je voulais devenir relieur. C'était un état intéressant, celui-là; on s'y servait de ses mains, mais aussi de son intelligence, et puisqu'il me fallait faire un métier pour gagner de l'argent, je n'en pouvais pas trouver un plus près de mes goûts. Il allait me passer sous les yeux des quantités de livres et je les aimais tant! Je travaillerais à faire des étuis dignes de ces bijoux, comme disait maître Tournier, et peut-être, aux heures de repos, aurais-je parfois la facilité d'en lire quelques-uns.

Je ne comptais pourtant pas m'engager avant d'avoir causé avec mère; mais notre dernière halte dans l'atelier fut décisive pour moi sans que je l'eusse prévu. Je fus pris, pour ainsi dire, par surprise dans un transport de sympathie qui me fit oublier que je ne pouvais pas décider à moi tout seul de mon sort.

Nous étions arrêtés, Mˡˡᵉ Céline et moi, devant un groupe de travailleurs qui agissaient par mouvements prestes et combinés, sans échanger une parole. Un apprenti prenait par pile de quatre sur un table des volumes dont il relevait les plats, encore en carton brut; il les passait à un autre apprenti qui égalisait la pile d'un coup sec, et les transmettait au directeur du groupe; celui-ci, un homme d'une cinquantaine d'années, plongeait les tranches de ces volumes dans un baquet où flottait un mélange liquide destiné à les colorier ; les tranches sortaient toutes rouges de ce bain de quelques secondes et la pile de volumes, les plats de carton toujours en l'air et battant à droite et à gauche, était saisie par un troisième apprenti qui les classait tous sur des rayons voisins.

J'admirai la vélocité de ces manœuvres. L'opérateur n'avait rien qui le distinguât à première vue des autres ouvriers; il portait sur un gilet à manches de lustrine noire le classique tablier vert du relieur. Je n'aurais donc pas deviné en lui M. Labat, et lui-même était si absorbé dans son opération qu'il ne nous aurait pas aperçus sans la maladresse d'un apprenti qui fit choir une pile de volumes en la lui tendant à faux.

Tout en le grondant, le patron voulut lui montrer comment il fallait s'y prendre et se tournant vers la table, il nous vit, sa fille et moi.

« As-tu besoin de moi, Céline? dit-il en quittant spontanément son ton de réprimande pour sourire à la jeune fille. Tu arrives bien. J'allais me fâcher contre cet étourdi qui ne fait pas un mouvement juste. Ah! les apprentis d'autrefois! dociles et soucieux de savoir à fond leur métier, où sont-ils?

— Je viens vous en présenter un, dit Mlle Céline en me montrant, qui me paraît avoir du goût pour la reliure. Peut-être renouvellera-t-il cette tradition de l'apprenti-modèle dont vous déplorez la perte, mon bon père.

— Ce garçon-là? »

M. Labat me regarda droit dans les yeux, mais je n'en fus pas troublé. Il y avait de l'autorité dans ce regard, mais une

autorité calme et digne. Je n'y sentis ni morgue ni hauteur,
à peine un léger étonnement qui provenait sans doute de mon
costume correct d'enfant de famille aisée. M^{lle}Céline s'approcha
de lui et lui parla tout bas. Elle s'était de même éloignée
de moi dans l'atelier de dorure, pour se ménager un aparté
avec maître Tournier que j'avais salué de loin sans chercher
à l'aborder. Mlle Céline avait appris sans doute de notre
voisin qui j'étais et elle en faisait part à son père. Après
l'avoir écoutée, celui-ci me dit, assez haut pour être entendu
des trois jeunes apprentis qui l'entourait :

« Si tu veux entrer chez moi, mon garçon, et y devenir
habile ouvrier, il ne tient qu'à toi. Il y a de la place. Si tu as
envie de bien faire, je te pousserai. Je ne te cantonnerai pas
dans une spécialité, comme c'est la mode dans d'autres
ateliers. Je n'ai jamais fait ce tort à mes apprentis de ne pas
leur apprendre toutes les parties de la reliure. Mais il faut
que mes apprentis aient autant de conscience que moi. Est-ce
que ce marché te va, mon petit?

— Très bien, monsieur.

— Alors viens quand tu voudras avec tes parents... sa
mère, n'est-ce pas? dit-il en regardant Mlle Céline, et nous
signerons ton contrat d'apprentissage.

— Oui, monsieur, je vous remercie, nous viendrons demain, » répondis-je pendant que le patron reprenait sa besogne.

Je partis et trouvai à la maison mère et Charlotte qui
venaient de rentrer ensemble. Ce jour-là était précisément un
samedi, et nous avions la joie de rester en famille, tous réunis,
depuis la sortie de classe de Charlotte jusqu'au lundi matin.

Tout plein de mon projet d'avenir, je n'attendis pas un
moment pour l'annoncer à mère comme une chose décidée,
et je ne compris la légèreté avec laquelle je m'étais engagé
que lorsque mère me la reprocha et déclara nulle une con-
vention qu'elle n'avait pas sanctionnée.

Cette opposition m'atterra. Je ne l'avais pas prévue. J'étais

arrivé tout fier d'avoir trouvé enfin une solution à mon embarras d'esprit, une carrière à mes désirs d'activité. J'avais
tout conté d'enthousiasme, m'attendant à être félicité, et je
ne trouvais que des reproches attristés et un ordre formel de
ne plus songer à cela. Et moi qui m'étais cru si bien autorisé
à tout conclure, qui m'étais cru si libre de choisir mon sort,
puisque l'oncle Léonard ne voulait plus s'occuper de moi!
Qu'allait penser de ma démarche M. Labat? Il me prendrait
pour un petit sot. Et cette aimable Mlle Céline qui avait pris
la peine de tout me démontrer dans l'atelier, elle dirait à
Mme Tournier, un de ces jours : « Votre petit voisin s'est
moqué de moi en me faisant croire qu'il voudrait se faire
relieur. Il m'a fait perdre une heure de ce temps que j'emploie
si bien. »

J'avais le cœur si gros que je ne pus d'abord toucher
à mon dîner. Mère crut que je boudais et son regard m'apporta un blâme. Je m'efforçai de manger; mais mes larmes
finirent par tomber en pluie dans mon assiette. Ce fut le
dernier coup pour la sensibilité de Charlotte, dont la figure
s'était allongée, dans le court débat qui avait suivi mon
retour. Elle quitta sa place, vint m'essuyer les yeux avec sa
serviette et se mit elle-même à pleurer en disant :

« Mère, il ne boude pas ; il a du chagrin. Dis-lui vite que
tu n'es pas fâchée contre lui. Ce n'est pas la peine que je
travaille bien toute la semaine, si je dois vous trouver tous
deux si tristes les samedis. »

Cette boutade touchante fut le début d'une explication
entre nous trois. Le souvenir de ce petit conseil de famille
m'attendrit encore quand je me le rappelle. Chacun de nous
y défendit son opinion personnelle, et par un singulier ren-
versement de la hiérarchie des âges, comme le débat était
entre mère et moi, ce fut Charlotte, cette petite fille de neuf
ans, qui porta de l'un à l'autre l'appoint de son approbation,
suivant que les arguments contraires la gagnaient.

« Tu veux donc, lui disait mère, que ton frère devienne un ouvrier à la journée, qu'il devienne rude de manières, d'habitudes?

— Non, c'est trop laid, répondait ma sœur. Nadine ne le reconnaîtrait plus, ni Mlle Bruelle non plus.

— Tu veux donc, disais-je à mon tour, que je me fasse nourrir à la becquée des peines, des fatigues de mère, sans me hâter de gagner ma vie? Si je deviens bon relieur, je puis devenir contremaître; puis, plus tard je m'établirai, et toi, au lieu d'être sous-maîtresse ou institutrice, tu resteras avec nous. Tu couperas les pièces de velours, tu donneras les petits livrets de feuilles d'or aux ouvrières comme je l'ai vu faire à Mlle Céline Labat.

— Mlle Céline? Mais c'est la sœur de mon amie Nathalie, s'écria Charlotte. C'est donc chez son père que tu voulais aller?

— Mais oui.

— Oh! alors, pourquoi pas, maman? Nathalie dit que c'est si joli, le grand atelier de son père? Et il faut bien que ce garçon fasse quelque chose. Il doit tant s'ennuyer de rester tout seul ici pendant que vous êtes à vos leçons. »

Après une longue causerie au cours de laquelle Charlotte passa à mon bord, mère parut à demi gagnée. Elle m'objecta seulement que l'assentiment de l'oncle Léonard était indispensable. Je n'eus pas besoin de détourner moi-même ce dernier obstacle. Charlotte s'en chargea.

« Puisque l'oncle Léonard a dit qu'il ne s'occuperait plus de Louis et qu'on pourrait faire tout ce qu'on voudrait », dit-elle.

Je crois que mère se serait exposée avec peine à de nouvelles rebuffades aux allées de Grandmont; mais la décision que j'implorais d'elle lui répugnait trop pour qu'elle en assumât toute la responsabilité.

« Je ne veux pas aller à Noizay, me dit-elle; mais je ne te

30

permettrai de tenter cette épreuve d'un état manuel que si
tu obtiens l'assentiment de ton grand-père. Tu partiras
demain par le train de midi; tu reviendras par celui de
quatre heures, de façon à n'importuner là-bas personne par
une trop longue visite, et si ton grand-père t'approuve, je
signerai lundi ton contrat d'apprentissage. »

Il y avait plus d'un mois que nous ne savions rien de nos
parents de Noizay, et quand j'arrivai au portail de la maison
blanche, je ne fus pas étonné du calme qui régnait dans la
cour. C'était dimanche, jour de repos dans toute exploitation
rurale. Mais quoiqu'il fît beau pour la saison, le fauteuil du
grand-père n'était ni sous l'acacia ni sous l'abri du porche.
J'étais loin pourtant de m'attendre à l'affligeante nouvelle
que m'annonça la première servante que je rencontrai :

« Votre grand-père, monsieur Louis, il n'est pas bien, le
cher homme! me dit-elle. Depuis quinze jours, il ne peut
plus quitter son lit. La tête est bonne toujours; ce sont les
jambes qui ne vont plus du tout. Mais il ne faut pas vous
chagriner. M. Lefort fait encore ses trois repas, et s'il dort
un peu plus que d'habitude, le médecin a dit que le coffre
étant bon, il peut tenir encore longtemps comme ça. »

Je profitai de ce que mon arrivée n'avait pas été remarquée
par tante Radegonde, pour me faire introduire sans tarder
chez mon grand-père. Il était couché dans une chambre du
rez-de-chaussée, dans un de ces lits hauts, à courtines d'an-
drinople rouge qui étaient autrefois l'ornement des fermes
aisées. Le léger bruit de la porte qui se refermait sur moi
éveilla mon grand-père, qui paraissait assoupi.

« C'est toi! » me dit-il d'une voix grêle. Mais son œil
brilla, et ses lèvres tremblèrent pendant qu'il ajoutait :

« Vous avez été bien longtemps sans revenir me voir.
Pourquoi donc? »

C'était là un reproche tendre auquel je ne sus répondre
qu'en embrassant grand-père. Il passa ses mains vacillantes

sur ma figure, et après avoir appris que j'étais venu seul, il
poursuivit en soupirant :

« Au fait, ne dis rien, je comprends... je comprends
pourquoi. Mais j'ai vu mon frère Léonard. Lui non plus n'est
pas content de vous autres. Qui a tort? qui a raison? je ne
sais pas, je suis vieux, vois-tu; chacun me raconte les affaires
à sa façon, et pour juger, il faut entendre des deux côtés.
J'aurais voulu voir ta mère. C'est une femme de cœur, et
qui sait expliquer les choses. Mais enfin te voilà, toi. Conte
moi ce que vous avez fait depuis que vous êtes à Tours. »

Il laissa sa main dans la mienne pendant que, debout près
de son lit, les deux coudes enfoncés dans les couvertures, je
lui faisais le récit de ces deux mois qui s'étaient écoulés
depuis notre brusque départ de Noizay. Je n'étais pas à la
moitié de ma narration, que les yeux de grand-père se fer-
mèrent. Je la continuai par acquit de conscience, mais très
découragé; je me figurais qu'il ne m'entendait plus, qu'il
s'était endormi. Quand j'en fus arrivé à la scène de la veille
et que j'eus dit ce qui m'amenait, les yeux toujours fixés sur
la physionomie immobile de mon grand-père, je vis tout à
coup jaillir au coin de ses paupières fermées, deux larmes
qui tombèrent jusqu'à sa barbe blanche. Involontairement, je
pressai sa main et me penchai vers lui. Souffrait-il? rêvait-il
en dormant, ou bien m'avait-il entendu?

Il rouvrit les yeux en sentant ce mouvement qui m'atti-
rait vers lui.

« Enfant, me dit-il, j'ai regret du passé... mais tu ne peux
pas me comprendre. Enfant, je vous bénis, toi, ta mère qui
est ma fille, et ta petite sœur. Travaille pour elles deux. Sois
ouvrier en tout ce que tu voudras. Dieu sera avec vous. Il
aide les gens de cœur. »

Comme j'étais tout ému de cette effusion, la porte s'ouvrit
brusquement et tante Radegonde entra, grondant de ce qu'on
m'avait laissé troubler le repos du grand-père.

« Tu l'as agité, me dit-elle. Le voici rouge et tout fiévreux.
Il ne dormira pas de la nuit.

— Au contraire, dit-il d'une voix douce, la visite de Louis
m'a fait beaucoup de bien. Vous vous trompez, Radegonde. »

Elle releva les oreillers, déplissa la courte-pointe en grom-
melant qu'elle savait mieux que lui ce qui convenait à sa
santé, et elle me demanda si impérieusement si j'avais fini
de communiquer à grand-père les motifs de ma visite, que je
quittai la chambre après avoir embrassé encore une fois
notre cher malade.

« Soupes-tu avec nous? » me demanda mon cousin, que
je rencontrai dans la pièce voisine, équipé de neuf des pieds
à la tête, et étalant une grosse chaîne de montre sur son
gilet.

Je remerciai et pris congé poliment de tante Radegonde,
qui ne fit aucun effort pour me retenir.

Je me croyais quitte pour cette fois des gracieusetés
d'Alfred; mais il avait à triompher à mes dépens, et il me
rejoignit sur la grande route, pour m'accompagner un bout
de chemin, selon lui. Sous prétexte de me prouver que j'étais
fort en avance pour le train de quatre heures, il tira plusieurs
fois de son gousset une jolie montre d'or dont il pensait
bien que j'allais lui faire compliment. J'eus la malice de ne
pas la remarquer.

« Tu n'as pas de montre, toi? me demanda-t-il quand il
lui fut prouvé que son nouveau bijou ne me tirait pas les
yeux.

— Non.

— Ce n'était pas commode pour toi, pendant le temps où
tu étais chez M. Carlet. Dans les affaires, il faut toujours
savoir l'heure.

— C'est bon pour les employés principaux, et encore...
Il y a des pendules dans les bureaux, et une horloge dans la
cour de la maison Carlet.

« SOIS OUVRIER EN TOUT CE QUE TU VOUDRAS. »

— Bah! reprit Alfred, ça pose toujours un jeune homme d'avoir une montre et une belle chaîne sur son gilet. Il a l'air plus sérieux; on reconnaît tout de suite là un fils de famille. »

J'eus envie de lui répondre que si elle avait été plus longue, cette grosse chaîne d'or qu'il maniait avec complaisance était d'un assez fort calibre pour représenter mieux un collier de chien qu'un bijou propre à un adolescent de son âge; mais il ne faisait pas bon railler Alfred; je m'en souvenais; de plus, je ne voulais pas envenimer les rapports, déjà si froids, entre nos deux familles; enfin je me rappelai, par amour-propre, sans doute, que me moquer d'un avantage dont il jouissait et que je ne pouvais acquérir, c'était m'exposer à être accusé par lui d'un sentiment d'envie.

« Et tu ne regrettes pas, continua-t-il, d'avoir quitté la maison Carlet?

— Pas du tout.

— Alors tu ne seras pas fâché en apprenant que je vais demain y prendre ta place? »

Fâché? non, je ne l'étais point, mais surpris, oui vraiment. L'oncle Léonard avait dit devant moi qu'il aurait donné cette place à mon cousin avant notre arrivée à Tours, si Alfred avait été plus ferré sur l'arithmétique. Alfred alla au-devant de l'objection que je me posais intérieurement à ce sujet.

« Ma mère n'avait que ce projet en tête depuis deux mois, me dit-il; elle a fait cinq ou six voyages à Tours pour décider l'oncle Léonard. Elle m'a fait donner des leçons par ce vieux grognon d'instituteur que nous avons rencontré une fois à Vernou. Tu t'en souviens, près du Sully.

Il riait en faisant allusion à cette bonne histoire!

« M'a-t-il assez ennuyé, ce bonhomme, avec ses problèmes de fractions, de poids et mesures, et ses principes de comptabilité! Mais j'ai pioché tout de même, parce que je m'ennuie à Noizay. C'est bien plus amusant de vivre en ville

Quand on a fini au bureau, on peut passer de bonnes soirées à s'amuser, tandis qu'à Noizay, papa ne me permet
pas de courir le soir au village; il faut rester au perchoir,
comme les poules dès que la nuit est tombée. A Tours, je serai
mon maître; je loge et je prends pension chez un ami de mes
parents; mais tu comprends que je serai libre de mes pas.
Tout est arrangé. Je suis même allé cette semaine à la maison
Carlet. Il a une bonne tête, le père Carlet, et des mains comme
des battoirs. Tu en sais quelque chose. Mais il ne me soufflè-
tera pas, je t'en réponds. Quant aux employés, je me charge
de les faire marcher droit.

Quoique j'eusse parfois pour mon compte ce respect de mon
importance qui est propre à beaucoup de jeunes garçons, je
trouvai mon cousin très comique, pendant qu'il se redressait
en se promettant de faire la loi à des gens beaucoup plus âgés
que lui. Au moment où je m'efforçais de ne pas éclater de
rire, une idée rompit le cours de l'hilarité qui me gagnait
malgré moi.

Alfred était allé à la maison Carlet; il pouvait donc m'apprendre si mon indiscrétion avait valu à M. Félix le renvoi
dont mon oncle l'avait menacé devant moi. La pensée que ce
jeune homme me devait cette disgrâce m'était pénible depuis
ce temps, mais je n'avais jamais osé questionner l'oncle Léonard à ce sujet; j'avais bien une fois rencontré M. Félix dans
la rue; mais, loin de l'aborder, j'avais détourné la tête afin
qu'il ne m'aperçut pas. J'aurais été trop confus de subir ses
reproches.

« M. Félix? répondit Alfred à mes questions. Sans doute,
il a été remercié, mais pas renvoyé, comme tu dis. Ça lui est
bien égal de n'être plus dans la maison Carlet; il y était,
comme j'y serai, moi, non pas pour son pain, mais pour
apprendre le commerce. Il est retourné chez son père qui a
une fabrique de carton près d'Amboise. Ils sont riches, ces
gens-là, et le père a été enchanté de revoir M. Félix, qui per-

dait son temps à Tours. Il préfère le garder avec lui et le
mettre au courant de sa fabrication. Tu vois que ton rapport
a été pour le mieux. »

Oui, vraiment, tout était pour le mieux dans cette affaire,
et j'étais content qu'il n'y eût pas de victime de ma façon.
Cette nouvelle me mit en si bonne humeur, que je ne pris
pas de mauvais gré les railleries d'Alfred sur mon séjour chez
maître Frippard. Je compris à ses propos que l'oncle Léonard
me croyait toujours dans ce lieu d'expiation et je gardai un
silence prudent, de peur qu'il n'apprît mon affranchissement
assez tôt pour empêcher ma nouvelle détermination.

« Eh bien, me dit Alfred d'un ton protecteur, quand nous
fûmes arrivés au coude de la grande route, nous nous verrons
quelquefois à Tours, mais pas dans la boutique de Frippard,
tu comprends? »

Le lendemain, à midi, mère et moi nous allâmes sonner à
cette porte que la petite Nathalie m'avait ouverte en haut de
l'escalier de la maison Labat. Ce ne fut pas sa physionomie
mutine qui nous apparut, mais la figure grave du patron.

Je crus un moment que mon projet, mené à bien à travers
tant d'obstacles et sur le point d'être exécuté malgré la résistance de mère, allait échouer au dernier moment.

En dépit de sa très modeste toilette de deuil, mère était si
visiblement une dame que M. Labat s'étonna qu'elle voulût
faire de son fils un ouvrier relieur.

« Je ne dois pas vous cacher, madame, lui dit-il, que sauf
l'exception d'une habileté hors ligne ou celle d'un petit capital
qui permet plus tard de s'établir, notre métier fait subsister
son homme et rien de plus. Votre fils gagnerait davantage
par un petit poste chez un banquier, par exemple, ou dans
toute autre administration, et il aurait des chances d'avancement selon sa conduite et son intelligence, »

Mère abonda naturellement dans ce sens. Je m'agitais sur
ma chaise, je froissais mes mains l'une contre l'autre, je

31

n'osais rien dire, mais je sentais ma cause à demi perdue
quand Mlle Céline entra, tenant en main deux papiers timbrés
couverts de lignes d'écriture.

Elle me salua d'un sourire et dit à son père :

« Voici en double le contrat d'apprentissage. M. Tournier m'avait prévenu ce matin que son petit voisin viendrait
à midi. Il ne manque plus que les noms... j'ai dû les laisser
en blanc... et naturellement aussi les signatures.

— Tu t'es bien pressée, ma fille, répondit M. Labat. Ce
serait du papier timbré perdu si tu n'avais laissé les noms en
blanc.

— Mais alors... objecta Mlle Céline d'un air surpris ; elle
n'acheva pas sa phrase, mais son regard ajouta : « Que vien-
nent faire ces gens-ci, puisqu'ils ne sont pas prêts à s'engager. »

— C'est monsieur votre père qui ne veut pas de moi comme
apprenti, dis-je à Mlle Céline ; cependant, mon idée, à moi, et
mon goût, c'est de devenir relieur. »

Je ne sais de quel ton j'articulai ces derniers mots. Ce dut
être avec toute la fermeté d'une conviction décidée. M. Labat,
qui jusque-là n'avait pas regardé de mon côté, se tourna
brusquement vers moi, me frappa sur l'épaule et me dit :

« C'est donc une vraie vocation ? En ce cas, mon garçon,
c'est différent et je me charge de toi... Après tout, madame,
dit-il à mère, j'ai débuté comme votre fils débutera. J'ai
balayé les ateliers du patron, trié les rognures, classé les ais
de bois, compté les piles de gros sous pour la paie, et me
voici depuis trente ans chef de maison moi-même. Est-ce que
ces besognes te répugneront, mon garçon ?

— Pas du tout. Ah ! maman, signe donc, je te prie.

— Il faut lire d'abord à quoi l'on s'engage, dit en riant
M. Labat. »

Quand nous revînmes à la maison, j'emportais moi-même
dans la poche de mon gilet un objet que je trouvai beaucoup

plus beau que la montre d'Alfred : le contrat signé de
M. Labat, par lequel je venais de m'engager à fournir chez lui
trois ans d'apprentissage. J'étais fier comme si j'eusse porté
l'acte d'achat d'un royaume. A partir du lendemain, j'allais
gagner... cinq sous par jour. Mais ce gain minime était pour les
premiers trois mois seulement. Des époques fixes étaient assi-
gnées aux augmentations successives de ma paie. De plus,
M. Labat m'avait assuré qu'une application soutenue me
vaudrait l'avancement de ces époques. Enfin, je serais ouvrier
à seize ans. Je ne coûterais plus rien à mère. Peut-être même
gagnerais-je assez, dès ce temps-là, pour l'aider. Je m'endormis le soir, bercé par toutes sortes de rêves joyeux.

CHAPITRE XVII

Petit imbécile! — La parade de Tourne-à-Gauche. — Beau-Nuage. — Poudré
d'or, bon à fondre. — Pour un C majuscule.

Le lendemain matin, je partis avec maître Tournier qui
m'adressa, chemin faisant, une instruction sérieuse sur mes
devoirs d'apprenti. Il m'apprit ensuite que j'aurais à la maison
Labat une vingtaine de camarades et que je devrais me
garder des exemples de paresse et de malice que me donne-
raient la plupart d'entre eux.

« Beaucoup ne sont que des gamins sans autre idée dans
la tête que le jeu, me dit-il, mais il y en a d'autres qui
valent moins encore. Ce sont de vrais singes qui gâtent par
plaisir tout ce qu'ils touchent. Perdre ou dépenser le temps
du patron à ne rien faire, c'est le moindre de leurs vices. »

Cette communication de maître Tournier fut le premier
coup porté à l'illusion que je me faisais d'une besogne accom-
plie avec un zèle cordial par tous les gens de la maison Labat,
et aussi à l'illusion d'une attention continuelle du patron sur
mon apprentissage. Si j'avais une vingtaine de camarades, il
était évident que je serais inaperçu dans le nombre ; et quel
progrès pourrais-je faire en compagnie de camarades si mal
disposés? Avant même d'inaugurer ma nouvelle vie, le décou-
ragement me gagnait et j'en laissai voir quelque chose à

maître Tournier. Ce qu'il me disait des autres apprentis m'inquiétait surtout. Comment aurai-je à me défendre des malices qu'il m'annonçait être la bienvenue à tout nouveau visage.

« Je ne puis pas t'apprendre cela d'avance, me dit-il, parce que ces diablotins ont une imagination incroyable pour trouver des mauvais tours que personne ne s'aviserait d'inventer. Tâche seulement d'avoir l'œil clair et de rester calme. Si la malice qu'on te fait est drôle, ris-en le premier, pour qu'on ne te trouve pas mauvais caractère. Si elle est méchante, si on t'attaque... Tu as des poings, n'est-ce pas? et les corridors de la maison Labat sont assez larges pour qu'on y allonge un mauvais plaisant. Si un surveillant vous trouve en bataille, vous gronde et vous interroge, dis la vérité... que tu ne fais que te défendre, et l'autre sera tancé, non pas toi. Si tes camarades veulent te tromper à l'atelier au sujet de la besogne à faire — cela peut arriver, — regarde comment ils s'y prennent eux-mêmes au lieu de croire leurs paroles, ou bien interroge l'ouvrier le plus proche. Aucun ne te refusera un bon conseil.

— C'est triste, savez-vous, de se défier de ses camarades!

— Mais c'est la vie, mon pauvre garçon. Tu apprends cela plus tôt que tu ne l'aurais fait en restant auprès de ta mère, mais tu l'aurais vu plus tard. Celui qui fait sa tâche en conscience, grand ou petit, en est détourné par les gens paresseux et il a des jaloux; mais il vaut mieux être de ceux qu'on envie et qu'on tracasse que de ceux qui aboient aux travailleurs. Tu n'es pas fait pour ce métier de chien hargneux, et j'ai voulu te prévenir d'avance des morsures. Va, tu y serais exposé autre part qu'à l'atelier Labat, partout où tu chercherais à gagner ta vie. Bon courage, donc! »

Je fus très gauche toute la matinée, il est à peine besoin de le dire. Je me figurais que tout le monde dans l'atelier avait les yeux attachés sur moi; je me cognais à toutes les tables, je donnais du nez sur tous les rayons, mes bras flageollaient dès que je touchais une pile de livres. Personne pourtant ne faisait attention à moi, sauf les apprentis qui me dévisageaient en riant entre eux, ou qui me donnaient un coup de coude plus ou moins involontaire en passant près de moi.

Le bruit des marteaux me faisait mal à la tête; le grincement des presses m'agaçait les dents. Les allées et venues des ouvriers, le cri sec des plioirs, le ronflement des meules à aiguiser, le mouvement de pendule des balanciers, toute cette agitation qui m'entourait m'ahurissait.

Pendant les premières heures, je servis d'aide à M. Labat qui mettait des volumes en presse. J'en laissai tomber un qui, précisément, était un grand in-quarto luxueusement relié en veau et à gardes moirées.

Une exclamation de colère échappa au patron. Il faisait là une de ces besognes délicates pour lesquelles il ne s'en remettait à personne. S'il se bornait à inspecter seulement l'ouvrage courant de l'atelier, les commandes de librairie, tout ce qui était main-d'œuvre d'élite avait ses soins personnels, et les volumes auxquels il donnait la dernière façon en les mettant sous presse appartenaient à la collection d'un des bibliophiles les plus distingués de la Touraine, qui en compte beaucoup.

Toutes les collections de ces amateurs de beaux livres ont été reliées, trente ans durant, par la maison Labat, et le patron tenait à ne pas laisser déchoir la réputation qu'il s'était faite dans toute la région du centre et de l'ouest, d'Orléans à Poitiers, de Tours jusqu'à Nantes.

M. Labat fut plus prompt que moi-même à relever le volume tombé qu'il prit doucement, mais avec angoisse, comme un père relève un enfant blessé. Le coin de l'in-quarto avait porté contre le pied de la presse; le cuir gris-lavande présentait quelques rides, et la moire de la garde était souillée.

« Une reliure perdue! s'écria le patron, un livre gâté... Petit imbécile, va! je ferai un exemple de toi! »

Il avançait la main vers mon oreille, quand il vit ma mine
contrite et s'aperçut que le *petit imbécile* était son apprenti du
matin, ce qu'il avait parfaitement oublié. Malgré sa contrariété, il termina son geste menaçant par une sorte de caresse;
il prit mon menton dans sa main et me dit :

« C'était donc toi, et je t'ai fait peur... C'est pour cela que
tu es si pâle? »

Après lui avoir fait des excuses de ma maladresse, je lui
avouai que j'avais fort mal à la tête.

« J'ai eu tort de te prendre avec moi, me dit-il; j'avais oublié que c'est par là qu'on débute ici. C'est le bruit de l'atelier.
Dans huit jours, tu ne l'entendras plus. Va trouver Mlle Céline
et dis-lui de te donner des brochures à défaire. C'est un
ouvrage tranquille. »

Cinq minutes après, j'étais établi à un coin de la table qui
entourait, du côté de l'atelier, la case vitrée de Mlle Céline;
elle en était sortie pour me mettre en main une sorte de petit
couteau sans manche et me montrer à défaire des livres
brochés.

La besogne était simple; il ne s'agissait que d'arracher
la couverture et de défaire, feuille à feuille, la brochure, en
coupant les ficelles du cousage. Mais le moyen d'aller vite!
Le livre qu'on m'avait confié était une édition de luxe illustrée de splendides gravures. Le couteau était lent à trancher
la ficelle, je feuilletais page à page au lieu de courir à la
grosse côte de la feuille, apparente au dos du volume. Les
gravures étaient si belles que je m'oubliais à les examiner.

Un carreau s'ouvrit à la loge vitrée :

« Mon enfant, me dit Mlle Céline, si vous aimez les images,
vous pourrez venir le dimanche matin; je vous laisserai regarder les livres à débrocher; mais, dans la semaine, il ne
faut pas perdre son temps. »

Deux sottises pour début! Je n'avais vraiment pas besoin
de mes camarades pour en commettre. M. Labat avait excusé

la première; Mlle Céline m'avait repris sans aigreur de la
seconde; il s'agissait de n'en pas augmenter la série et, jusqu'à midi, mon couteau se promena à travers un lacis de petites ficelles sans que je regardasse, si ce n'est au vol, les
illustrations des ouvrages que je débrochais.

Les ouvriers sortaient à midi pour leur dîner, et comme on
leur donnait une heure, la plupart avaient le temps d'aller
prendre leur repas chez eux. Je suivis le flot qui descendait le
grand escalier, et qui s'augmentait, au vestibule, des ouvriers
sortant de l'atelier du rez-de-chaussée. Je tâchais de rejoindre
maître Tournier que je voyais un peu loin devant moi, dans
la foule; j'étais peu rassuré de me trouver coude à coude avec
mes camarades, qui se dégageaient un à un des groupes de
grandes personnes pour se rapprocher de moi. Bientôt, ils
m'entourèrent, m'assaillirent de questions saugrenues, de
quolibets, et échangèrent sur mon compte des observations
peu flatteuses.

Le plus actif à me houspiller fut ce garçon de quinze à seize
ans que j'avais aperçu au laminoir, lors de ma première visite
à la maison Labat et que j'avais entendu nommer Tourne-
à-Gauche. Il me fit pirouetter sur moi-même deux ou trois
fois, soi-disant pour faire juger ma prestance aux camarades;
chaque fois que je revoyais de face ses yeux louches et sa
large bouche riant de côté, j'enrageais de ne pouvoir me délivrer de son étreinte; il me tenait par mes deux coudes collés
à mon corps et, en me déplaçant ainsi, il faisait l'exhibition
de ma personne en se servant du style dans lequel les pitres
font la parade dans les fêtes foraines.

Dans ce fatras de paroles qu'il lançait d'une voix de jeune
coq enrhumé, il y en avait d'insultantes pour moi, et d'autres
qui n'étaient que facétieuses. Je rageai quelque peu lorsque
Tourne-à-Gauche fit l'apologie de mon surnom de Grain-de-
Sel, en raillant la prétention d'un marmiton voulant devenir
relieur; mais il lui échappa ensuite quelques drôleries qui

32

me désarmèrent. L'auditoire, composé de tous les apprentis
et de quelques ouvriers arrêtés au passage par cette scène,
avait beau s'amuser à mes dépens, je me mis à rire moi-
même.

Aussitôt le plus âgé de tous les apprentis, un Breton de
dix-huit ans, me dégagea des mains de Tourne-à-Gauche
avec une froide autorité.

« Le petit a ri; c'est un bon garçon, dit-il à mon persécu-
teur. Tu ne lui en feras pas davantage. »

L'œil louche de Tourne-à-Gauche se mit à danser convul-
sivement, et il essaya de me reprendre dans ses griffes en
répétant à son camarade :

« Encore un brin, Beau-Nuage, va chanter ta romance et
laisse-moi achever l'éducation de Grain-de-Sel. »

Beau-Nuage me saisit d'une rude poigne, et me fit passer
derrière lui, me protégeant de son large buste.

« En voilà bien assez ! reprit-il d'un vrai ton de Breton
bretonnant. Quand j'ai passé par les misères que vous faites
aux nouveaux, je me suis promis de ne pas vous laisser tourmenter ceux qui viendraient après moi. Prends garde que
je ne te chante ma romance en mesure sur tes épaules... Et
toi, petit, va-t'en, et si l'on te tourmente au retour, viens me
parler. »

Je m'esquivai et rejoignis maître Tournier dans la rue.

« J'ai assisté de loin à la scène, me dit-il; je ne suis pas
intervenu pour ne pas causer de la jalousie aux autres contre
toi. Je me fiais à cette bonne pâte de Beau-Nuage pour te
défendre. »

Il répondit ainsi à mes questions sur le bizarre sobriquet
de mon nouveau protecteur :

« C'est l'habitude à l'atelier de donner des surnoms, et si
celui de Grain-de-Sel te reste, il ne faudra pas t'en fâcher.
Beau-Nuage est du Finistère, et il traîne après lui le chagrin
d'avoir quitté son pays. Il chantait souvent une romance

BEAU-NUAGE ME FIT PASSER DERRIÈRE LUI.

qui est peut-être déjà vieille, et qui commence comme ceci

> « D'où viens-tu, beau nuage
> « Emporté par le vent ?
> « Viens-tu de cette plage
> « Dont je rêve souvent ? »

Et il a si bien l'air d'arriver de cent lieues loin quand on lui
parle, ou de tomber du ciel, comme on dit, que le nom de
Beau-Nuage lui est resté parce qu'il lui va bien. C'est un
brave garçon après tout, et quoiqu'il ait la tête dure pour
apprendre, je gagerais qu'il sera un meilleur relieur que
Tourne-à-Gauche. »

Mère m'attendait avec impatience. Je lui contai les incidents de la matinée, mais légèrement, afin qu'elle ne s'in-
quiétât ni de mon malaise physique, ni de la cérémonie de
ma présentation aux apprentis. J'avais voulu être relieur; il
me fallait supporter les inconvénients de ma situation. J'aurais été mal venu à m'en plaindre.

Une heure après, quand l'atelier reprit son activité, le
contremaître m'envoya dans la pièce où se trouvaient l'établi
de maître Tournier et celui de trois autres doreurs. Debout, à
gauche de leurs petits fourneaux incandescents où chauffait le
fer à gaufrer, un autre fer en main, dont le manche en bois
reposait sur leur épaule, ils le posaient tout chaud sur le dos
des volumes couverts d'une couche d'or, ou traçaient d'une
main sûre des filets sur les plats ; l'action du fer chaud creusait le cuir en y fixant l'or, dont les bavures devaient être
essuyées ensuite par les apprentis.

Tourne-à-Gauche, mon moniteur désigné pour cette opération, ne s'occupa d'abord qu'à garnir les établis des volumes
à dorer. Je n'osai l'imiter sans être commandé; je le regardai donc aller et venir des établis à la longue table où six
ouvrières, penchées sur des coussinets de cuir, plaçaient l'or

en feuilles sur des volumes qui devaient passer de là sur les établis des doreurs.

Je ne crois pas que dans aucun métier manuel, il en soit de plus joli, de plus délicat à exercer que cette opération de relieuse, qui consiste à *coucher l'or* sur les volumes. Soit que l'ouvrière fasse glisser d'un léger souffle sur le coussinet le carré d'or qui gît entre deux feuillets d'un petit cahier couleur saumon, soit que son grand couteau le découpe en carrés, en bandes ou en minces lamelles, soit qu'elle enlève ces découpures à l'aide d'un tampon de coton cardé pour les poser sur le volume, tous ces mouvements sont d'une délicatesse, d'une grâce preste dont la main féminine est seule capable.

Je regardais s'envoler et se fixer l'un après l'autre tous ces papillons jaunes, glisser sur les coussinets les carrés d'or que le moindre souffle ride et aplanit tour à tour; mais ma contemplation ne fut pas longue.

Une pile de volumes, encore tièdes du fer des doreurs, avait passé sur une table construite d'une façon particulière. Elle avait un double-fond, comme certaines tables à ouvrage, mais un double-fond à serrure. Des rebords assez hauts creusaient sa surface plane, au milieu de laquelle un treillage carré, à fils de cuivre, faisait une sorte de trappe grillée.

« A nous deux maintenant, » me dit Tourne-à-Gauche en me tendant un chiffon neuf de gros jaconas blanc.

Je le regardai opérer; il essuyait les bavures d'or sur les volumes, et frottait ensuite son chiffon sur le treillage en cuivre. Je me baissai vers la trappe, et crus voir au fond de la poussière jaunâtre.

« C'est pour conserver l'or qui ne s'emploie pas ? » lui demandai-je tout bas.

Il haussa les épaules et eut l'air de prendre en pitié mon ignorance :

« C'est pour user moins vite ces chiffons neufs qu'on les essuie là-dessus, me répondit-il. Autant tu essuieras avec les

doigts, autant tu épargneras ton chiffon. Le patron crie quand
on va trop souvent à la pièce de jaconas. »

Il me donnait l'exemple ; ses doigts étaient dorés, et des
bavures jaunes tremblotaient par filets au bout de ses manches
de lustrine. J'essuyai mes volumes à sa mode, sans y entendre
malice, sans comprendre pourquoi mon compagnon opérait
sous mon nez et faisait flotter vers moi une myriade de par-
celles dorées.

« Il me faut un livret, le mien est fini, dit une ouvrière en
tendant vers nous son petit cahier saumon.

— Eh ! va donc en chercher un chez Mlle Céline, gringalet
de nouveau, » me dit Tourne-à-Gauche.

Je pris le livret des mains de l'ouvrière, pui murmura en
me riant au nez :

« Trop riche, le nouveau, beaucoup trop riche pour rester
ici ! »

Je ne compris pas le sens de ce sarcasme ; j'y vis une suite
des railleries de Tourne-à-Gauche, et je traversai l'atelier
pour aller à la loge grillée où Mlle Céline distribuait les matériaux de travail. Penchés sur leur besogne, les ouvriers ne
me regardèrent pas ; mais deux apprentis que je croisai en
route portèrent leurs mains à leurs bouches pour étouffer un
gros rire. Qu'avais-je donc de si ridicule ? Y avait-il un mot
d'ordre général contre moi ?

Mlle Céline, si calme d'habitude, jeta une exclamation de
dépit en m'apercevant. Elle me mena droit à une glace qui
faisait le fond de la loge, et je vis que ma figure, mes cheveux, mes vêtements étaient diaprés de paillettes d'or. J'avais
si peu le sentiment de ma nouvelle bévue qu'elle dut m'expliquer longuement comment j'aurais dû m'y prendre pour
essuyer les volumes et en quoi j'étais fautif.

« On frotte le chiffon sur le treillis, me dit-elle, pour faire
descendre dans le tiroir autant d'or que possible, afin qu'il
en soit peu ou point perdu. L'or en feuilles coûte cher ; une

petite partie seulement reste fixée sur les volumes ; l'excédent
est mis à part avec soin, parce qu'on en refait un lingot qu'on
revend. Si le patron vous avait vu, il vous aurait adressé la
menace traditionnelle que les relieurs font à leurs apprentis...
dorés sur tranches. Il vous aurait demandé si vous vouliez
être fourré dans la trappe aux résidus pour être fondu avec
eux et les chiffons. Car, sachez-le, il ne s'agit pas de ménager
ces bouts d'étoffe ; quand ils sont assez imbibés d'huile et de
poussière d'or, on les enferme aussi pour les brûler et contribuer au lingot. Dans quelques mois, vous assisterez à cette
cérémonie ; d'ici-là, ne vous poudrez pas d'or, vous vous
feriez gronder, et puis vous me léseriez. Les lingots appar-
tiennent aux filles des relieurs. Vous rogneriez ma bourse de
toilette. »

Chère Mlle Céline ! j'aurais surtout fait tort à sa bourse de
charité.

Elle me précéda dans l'atelier de dorure ; elle voulait porter
elle-même le livret, me dit-elle. Je pensai qu'elle avait l'intention d'inspecter la besogne de Tourne-à-Gauche et qu'il
allait être tancé, puisque je l'avais laissé aussi... doré sur
tranches que moi-même. Erreur ! depuis mon départ, le
traître s'était épluché, nettoyé ; aucune poussière d'or ne
flottait en l'air au-dessus de la trappe. Il essuyait les volumes
avec une correction que je m'empressai d'imiter ; mais je
m'abstins de lui adresser un reproche. Pourquoi donc avais-je
été si sot que de le croire ?

Ces incidents de ma première journée d'apprentissage se
renouvelèrent sous diverses formes les jours suivants ; mais
la patience dont mes supérieurs faisaient preuve à l'égard de
mon inexpérience me soutenait le courage. Le plus difficile
pour moi, c'était de ne pas me départir de la réserve que
maître Tournier m'avait recommandée à l'égard de mes camarades. Certes, ils blessaient toutes mes habitudes d'éducation ; mais, sous des formes grossières, beaucoup d'entre eux

étaient drôles et même spirituels. Tourne-à-Gauche, le plus
gouailleur de la bande, avait une façon d'excuser ses malices
qui faisait rire aux larmes et, par conséquent, détruisait
toute rancune.

Mon nouveau métier exerçant mes forces physiques sans
les surmener, je repris chaque soir mes études sous la lampe
où mère cousait des volumes pour payer notre luxe d'éclairage.
Pauvre mère! ses courses de la journée l'avaient lassée; pourtant elle ne laissait son courage que lorsque j'avais terminé
mes devoirs, et souvent sa muette activité stimulait ma nonchalance.

Le plaisir de nous retrouver à midi nous était refusé deux
fois par semaine, à cause des leçons que mère donnait le
mardi et le samedi au couvent de Marmoutiers. L'omnibus
qui dessert la banlieue de Tours du côté et au delà de Marmoutiers ne la ramenait ces jours-là qu'à deux heures. Elle
préparait donc mon déjeuner que je prenais tout seul, en tête-
à-tête avec un livre de notre bibliothèque.

Je mangeais vite; puis je m'ennuyais de tourner dans notre
petit appartement sans trouver à qui parler. Je descendais
donc, les deux mains passées sous la bavette de mon tablier
vert, et je m'acheminais du côté de la rue Baleschoux, mu-
sant à droite et à gauche, rencontrant çà et là mes camarades
avec lesquels je me familiarisais peu à peu. Tant que nous
n'avions pas dépassé la rue de la Vieille-Intendance, je gardais par respect humain une tenue convenable; mais dès que
nous nous engagions dans notre rue Baleschoux, je devenais
aussi gamin que les autres. C'était notre domaine, à nous,
que cette rue étroite, peu passagère. C'était le lieu de nos
ébats, et aussi le champ où nous vidions nos querelles en
argumentant de la langue ou des poings.

La première fois, ce fut par hasard que je me mêlai à cette
bande joyeuse; mais la seconde fut moins involontaire. Depuis
plusieurs mois nous avions passé par tant de douleurs que

33

j'avais presque oublié ma jeunesse ; elle me revint tout à coup, comme par bouffées, auprès de ces garçons tapageurs. J'eus besoin de courir, de crier, de m'ébattre. D'abord tenu en suspicion parce qu'ils ne voyaient pas en moi l'un de leurs égaux, je fus agréé par eux désormais. Certes, je ne brillais point par ma conversation auprès de Tourne-à-Gauche dont le style imagé m'amusait tant ; j'aurais répugné à bouffonner dans son langage, même si j'avais su le parler, mais pour courir, jouer à saute-mouton, poursuivre les chiens errants, effaroucher les chats flânant sous les portes, je ne le cédais à aucun des apprentis.

Beau-Nuage que nous trouvions invariablement planté en sentinelle devant le portail de la maison Labat, dès midi et demi, me regardait d'un air désapprobateur qui me gênait chaque fois que je passais devant lui.

« Tu as été vite apprivoisé, me dit-il un jour. Tu finiras par ressembler aux autres. A faire la police, mon petit, ou risque de devenir un polisson. »

Une facétie barbare des apprentis qui, ce même jour-là, coûta la vie à un chien perdu eut plus d'action sur moi que ce blâme de Beau-Nuage. Je quittai le groupe qui s'escrimait sur la bête expirante, et j'allai dire au Breton :

« Mais comment faire pour ne pas me laisser entraîner par eux lorsqu'ils me rencontrent dans la rue ?

— Imite-moi ; déjeune à l'atelier. Je viens sur la porte prendre l'air un moment ; mais je remonte avant tout le monde. Je vais inspecter sur les établis la besogne en train. Je me rends compte de la façon dont on l'a faite. Je m'essaie à y donner un coup de main, et si l'ouvrier ne s'en aperçoit pas en reprenant ses outils, tu juges si je suis content. C'est signe que je n'ai rien gâté. »

A partir de ce jour-là, le mardi et le samedi, j'emportai mon déjeuner dans un panier. Je le faisais chauffer sur un fourneau de doreur, et nous mangions paisiblement. Beau-Nuage

n'était pas un agréable causeur; mais je le sentais bon et de
grand sens. Ensuite, nous allions de table en table et si nous
voyions à l'établi des couvreurs par exemple, des livres à revê-
tir de basane commune, nous en habillions deux ou trois que
nous mêlions aux autres, non sans les avoir retouchés dix fois,
afin de les amener au point où ils nous semblaient assez bien
agencés pour être confondus avec ceux qu'avaient couverts
les ouvriers.

Beau-Nuage n'avait pas d'ambition, ou pour mieux dire
sa rectitude d'esprit l'empêchait de viser les besognes difficiles, tant qu'il n'était pas ferré sur les moins ardues. Il blâ-
mait donc l'impulsion qui me poussait sans cesse vers l'atelier
de dorure.

« Il faut d'abord savoir mener la reliure d'un livre
jusque-là, me disait-il, avant de prétendre le gaufrer ou le
dorer. »

C'était fort juste; mais j'étais attiré malgré moi vers l'établi
de maître Tournier. D'abord, cette besogne est de beaucoup
la plus intéressante; puis, les doreurs gagnent deux fois plus
que les autres ouvriers, et je ne voyais pas une seule fois
les yeux de notre pauvre mère cernés par la fatigue sans me
dire :

« Quand je serai doreur, elle ne sera pas obligée de s'excé-
der. »

Je tournais donc autour de l'établi, maniant les titres de
volumes tout composés au bout des fers, puis les fleurons,
les roulettes à tracer des filets; je finis par prendre des
rognures de cuir dans la caisse aux déchets; je mis une
roulette dans le fourneau, je l'en retirai presque rouge, et
traçai sur le cuir un sillon qui fuma. J'avais brûlé la bande
de basane. Pour mon second essai, je baignai tant et si bien
le fer chaud dans la jatte de bois remplie d'eau qui sert à
modérer la chaleur, que le sillon tracé devint imperceptible
Cette fois, la roulette était trop froide

A force de tâtonner, je parvins à manœuvrer les fers, et je
sus résister à la tentation d'appliquer des feuilles d'or sur
mes essais d'impression. Je ne *dorais* qu'à froid, puisque ce
terme de *dorer* s'applique à toutes les impressions au fer
chaud qui sont du ressort du doreur.

Après quelques tentatives heureuses, je me risquai à composer le mot de Charlotte en empruntant dans le casier à fleurons et à alphabets les plus beaux caractères que je pus trouver. Je choisis dans les rognures un joli morceau de chagrin
bleu de ciel que je coupai en carré long, et mon fer étant à
chaleur convenable, je l'appliquai sur cette pièce de cuir que
je voulais offrir à ma sœur comme témoignage de mes progrès. Je lui avais trouvé d'avance une destination : elle pouvait être collée sur le plat d'un cahier de musique.

J'étais seul. Beau-Nuage étudiait dans l'autre aile de l'atelier
les mystères de l'endossage des livres; j'étais tellement
absorbé dans ma besogne que je n'entendis pas s'approcher
M. Labat. Le patron faisait assez souvent des tournées
d'inspection dans l'atelier, et jusque-là, il ne nous avait pas
surpris dans nos essais plus ou moins heureux. Je fus donc
désagréablement payé du succès avec lequel j'avais imprimé
le nom de Charlotte droit au milieu du carré de chagrin,
quand je me sentis tirer les deux oreilles. Presque aussitôt,
je fus coiffé de deux soufflets auprès desquels ceux de
M. Carlet n'étaient qu'une caresse. Mais le cas était différent;
cette fois, j'étais dans mon tort tout à plein, et si je fus très
vexé, ce fut sans révolte intérieure.

Après ce premier mouvement de colère, le patron me traita
juste comme j'aimais à être traité; il raisonna avec moi; il
m'expliqua que j'avais pris le plus bel alphabet, le plus coû-
teux, dont je pouvais gauchir les lettres, faute de savoir les
caser, et il me montra en effet que j'avais abîmé le C majuscule; puis il voulut savoir pourquoi j'avais touché aux outils,
et si c'était la première fois. Je lui avouai que je m'exerçais

toutes les fois que je pouvais, que je savais pousser un filet, placer des fleurons.

« Oui-dà ! me dit-il ; nous allons bien voir. »

Il alla lui-même chercher des bandes de basane et me regarda opérer :

« Ce n'est pas trop mal, me dit-il ensuite. Écoute ; je vais te montrer dans les casiers, les vieux alphabets, les roulettes un peu usées, les fleurons démodés ; tu respecteras les autres et tu mettras ton ouvrage de côté pour me le faire voir de temps en temps. »

Je ne crus pas avoir acheté trop cher le droit de faire mon apprentissage de doreur, et le soir, pour prouver à mère que je savais supporter les corrections quand je les avais méritées, je lui contai l'histoire de mes oreilles tirées et de mes deux soufflets. Cet incident amena la causerie sur ma sortie de la maison Carlet, et par une suite naturelle, sur mon oncle.

« C'est justement aujourd'hui, me dit mère, qu'expirent les trois mois de l'épreuve qu'il t'avait assignée. J'appréhende le moment où il apprendra que nous avons pris une décision pour toi sans le consulter.

— Puisqu'il a dit qu'il me laisserait libre. S'il se fâche, je lui répondrai... »

Je ne sais plus quel argument victorieux, le tintement de la sonnette vint interrompre. J'ouvris la porte. Le visiteur qui se présenta, morose et le sourcil froncé, c'était mon oncle Léonard.

CHAPITRE XVIII

Rupture avec l'oncle Léonard. — Deux humiliations en un jour. — La
dinette. — Précautions inutiles. — Pauvre mère, pauvre enfant !

Le début de cette visite ne présagea rien de bon. L'oncle
Léonard s'assit pesamment dans le fauteuil que mère lui
avançait, et il répondit d'un ton bourru aux questions qu'elle
lui adressa sur sa santé :

« J'ai gardé la maison sept semaines, cloué par ce maudit
rhumatisme. Si vous aviez été réellement en peine de ma
santé, vous seriez venue vous en informer, ma nièce, puisque
j'étais déjà souffrant lors de votre dernière visite. »

Mère hésita un instant à répondre ; puis elle prit le bon
parti d'avouer nettement ce qui l'avait retenue.

« Excusez-moi, Monsieur, lui dit-elle ; si je vous connaissais depuis longtemps, je ne me serais pas rebutée pour un
moment d'humeur de votre part ; mais le malheur rend timide
à l'égard des parents qu'on n'a pas toujours connus. On craint
de les importuner, et si vous vous souvenez de la façon dont
vous m'avez congédiée, lors de cette dernière visite, vous voudrez bien juger que ma réserve était de la discrétion, j'oserai
même dire de l'obéissance.

— Heureusement pour moi, Radegonde est venue me soigner. »

Mère répondit :

« Je la loue d'avoir rempli ce devoir, et je suis contente
d'apprendre que vous n'avez pas joint la tristesse de la solitude à celle de la maladie.

— Eh quoi ! fit l'oncle Léonard tout surpris, voilà comment
vous prenez cette nouvelle ? Pas un mot de malice féminine
contre votre belle-sœur ? Mais cela viendra, n'est-ce pas ?
quand j'aurai ajouté que j'ai donné à mon neveu Alfred la
place que Louis occupait chez M. Carlet ?

— Ce ne serait pas une raison, répondit mère. Alfred n'est
pas venu nous voir depuis qu'il est à Tours ; mais Louis est
allé à Noizay la veille du jour où son cousin devait entrer en
fonctions. C'est vous dire que nous n'ignorions pas ce fait.
Je souhaite, Monsieur, qu'Alfred sache mieux tenir ce poste
que Louis. J'ai même espoir qu'il saura mieux vous y contenter.

— C'est dire que vous avez renoncé de vous-même à maî-
triser les caprices de votre fils, repartit mon oncle. Ou bien,
dois-je croire que Louis a pris goût au métier de Frippard ? »

Je vis mère pâlir au moment d'affronter une explication ;
j'avais pris de l'assurance depuis que j'étais à l'atelier Labat ;
je me levai pour venir en face de l'oncle Léonard, et je lui
répondis en tâchant de l'égayer pour qu'il ne se fâchât pas
trop fort :

« Vous vous souvenez, mon oncle, de m'avoir fait raisonner sur la morale de l'histoire de Whittington ? Eh bien ! j'ai
entendu tinter à mes oreilles ces fameuses cloches de Bow
qui ont crié à Dick de rester à Londres. Mes cloches, à moi,
m'ont enjoint de quitter M. Carlet et cet excellent maître
Frippard ; elles m'ont conduit ailleurs où j'apprends un métier
qui me plaît, et où je gagnerai ma vie. Si elles ne m'ont pas
promis que je serais plus tard maire de Tours, c'est que les
histoires vraies ne sont jamais aussi jolies que les légendes.

— Que veut dire ce petit impertinent avec ses airs de se

moquer de moi? Il n'est pas possible, ma nièce, que vous
ayez disposé de lui sans mon assentiment. Je suis son tuteur
après tout? »

Mère balbutia :

« Mon oncle, vous l'aviez abandonné à lui-même, s'il ne
passait trois mois là où vous l'aviez mis. »

Elle conta comment maître Frippard m'avait ramené le
jour où je m'étais évanoui. L'oncle Léonard se fit conter tout
au long les faits qui avaient suivi : mon désir d'apprendre la
reliure, nos discussions, l'approbation de mon grand-père,
enfin le traité d'apprentissage qui me liait pour trois ans à la
maison Labat.

« Ce traité est nul, s'écria l'oncle Léonard après avoir
pesté cent fois au cours de ce récit contre la faiblesse maternelle; il est nul, puisque je ne l'ai pas signé. Écoutez-moi,
ma nièce. J'ai donné à la vérité cette place dans la maison
Carlet à mon autre neveu; mais j'en avais réservé une autre
chez moi pour Louis. Je me fais vieux; je ne suis plus aussi
agissant; je venais vous offrir ce soir de prendre Louis chez
moi. Il me servira de secrétaire; il portera mes ordres à
droite et à gauche. Je le formerai moi-même aux affaires. Il
ne s'agit plus que d'annuler ce traité irrégulier, incorrect,
sans valeur. »

Je vis fort bien que mère était peu désireuse de se séparer
de moi pour me livrer à un parent aussi quinteux que l'oncle
Léonard. Quant à moi, il m'inspirait une respectueuse terreur,
et l'idée de vivre avec lui me coupa un instant la respiration.
Je frémis d'être enfermé dans la maison de l'allée de Grandmont, entre les sévérités bourrues de mon oncle et les gâteries
furtives de la bonne Madeleine.

Mère fut tout à coup si embarrassée pour répondre qu'après
avoir timidement objecté que la signature d'une mère au bas
d'un engagement a bien sa valeur, elle fondit en larmes.

Je me mis devant elle; je serrai mes deux poings que j'affer-

34

mis sur ma poitrine pour comprimer les battements de mon
cœur, et je ne sais plus en quels termes je protestai contre le
chagrin causé à mère, et affirmai ma résolution de poursuivre
mon apprentissage ; mais l'oncle Léonard se dressa debout et
dit froidement :

« Tu te trompes de vocation, mon cher, tu ferais un fameux
avocat. Reste ouvrier à la journée puisque tu t'y obstines.
C'est cette fois pour tout de bon que je t'abandonne à toi-
même. Ne viens jamais rien me demander. Ma porte te restera
fermée jusqu'à ce que le temps m'ait prouvé que c'est par
réelle force de caractère et non par sot entêtement que tu me
résistes... Quant à vous, ma chère nièce, vous me ferez plaisir
toutes les fois que vous viendrez me voir. Vous êtes une
excellente personne, trop faible seulement pour votre fils ; mais
je tiens en estime vos autres qualités. Amenez Charlotte quand
vous viendrez. C'est à vous deux que je m'intéresse. »

Cette exclusion, à mon égard, manqua son effet mortifiant ;
je l'acceptai sans regret, avec une sorte de bravade qui n'était
ni juste ni convenable. Je ne me doutais guère que, sous peu,
je regretterais amèrement d'être banni de la maison de l'oncle
Léonard.

En attendant, j'étais heureux de pouvoir apprendre mon
métier en toute sécurité d'esprit ; mais je subis, quelques jours
après, deux petites humiliations qui dérangèrent un peu, dans
ma tête, la gloire d'un avenir honnête, indépendant, que je
caressais à travers mes humbles travaux.

Un jeudi, vers deux heures, M¹¹ᵉ Céline m'appela dans sa
loge et me dit :

« L'homme de peine est occupé. Tu vas aller porter ce
panier à M¹¹ᵉ Nathalie à sa pension, place du Chardonnet. Ne
le secoue pas en route ; ce sont des fruits et des gâteaux.

— Je vais quitter mon tablier, lui dis-je, et passer mon veston.

— Eh ! ce n'est pas la peine. La place du Chardonnet n'est
pas si éloignée. Pars vite. »

« NE VIENS JAMAIS RIEN ME DEMANDER. »

Je n'osai pas insister. Pourtant j'étais un peu vexé de courir en tablier vert d'autres rues que la mienne ou la rue Bales-choux. Au cours de ce trajet, je me trouvais comme chez moi, et j'étais presque fier de mon tablier agrafé par une tête de Méduse. J'avais préféré cet emblème terrifiant au lion de maître Tournier; mais il me répugnait de parcourir d'autres quartiers dans mon costume de travail, et surtout d'aller ainsi à la pension de ma sœur où je ne m'étais jamais présenté que sous des vêtements plus convenables. N'importe, il fallait obéir, et le malheur voulut que je me trouvasse nez à nez avec Alfred comme j'arrivais place du Chardonnet.

Il était pimpant, lui, en chapeau à haute forme comme un homme fait, ses grosses mains dans des gants noirs, une ci-garette à la bouche, et son pardessus ouvert pour ne pas dérober aux passants le spectacle éblouissant de sa chaîne de montre.

Je devais faire une piteuse figure auprès de lui, avec mon tablier vert, mon gilet à manches de futaine noire, et portant au bras un panier de provisions. Il recula d'un pas en m'aper-cevant, et je crois même qu'il fut tenté de me méconnaître; mais je refoulai ma petite blessure de vanité et je lui dis bon-jour en lui demandant s'il se plaisait à Tours.

« Certainement, me répondit-il; je m'amuse beaucoup; je suis très occupé; je n'ai pas encore eu le temps d'aller vous voir. J'ai cependant une commission pour vous. Grand-père s'affaiblit, et il voudrait voir ta mère... Mais c'est donc vrai, que tu es apprenti relieur? et l'on t'envoie au marché? »

Je lui dis que non.

« C'est égal, je suis franc et je t'avouerai, mon petit Louis, que c'est peu flatteur pour ta parenté de savoir que tu cours les rues en tablier, le panier au bras, comme un domestique. Tu ne seras pas étonné que je ne te parle pas si je me trouve en compagnie, quand nous nous croiserons dans les rues. Quand on tient un certain rang, on ne peut pas saluer un

apprenti qui passe, et avouer que c'est un cousin. Lorsque je
serai seul comme aujourd'hui, nous ferons un bout de cau-
sette. Tu sais que je suis bon garçon. »

Je crois bien que les employés de l'institution ne reconnurent
pas le frère de Charlotte Lefort dans l'apprenti qui fit demander au parloir Mᵐᵉ Nathalie Labat. Mais ce parloir ouvrait
ses deux portes-fenêtres de plain-pied avec le jardin de récréation; la discipline n'étant pas stricte dans ce jour de demi-
congé; les élèves, aux aguets des visites espérées, se groupaient
non loin de là et poussaient même des pointes jusqu'au seuil
du parloir, malgré les défenses des maîtresses.

Ce fut ainsi que des têtes curieuses vinrent m'épier pendant
que Nathalie se précipitait dans le parloir à l'appel de son
nom. Elle ne m'avait pas revu depuis le jour où elle m'avait
introduit pour la première fois dans l'atelier de son père, en
doutant que je susse lire; mais elle devait avoir beaucoup
causé de moi avec Charlotte, son inséparable, puisqu'elle me
reconnut à l'instant.

Elle se mit à crier en agitant les bras :

« Charlotte! mais c'est ton frère. Viens donc! »

Charlotte prit sa course, du milieu du jardin, et tomba tout
essoufflée dans mes bras. Mon tablier vert ne l'humiliait
pas, elle! Il ne me faisait pas dédaigner davantage par la
gentille Nathalie qui me dit, en plongeant les mains dans le
panier :

« Qu'est-ce que vous m'apportez? Ah! des poires, du raisin... il est intact; pas un grain de gâté; Céline s'entend si
bien à le conserver... puis des gâteaux. Allons, nous allons
faire tous les trois la dînette. C'est charmant. »

Et tout en faisant les parts, elle continua :

« Père va bien? Céline aussi? Vous habituez-vous à la maison? Est-ce que vous continuez à vous poudrer d'or? ah! ah!
l'on vous fera fondre. Et vous vous arrêtez toujours aux gravures? Voilà un goût que je comprends. Vous êtes étonné...

C'est que je connais vos péchés par Charlotte. Et le vieux
Tournier est-il revenu de la noce? »

Maître Tournier était parti, le samedi précédent, pour aller
assister à la noce d'un parent à Angers, et comme l'ouvrage
ne pressait pas trop, il avait demandé une douzaine de jours
de congé à cette occasion.

Il y eut entre nous un silence relatif pendant que nous
grappillâmes les beaux raisins que j'avais apportés, et ce fut
pendant ce temps que les propos des pensionnaires groupées
auprès d'une porte-fenêtre arrivèrent jusqu'à nous.

« Je te dis que c'est le fils de Mme Lefort; il a embrassé
Charlotte. D'ailleurs Nathalie a crié : c'est ton frère.

— Non; c'est un apprenti de la maison Labat. Mme Lefort
est une dame, une vraie dame. Son fils ne peut pas être un
ouvrier.

— Mais puisqu'elle donne des leçons, le frère de Charlotte
peut bien apprendre un état.

— Ce n'est pas une raison. Tiens! je connais un monsieur
qui vient d'être ruiné. On lui proposait de faire entrer son
fils dans je ne sais quelle partie où il faut travailler de ses
mains; il n'a pas voulu; il a dit que ce serait se dégrader. Si
c'est vraiment le frère de Charlotte, pour une personne dis-
tinguée, Mme Lefort n'a pas d'amour-propre. »

Je croyais être seul à remarquer ces raisonnements de pensionnaires; tout à coup Nathalie se leva et elle commença par
lancer au beau milieu du groupe qui stationnait là tous les
débris de fruits que notre appétit avait accumulés sur notre
nappe de papier; puis elle dit avec une pétulance qui fit monter
le rouge à ses joues :

« Vous êtes des pimbêches. Là, tant pis pour vous! Pourquoi m'avez-vous mise en colère? Il n'y a rien de dégradant
à aucun travail où l'on gagne sa vie. Vous trouvez que mon
papa est un vrai monsieur, parce qu'il a une maison de ville
et une maison de campagne. Eh bien! s'il a tout cela et encore

de quoi payer ma pension, c'est qu'il a porté le tablier
d'apprenti comme le frère de Charlotte; et c'est avec le frère
de Charlotte que je goûte, sachez-le bien, il n'y en a qu'une
seule de vous qui aura de mes gâteaux, c'est Athénaïs, parce
qu'elle a dit que puisque Mme Lefort donne des leçons, son fils
peut bien apprendre un état. »

Je transmis ce soir même à mère les nouvelles de Noizay
qu'Alfred m'avait communiquées. Il avait peut-être cette commission depuis longtemps; il fallait donc se rendre le plus tôt
possible au vœu du grand-père. Mère ne voulait pas aller
à Noizay le dimanche suivant; nous étions en janvier; le temps
lui semblait trop mauvais pour faire voyager Charlotte. Elle
s'arrangea pour avoir le lundi une demi-journée de liberté, et
elle partit, non par le chemin de fer, mais par l'omnibus de
Vernou qui dessert Noizay. Les heures de départ et d'arrivée
de ce véhicule s'accordaient mieux avec le temps dont elle
pouvait disposer.

Quand je rentrai le soir de l'atelier, un peu après six heures,
je fus surpris et même un peu alarmé de ne pas apercevoir,
de la cour de notre maison, nos fenêtres éclairées; mais ce ne
fut qu'un pressentiment fugitif. L'idée que mère pouvait ne
pas être rentrée ne m'inquiéta qu'un instant. Néanmoins
je montai nos deux étages en courant et je sonnai. Rien
ne me répondit, sinon le miaulement plaintif de Mistigris,
le chat que Mme Tournier nous avait confié pour le temps de
son absence. J'avais une seconde clé; j'entrai. Tout était
obscur, solitaire, et quand j'eus allumé une bougie, il devint
évident pour moi que mère n'était pas ressortie afin de faire
quelque commission dans le quartier, comme j'aurais aimé
à m'en flatter. Tout était dans l'appartement juste à la place
où elle l'avait laissé le matin. Nulle trace de son retour n'appa-
raissait.

J'oubliai le bel appétit que je rapportais de l'atelier, et je
me mis à faire des conjectures. Mère avait remis à la fin de

l'après-midi la leçon d'anglais qu'elle donnait le lundi matin à la pension Dumoulin. Peut-être cette leçon s'était-elle prolongée. Mère allait arriver d'un moment à l'autre, dans un quart d'heure au plus tard. Il n'y avait rien de prêt pour le dîner. Puisque j'étais arrivé le premier, je pouvais en accélérer les préparatifs en m'en mêlant à l'avance. J'allumai le fourneau de la cuisine, et quand je voulus prendre dans le buffet les éléments de ce dîner qui ne demandaient qu'à être réchauffés, je trouvai le buffet fermé, et la clé enlevée.

C'était une précaution que mère avait prise depuis quelques jours, contre ses propres distractions. Mistigris auquel nous donnions l'hospitalité, était un hôte peu discret, sujet à fureter et à faire main basse sur tout objet comestible. Il s'était signalé par ses maraudes dès le premier jour, et ne trouvait rien de trop doux ou de trop salé pour son goût. Après plusieurs épreuves de ce genre, mère avait pris le parti d'accrocher la clé du buffet à son trousseau, afin de songer à ne le laisser jamais ouvert.

Mes prévenances pour qu'elle trouvât en rentrant le dîner tout préparé étaient donc perdues. Je me mis à errer par l'appartement, courant aux fenêtres dès que j'entendais un pas dans la cour.

Sept heures! j'étais encore seul, et les *miaou* affamés de Mistigris qui me suivait partout, en allongeant les pattes, d'un mouvement énervé, commençaient à me mettre en colère. Était-il sot, ce chat, de crier la faim? Je ne sentais plus la mienne, tant je devenais inquiet. Que pouvait-il être arrivé? Je me secouais pour m'empêcher de gémir, comme un lâche petit garçon. Il ne s'agissait pas de faire l'enfant; cela ne servait à rien. Il fallait raisonner d'abord sur les causes probables de ce retard, puis agir d'après les indications du bon sens.

Mère avait peut-être trouvé grand-père Lefort plus malade qu'elle ne s'y attendait. Il avait voulu la garder près de lui.

35

En ce cas, elle resterait à Noizay, mais non point sans m'en
faire prévenir. Peut-être le messager était-il déjà en route; il
allait arriver par un des trains du soir. Mais si mère n'était
pas restée à Noizay? Il y avait un moyen de s'assurer de son
retour, c'était d'aller rue Colbert, au bureau des omnibus de
Vernou. Et si pendant cette course, le commissionnaire de
Noizay arrivait? Ne me trouvant pas, m'attendrait-il?

Après une demi-heure passée en combinaisons, je m'arrêtai
à celle que je crus la meilleure. J'écrivis sur une grande feuille
de papier un avis de m'attendre, je fixai cet écriteau sur la
porte d'entrée, et j'accrochai une petite lampe allumée tout
à côté pour éclairer l'escalier et donner la facilité de remarquer
cet avis. Puis, comme Mistigris miaulait d'un ton plus haut,
je le laissai sortir, convaincu qu'il saurait trouver son souper
dans le grenier ou parmi les débris que la négligence des
autres locataires laissait s'accumuler dans la cour.

Je sortis. Il avait fait du verglas dans la journée et quoiqu'une pluie persistante eût fini par rendre les pavés meilleurs,
on ne marchait pas facilement par les rues. Elles étaient tristes
ce soir-là: il y avait peu de passants. La lumière des becs de
gaz et celle des boutiques faisaient luire par places les trottoirs
humides et les flaques d'eau de la chaussée; mais ces lueurs
alternaient avec d'autres places sombres, lugubres, que je
traversais, la figure battue par une pluie glacée, et me sentant
froid jusqu'au cœur.

« Madame, le dernier omnibus de Vernou est-il arrivé? »

Cette question fit lever la tête à la dame du bureau qui me
regarda plus attentivement que ne le comportait la banalité
du renseignement demandé.

« Oui; en raison du mauvais temps, les omnibus n'ont
fonctionné que la moitié de la journée; il n'en est pas arrivé
depuis trois heures.

— Y avait-il, dans ce dernier omnibus, une dame en noir,
venant de Noizay? »

Et pour aider aux souvenirs de cette personne, j'ajoutai quelques détails de la physionomie de mère comme renseignements.

La dame du bureau joignit ses mains, et se leva en disant avec un accent de pitié :

« Ah! pauvre enfant! pauvre enfant! »

Elle entra précipitamment dans une pièce voisine d'où elle ramena son mari, un gros homme qui se tint debout devant moi, sans me dire un mot.

Je les regardais tous les deux dans une anxiété indicible. Le gros homme ouvrait et fermait ses lèvres sans arriver à articuler un son. Il levait ses petits yeux ronds au plafond et les abaissait vers la terre sans que je parvinsse à rencontrer leur regard ; ses deux mains ne cessaient de gratter son cou à triple menton que pour s'ouvrir mollement en se tendant vers moi. Comme il se bornait à cette pantomime, sans rien répondre à mes questions, je me tournai vers la femme, et je fus pris d'une sorte de vertige en m'apercevant qu'elle pleurait.

Je ne sais ce qui se passa en moi. Je me mis à crier : « Maman! » de toutes mes forces, et à tourner par la chambre. Il fallut plus d'un quart d'heure pour que je parvinsse à comprendre le sens des explications que me donnaient tour à tour ces deux personnes.

« Puisque je vous assure, mon garçon, que l'accident n'est pas mortel! me dit le gros homme en me bassinant les tempes avec du vinaigre. Ne vous faites pas du mal à tant crier. Écoutez donc un peu. Voici ce qui s'est passé. Il faisait du verglas quand l'omnibus est arrivé. Pour rentrer dans la cour, le chemin monte un peu, vous pouvez vous en assurer. Les chevaux qui avaient fait vaillamment leur trotte de Vernou à Tours, se sont rebutés au passage d'entrée. Celui de droite a fléchi et s'est couronné, ce qui est une perte pour moi; il a glissé dans les jambes de l'autre, qui s'est mis à ruer. L'omnibus a penché de côté; mais les personnes qui ont été assez sages pour rester dedans n'ont pas eu de mal. La dame en noir — votre mère — a ouvert la portière et a sauté à terre. Le terrain n'étant pas plus sûr pour les chrétiens que pour les chevaux, elle est tombée... L'omnibus a eu un mouvement de recul, et... »

Il se tut et regarda sa femme pour qu'elle vînt au secours de son éloquence défaillante.

« Que pouvions-nous faire plus que nous n'avons fait? me dit-elle à son tour. Le médecin a été appelé; les premiers soins ont été donnés à cette dame; mais elle n'avait pas son adresse sur elle; elle n'était pas en état de parler. D'après l'avis du docteur, elle a été transportée à l'hôpital. »

Je retrouvai tout à coup la force de me tenir debout. Mère à l'hôpital!... Mais, Dieu merci! elle vivait encore puisqu'on l'avait portée là où l'on soigne, où l'on guérit les gens sans asile et ceux dont on ne connaît pas la demeure. Je n'étais plus anéanti; le sang me revenait au cœur, me montait aux joues. Mais j'avais encore la gorge serrée; j'eus peine à retrouver un souffle de voix pour demander :

« De quel côté de la ville est l'hôpital?

— Vous n'y rentrerez pas ce soir, me répondit l'homme. Il est inutile que vous y alliez. Du reste, sachez que j'ai fait mon devoir dans ces tristes circonstances. J'aurais pu demander un brancard pour transporter cette dame. J'ai fait atteler un landau, et j'ai risqué un cheval par ce maudit verglas pour la conduire décemment là-bas. L'accident n'est pas arrivé par ma faute, mais dans ma cour après tout! »

Je n'attendis pas la fin de cette explication. Je me lançai dans la rue et demandai au premier passant le chemin de l'hôpital. Je devais avoir l'air hors de moi; après avoir répondu à ma question, il m'en adressait à son tour sur la cause de mon chagrin. Je me mis à courir sans lui répondre ni le remercier.

CHAPITRE XIX

« La personne blessée qu'on nous a amenée cet après-midi en voiture? Êtes-vous fou, mon garçon, de penser que vous pourriez la voir ce soir?... D'abord, les malades ne reçoivent des visites que le jeudi et le dimanche, c'est réglementaire. Revenez jeudi prochain, de midi à quatre heures, et vous la verrez... Un petit moment! Vous êtes son fils! Dites-moi donc les nom, prénoms, domicile et profession de votre mère. C'est pour la régularité des registres, voyez-vous. Elle n'a que son numéro d'entrée jusqu'à présent. »

Le concierge de l'hôpital, qui répondait de ce ton important à mes supplications, prit un grand registre, mit sur la feuille à demi-couverte de noms un carré de papier buvard pour éviter de la tacher, trempa sa plume dans l'encrier, en secoua le trop plein et continua :

« Eh bien ! ces noms? »

Je les lui dis, espérant le gagner, et pendant qu'il les écrivait posément, faisant des pleins et des déliés, se mirant dans sa calligraphie, je lui adressai des prières capables d'attendrir un rocher. Après avoir rangé le registre dans sa case, le concierge secoua la tête et me dit :

« Voyons, mon petit homme, il s'agit de raisonner. Vous me supplieriez jusqu'à demain que je ne pourrais vous intro-duire de mon chef dans les salles. Je suis ici pour veiller au respect du règlement, et non pas pour aider à l'enfreindre. Puis, à cette heure, les malades dorment. Voudriez-vous faire du mal à votre mère en la réveillant? Il faut vous retirer. Vous avez un chez vous et d'autres parents que votre mère. Allez les retrouver. Les jeunes garçons ne doivent pas courir la ville si tard. »

Il me poussa doucement vers la porte, et je l'implorais encore, qu'il l'avait déjà refermée derrière moi.

Je me retrouvai dans la rue noire, devant les grands bâti-ments de l'hôpital, dont les fenêtres étaient faiblement éclairées par la lueur tremblottante des lampes de nuit. Je distinguais les vagues profils des carrés de rideaux blancs qui entourent les lits. Ma mère était là, et non seulement il m'était défendu de la voir, mais encore j'ignorais l'étendue de son mal. Elle n'avait pas pu parler, même pour dire son nom. Elle était donc bien malade! Oh! comme elle devait souffrir! comme elle devait penser à ses enfants et se dire : « Charlotte au moins ignore tout, mais Louis qui m'attend!... »

J'avais envie de crier dans la nuit pour la prier de n'être pas inquiète de moi, de songer seulement à se guérir. Elle m'entendrait; elle serait rassurée sur mon compte. Mais le concierge avait dit qu'il y aurait du danger à la réveiller... J'eus un instant l'idée d'escalader les murs pour arriver furtivement jusqu'à elle... J'irais si doucement, une fois dans l'hôpital. J'ôterais mes souliers... Je la regarderais dormir... Oh! la voir seulement une minute, une seule!... Hélas! les murs étaient trop hauts.

Que faire? que devenir? A qui confier ma détresse? Dans les bras de qui pleurer?... Je m'acheminai à pas lents vers l'avenue de Grandmont. L'oncle Léonard s'intéressait à ma mère. Il l'avait dit lui-même. Il fallait bien lui annoncer le

malheur qui l'avait frappée. Peut-être ne me rebuterait-il pas.
Ah! pourquoi donc avais-je donc fâché mon tuteur contre moi!
Dans ce moment, j'aurais sacrifié et le métier que j'aimais et
toutes mes répugnances à quitter la maison maternelle, pour
avoir le droit d'aborder l'oncle Léonard sans crainte, et de
lui dire mes angoisses.

J'étais arrivé près de sa maison. Oserais-je frapper? Mais
il m'avait défendu sa porte. Je me promenai sur le trottoir
opposé, m'efforçant au courage, cherchant s'il valait mieux
aborder mon oncle lui-même ou conter tout à Madeleine sur
le seuil, pour respecter la défense qui m'avait été faite. La
porte s'ouvrit. Quelqu'un sortait, conduit par Madeleine, qui
rentra aussitôt.

Ah! ce visiteur qui s'en allait, c'était Alfred. Je ne me
souvins plus de notre précédente rencontre, mais seulement
de notre parenté. Je traversai la rue et vins me jeter dans
ses bras pour tout lui raconter avec la confusion hâtive d'un
premier épanchement.

« Aller trouver l'oncle Léonard, me dit-il, je ne te le conseille pas. Il me parlait de toi tout à l'heure avec tant de
colère! Il a la rancune solide; il ne te pardonne pas de lui
avoir résisté. D'ailleurs il se couche, et il est très maussade,
parce que je l'ai gagné au piquet. Crois-tu que c'est une corvée
de venir jouer aux cartes avec lui deux fois par semaine?
Mais il le faut bien. Je tiens à le contenter, moi! Pas si sot
que de lui déplaire... Eh! bien, quand tu resteras là, planté
comme un bâton!... Tu pleures?... Oui, c'est bien triste ce
qui t'arrive. Mais on soigne très bien et gratis à l'hôpital.
Cela vous évite des frais que cet accident soit arrivé dans la
rue. J'irai voir ma tante un de ces dimanches, quoique ce soit
désagréable d'avoir des parents à l'hôpital. Vraiment, depuis
que vous êtes dans le pays, les Lefort n'ont pas sujet de se
flatter d'être de votre famille. »

Je ne répondis rien; je hâtai le pas pour ne plus entendre

ces propos que mon cousin était assez borné pour ne pas sentir aussi cruels qu'ils l'étaient. Brisé dans mes dernières énergies, je rentrai machinalement à la maison. La lampe brûlait encore devant l'écriteau de la porte, et Mistigris se pourléchait les babines sur le paillasson ; il ne demandait qu'à regagner son coussin pour y digérer le dîner qu'il avait su se procurer.

Je bus un ou deux verres d'eau. Bien que je n'eusse pas mangé depuis midi, je n'avais que soif. Je me couchai, pour pleurer à mon aise. Le besoin de repos qu'éprouvent les adolescents est si impérieux que je finis par m'endormir, mais d'un sommeil fiévreux. Je tombais de voiture, moi aussi, ou bien j'entendais mère se plaindre, et je me réveillais, par sursauts.

Au matin, je fus tenté de courir de nouveau à l'hôpital ; puis je songeai que les visites du jeudi et du dimanche ayant lieu à midi, j'aurais plus de chances en m'y présentant à cette heure. C'était d'ailleurs le moyen d'esquiver toute question de Beau-Nuage au sujet de mon repas, et, malgré mes angoisses, j'avais déjà l'estomac si défait, que je ne voulais pas m'exposer à sentir l'odeur de son déjeuner.

Je me vis si pâle en faisant ma toilette que je me livrai, dans la salle à manger et la cuisine, à une recherche de ce qu'il pouvait s'y trouver de comestibles. Tout avait été soigneusement serré ; il n'y avait que trois morceaux de sucre dans le sucrier. Je n'avais pas un sou pour acheter du pain. On m'aurait peut-être fait crédit dans le quartier ; mais je n'aurais jamais osé demander cette grâce à aucun fournisseur. Il aurait fallu conter notre situation, y intéresser des indifférents, leur demander d'ajouter foi à mes paroles, de ne pas les prendre pour une mauvaise plaisanterie d'apprenti... Non, c'était impossible.

D'ailleurs, quand on a du chagrin, on n'a pas besoin de manger. Je me rappelai qu'il fallait forcer maman à prendre quelques aliments pendant au moins un mois après la mort de mon pauvre père. Mon chagrin allait donc me nourrir, moi aussi. J'avais trois morceaux de sucre. J'en mangerais un par jour; je boirais de l'eau. C'était assez pour arriver au jeudi, où je verrais mère. Mais quelque chose me disait que je parviendrais jusqu'à elle avant ce jour réglementaire. Je ne savais pas encore comment. Pourtant il fallait bien en trouver le moyen. Je ne pouvais pas la laisser avec cette terrible idée de mon désespoir, de ma solitude. Il fallait alléger ses douleurs morales. Il fallait trouver quelqu'un d'assez puissant pour enfreindre cet inexorable règlement de l'hôpital.

Ce quelqu'un pouvait être M. Labat. J'y pensai dans le trajet de la maison à l'atelier, et je me mis à l'ouvrage avec l'intention de parler au patron un peu avant la cloche de midi, et de lui demander un mot pour le directeur de l'hôpital. Je ne sais comment cela se fit. J'avais sans doute la fièvre; mais ce matin-là, je commis cent maladresses. Rien ne me tenait aux mains; je gâtais tout ce que je touchais. Le contremaître dit devant moi au patron que je devenais stupide et bon à rien. M. Labat me renvoya à la besogne mécanique du laminoir, mais non sans m'avoir tancé vertement.

Encore une fois, ma résolution de chercher une aide défaillit. Je ne pouvais aborder le patron pendant qu'il était si mal disposé à mon égard. Je pris mon vol vers l'hôpital dès que sonna midi.

Je trouvai dans la loge du concierge ce même fonctionnaire aux airs majestueux qui m'avait évincé la veille au soir. Il faisait un récit à un jeune homme vêtu de noir qui chauffait ses pieds au poêle de faïence en l'écoutant :

« Et tenez, monsieur, le voici; j'aurais gagé qu'il reviendrait, » s'écria le concierge en m'apercevant.

Le jeune homme était un interne qui m'accueillit infiniment mieux que le cerbère de la porte. Il m'écouta avec une expression compatissante et me répondit :

« Non, mon pauvre cher garçon, tu ne peux pas voir ta

mère. Elle a besoin du repos le plus absolu. Je te promets, si
elle parle de toi, que je la rassurerai sur ton compte.

— Qu'a-t-elle donc, monsieur?

— Elle s'est démis le genou en tombant ; mais ceci ne serait
rien. Elle s'est fait une blessure à la tête, et nous ne savons
pas encore s'il y a des désordres internes.

— Mais elle guérira, monsieur, vous la guérirez? »

Il me serra les deux mains avec une chaleur sympathique
et me répondit :

« Sois certain, mon enfant, que nous ferons de notre
mieux.

— Et je ne puis absolument pas la voir?

— C'est impossible.

— Même si j'avais une lettre pour M. le Directeur? une
lettre... attendez, de M. Léonard Lefort? »

L'interne fit un signe négatif.

« Ou de M. Labat, le relieur? »

Même geste.

Je poussai un petit cri. La lumière s'était faite en moi.

« Et du docteur Bretonneau? » lui demandai-je.

Il me regarda tout surpris :

« Ah! si tu pouvais l'amener, celui-là, s'écria-t-il, si tu
l'amenais, mon enfant, je te répondrais tout de suite de la
vie de ta mère.

— Et vous ne pouvez pas en répondre tout à fait? Adieu,
monsieur, et merci. »

Je partis en courant, et mon élan m'emporta rue Royale
dans la direction du pont. C'était le chemin du coteau de
Saint-Cyr, au-dessus duquel était située la villa du docteur.
La marche coordonna peu à peu dans ma tête le tourbillon
d'idées qui s'y pressait.

Si la vie de ma pauvre mère était en danger, je ne devais pas
m'exposer à faire échouer ma tentative. Je savais comment
la porte du docteur était gardée contre les sollicitations des

malades. Il fallait peser ma démarche. Ses domestiques lais-
seraient-ils un jeune garçon de mon âge pénétrer jusqu'à leur
maître? Mon nom ne rappellerait rien au docteur qui avait
sans doute oublié nos deux rencontres. M'annoncer comme
venant le chercher pour une malade, c'était me faire congédier
même par lui.

Je revins tout doucement jusqu'à l'atelier. Une heure
sonnait, les ouvriers rentraient; Mlle Céline pointait leurs
noms à mesure qu'ils passaient devant la loge vitrée. Je me
tins derrière elle, et quand elle eut fermé son registre, je lui
dis :

« Mademoiselle, je suis un peu malade. Voilà pourquoi
j'ai mal travaillé ce matin. Voulez-vous me permettre de me
reposer cette fin de journée à la maison?

— Oui, mon enfant. Tu es tout pâle, en effet. Sois tranquille, je ferai tes excuses au patron pour ce matin. Il était
fâché contre toi ; il croyait que tu te gâtais. Je lui ferai savoir
que tes torts étaient involontaires. »

Je revins à la maison, et là, j'écrivis la lettre suivante qui
est revenue plus tard entre mes mains et que je transcris dans
toute sa naïveté :

« Monsieur,

« Je suis le petit porteur d'eau que vous avez rencontré un
« jour devant la fontaine de Semblançay et à qui vous avez
« expliqué la devise latine de Louis XII. Maintenant je suis
« apprenti relieur chez M. Labat, rue Baleschoux. Vous avez
« été bien aimable la première fois que je vous ai vu, et très
« bon la seconde fois.

« Vous l'avez oublié peut-être. J'étais avec ma mère et ma
« sœur. Vous avez donné un bouquet de roses à Charlotte, et

« un mot de vous, sur une carte de visite, a procuré des
« leçons à ma mère.

« C'est pour ma mère que je vous écris, Monsieur. Elle est
« à l'hôpital depuis hier. On ne m'a pas permis de la voir.
« On me refuse l'entrée. Vous qui pouvez tout, faites-moi
« donner la permission d'aller embrasser ma mère.

« J'ai vu un jeune médecin de l'hôpital. Il m'a dit que ma
« pauvre mère a un genou démis, une blessure à la tête, et
« peut-être du mal intérieur qu'on ne sait pas encore. Elle
« n'a pas pu parler depuis qu'elle est tombée hier sur le
« verglas. Ce médecin a dit aussi qu'on ne savait pas encore
« si on pouvait la sauver. Alors j'ai pensé à vous; j'ai dit
« votre nom et il a répondu tout de suite : « Si M. Bretonneau
« venait, oui, elle vivrait. »

« Monsieur, nous sommes déjà deux orphelins, Charlotte
« et moi. Ma sœur est en pension; elle ne sait rien; je ne
« suis pas allé la voir, j'ai peur des cris qu'elle pousserait si
« elle savait seulement que mère est à l'hôpital.

« Monsieur, sauvez notre mère, notre bonne mère qui
« nous élève de ses peines et qui nous aime tant. Si elle
« mourait, je crois que je n'aurais plus de courage. Mon père
« est parti le premier, il y a sept mois; ma mère le suivrait
« donc, et moi qui serais seul au monde pour soigner notre
« petite Charlotte, j'aurais tant de chagrin que je perdrais
« la tête. Je deviendrais un lâche garçon. Ce serait trop
« de malheur en un an pour deux pauvres enfants de notre
« âge.

« Monsieur, je vous en supplie, vous voyez ce que j'ose
« vous demander, ne me le refusez pas. Vous qui avez fait tant
« de bien dans votre vie, vous aurez pitié d'un enfant qui
« vous implore en pleurant.

« Louis Lefort. »

J'avais tant pleuré en effet en écrivant cette lettre, qu'elle
mouilla l'enveloppe dans laquelle je l'insérai. Je déchirai
l'enveloppe, mais je n'eus pas la force de recommencer la
lettre pour la rendre plus présentable. Je sentais que je l'aurais
récrite tout autre et c'était ainsi qu'elle devait être, commen-
çant par rappeler au docteur qui j'étais, avant de laisser
déborder mon émotion. Je la fis sécher pendant que je me pré-
parais à partir, et je la mis dans une autre enveloppe dont
j'écrivis l'adresse, de mon écriture la plus mâle.

Une heure après, je sonnais à la porte de la villa du docteur. J'avais fait mon plan avec une diplomatie dont j'eusse
été certainement incapable avant mon séjour dans l'atelier
Labat. Il exigeait une assurance, un aplomb même que j'eusse
voulu pouvoir emprunter à Tourne-à-Gauche dans cette cir-
constance. L'idée que le succès dépendrait de mon habileté
devait suppléer à ce qui me manquait de pratique dans l'art
d'en imposer aux gens les plus soupçonneux du monde, c'est-
à-dire aux gardiens du repos de M. Bretonneau.

« Qu'y a-t-il? que demandez-vous? » me dit le valet de
chambre en me toisant des pieds à la tête. Cette figure rébarbative affirmait à elle seule l'inutilité des efforts contre la
consigne.

Je tendis l'enveloppe en répondant :

« Une lettre pour M. Bretonneau. »

Il la regarda de haut en bas sans la prendre : « Et de la
part de qui? »

J'avais heureusement gardé dans la mémoire le nom de
l'ami, en compagnie duquel le docteur m'avait abordé devant
la fontaine du Marché. Ce qu'était ce M. Maureillan, s'il
habitait Tours, c'est ce que j'ignorais. Mais je n'avais pas
d'autre moyen de faire croire que je portais la missive d'un
ami et non pas une lettre de sollicitation et je répondis :

« De la part de M. Maureillan. »

Le valet de chambre ricana d'un rire incrédule.

« Ce n'est toujours pas de son écriture, » dit-il.

J'enfonçai ma tête dans mes épaules, par un geste insouciant digne de Tourne-à-Gauche, et je répondis :

« Ah! cela, je n'en sais rien. On m'a dit que M. Bretonneau attendait ces renseignements, que c'était pressé, que je devais monter vite à Saint-Cyr. Voilà tout ce que je sais.

— Et si M. Bretonneau est à vingt lieues d'ici, il faut que je lui expédie cette lettre tout de suite? »

J'eus peur que le valet de chambre s'aperçût du tremblement nerveux que cette question insidieuse me causa. Je laissai tomber ma casquette, me baissant pour la ramasser, ce qui fit monter un peu de sang à mes joues, et je répliquai :

« Cela, c'est votre affaire et pas le mienne. Une fois ma commission faite, le reste ne me regarde pas, vous concevez? »

Je partis en saluant sur ce mot ; mais j'eus à peine fait une vingtaine de pas sur le chemin que je fus obligé de m'arrêter. J'avais des tintements dans les oreilles, des points noirs et jaunes devant les yeux. Je trouvai à mes talons un tas de pierres et me laissai tomber dessus.

Jusque-là j'avais monté le coteau, j'avais agi, parlé, dans toute la fougue de l'espoir. Maintenant que tout ce que je pouvais tenter avait été accompli, je défaillais. Et je sentais la faim, une faim cruelle. Je souffrais de l'estomac après ces vingt-quatre heures de jeûne. C'était comme une bête qui me rongeait à l'intérieur, faute d'autre pâture.

Une terreur morale me fit oublier cette pénible sensation physique. Si ce domestique avait dit vrai pourtant. Si le docteur était absent, à vingt lieues de là? Si ma lettre devait l'attendre plusieurs jours? Je retrouvai des forces, je me levai, et longeai le mur qui fermait sur le chemin le clos de la villa. Il n'était pas si haut que celui de l'hôpital; il n'était pas non plus si bien entretenu. Quelques pierres en étaient tombées,

XIX

MA PEINE FUT BIEN RÉCOMPENSÉE.

çà et là; d'autres étaient à demi déchaussées de leur alvéole
de mortier. Si j'y montais, si je me laissais tomber dans
l'enclos, et si une fois là, je le parcourais pour y chercher le
docteur, dussé-je même pénétrer jusque dans sa maison?

Je n'avais rencontré personne sur ce chemin peu hanté. Je
n'aurais pas de témoin de mon escalade. Non, je ne pouvais
pas redescendre à Tours sans emporter une certitude. Et si je
tombais au cours de mon expédition? Tant mieux, pourvu
que ce fût de l'autre côté du mur. On me relèverait. Le docteur,
s'il était là, serait obligé de me secourir, et alors je lui
dirais : « Allez d'abord, s'il vous plaît, soigner ma mère
à l'hôpital. »

Je cherchai un endroit favorable pour grimper. J'en tentai
plusieurs. Je m'élevais de quelques pieds et retombais toujours. Enfin j'avisai de l'autre côté du chemin un noyer qui
avait des basses branches, mais dont les bras supérieurs
s'élevaient bien plus haut que la crête du mur. J'y déchirai
ma veste, j'y ensanglantai mes mains; mais enfin j'atteignis
à la seconde fourche. Ma peine fut bien récompensée.

Le docteur Bretonneau — c'était lui, je l'aurais reconnu
entre mille — se promenait avec un autre Monsieur autour
de la pelouse qui s'arrondissait devant une des façades de la
villa, et Dieu eut pitié de ma détresse d'enfant, car je n'eus
pas seulement cette joie de m'assurer que le docteur n'était
pas absent. Le valet de chambre parut, une lettre à la main.
Le docteur la prit, la décacheta, fit un geste d'étonnement...
Un nuage passa sur mes yeux. Je ne distinguais plus rien.
Je dus m'accrocher de toutes mes forces à la branche de
l'arbre pour ne pas me laisser choir.

Je n'ai qu'une bien vague idée de la manière dont je
retournai à Tours et dont je passai ma seconde nuit d'anxiété
et de jeûne. Il ne m'en reste que l'impression d'un souvenir
tour à tour brûlant et glacé.

La conscience de mon devoir envers mon patron, le besoin

37

aussi de frayer avec des êtres humains, m'amenèrent à l'atelier
à l'heure habituelle. J'avais mangé mon dernier morceau de
sucre et tâché d'éteindre cette faim qui me tordait les entrailles
en buvant de grands verres d'eau. Je n'y avais pas réussi;
mais pour rien au monde je n'eusse voulu me donner en
spectacle en avouant mon état à qui que ce fût. Je ne me sentais
assez aimé de personne pour faire cette pénible confidence.
Beau-Nuage aurait été le seul auquel je me serais résigné à
emprunter un morceau de pain, et encore à la dernière extrémité. Il avait un très bel appétit et pourtant il le réfrénait si
bien par économie, me disant en fermant son couteau. « Il faut
« faire les morceaux petits. On est sept frères et sœurs à la
« maison! » Oui, si j'avais trop faim à midi, je lui deman-
derais un peu de son pain. Mais alors il faudrait tout lui
raconter. En aurais-je la force?

En attendant, je me traînais par l'atelier, ayant par bonheur une tâche minutieuse plutôt que fatigante. Je collais des
nervures sur des cartons pour faire des dos. L'ouvrier qui
dirigeait ma besogne me dit vers dix heures :

« Il n'y a plus de colle. On en fait en bas. Va en chercher
une jatte. »

La colle de pâte était encore chaude et m'envoyait en plein
visage pendant que je remontais l'escalier une odeur de farine
que je trouvai si savoureuse qu'elle remplit d'eau ma bouche
toute desséchée. Pour l'aspirer, je me penchai vers cette jatte
de bois où la colle blanchâtre remuait, ballottait comme une
crème épaisse. Je ne sais quelle avidité animale me poussa. Ce
fut indépendant de tout raisonnement, de toute préméditation.
Je posai la jatte devant moi sur une marche d'escalier, j'y
plongeai la main et je dévorai à pleine bouche la colle tiède,
fade, gluante.

On pouvait passer sur l'escalier, m'apercevoir prenant cet
étrange régal. Je ne m'en souciais point ou, pour mieux dire,
mon intelligence baissée n'était plus capable d'opposer une

barrière de respect humain à mon instinct animal. Je me
mourais de faim... une pâture était là et, quelque peu ragoû-
tante qu'elle fût, je m'en repaissais.

Tout à coup la jatte de colle me fut enlevée sans que j'eusse
entendu la personne qui s'était baissée pour la saisir. Quelle
fut ma confusion en voyant devant moi Mlle Céline !

« Je ne m'étonne pas que tu sois souffrant, ayant des
appétits aussi dépravés, me dit-elle. Quelle espèce de goût
trouves-tu à cette colle ? »

Je baissai les yeux ; j'essuyai à mon tablier mes mains encore gluantes. Mlle Céline avait raison. Ces deux gorgées de
colle répugnaient maintenant à mon estomac. Elles me causaient aussi un étrange mal de tête. J'étais rouge ; mes jambes
chancelaient. Je dus prendre la rampe pour monter jusqu'au
palier derrière la fille du patron.

« Explique-toi, me dit-elle d'un ton moins vif. Tu comprends que c'est pour ton bien que je t'interroge. Pourquoi
mangeais-tu cette sale chose ? »

Je n'avais pas la force de me taire ; je murmurai :

« Parce que j'avais faim.

— Faim ? Tu n'as donc pas déjeuné ce matin ?

— Non, mademoiselle.

— Mais tu as dîné hier au soir ?

— Non.

— Depuis quand n'as-tu donc pas mangé ?

— Depuis lundi, à midi. »

Ma voix n'était plus qu'un souffle, mais elle sut l'entendre.

« Ah ! pauvre enfant ! Et nous sommes à mercredi. Mais
tes parents... Attends, tu m'expliqueras cela plus tard. »

Elle me fit entrer dans la première pièce de l'appartement,
m'assit dans un fauteuil et disparut. Un moment après, elle
revint, apportant un bol de bouillon tiède.

« Une gorgée seulement, » me dit-elle.

Je bus. Cela me ranimait et, pendant les pauses qu'elle

m'imposait, Mlle Céline me faisait respirer un flacon de sels.

« J'ai cru que tu allais tomber en faiblesse, me dit-elle. Sais-tu que tu es entré ici presque sur mes bras? Pourquoi n'as-tu rien dit hier et lundi? Les apprentis doivent recourir aux patrons quand ils ont quelque embarras. Je ne te gronde pas, mais tu aurais dû nous parler. Te sens-tu mieux?

— Oh! oui, merci! »

Je sentais la chaleur me revenir par tout le corps, quand soudain une sorte de spasme me reprit. Debout devant moi, Mlle Céline tournait le dos à la porte d'entrée. Elle s'effraya de me voir pâlir et me dresser en sursaut. Elle n'avait pu voir son père qui, après avoir ouvert la porte, s'effaçait pour laisser entrer devant lui le docteur Bretonneau.

« Ah! le voilà! dit M. Labat.

— Oui, dit Mlle Céline en me retenant malgré moi sur mon fauteuil, parce qu'elle ne comprenait pas le sens de mes efforts pour me lever, oui, le voici, à demi mort de faim. Il n'avait pas mangé depuis deux jours et je le...

— Pas mangé depuis deux jours? » dit la voix vibrante du docteur Bretonneau.

Mlle Céline s'écria :

« Vous ici, monsieur! » et, me laissant, elle alla saluer respectueusement le docteur; mais elle ne put terminer sa phrase de bienvenue. Déjà, j'étais près du docteur; je pressais ses mains, je les baisais, je lui adressais des questions incohérentes, et des remercîments bégayés que j'articulais à peine.

« Oui, me dit-il, je viens de l'hôpital. J'y étais allé déjà hier au soir; mais je n'ai pas eu de miracle à faire, mon enfant; je n'en fais pas. Ta mère avait pu parler, elle s'était reconnue avant ma visite. On n'avait plus à craindre le tétanos. Elle guérira, je te le promets. J'irai la voir tous les jours, tu iras aussi... Ah! tiens-toi sur les jambes, mon ami, ou tu vas m'entraîner. Je suis encore robuste, mais vieux... »

Cette fois l'émotion avait été trop forte. Je m'étais évanoui.

CHAPITRE XX

Je n'étais pas en état d'être présenté ce jour même à notre chère malade. On obtint de ma juste impatience que j'attendrais au lendemain. Je passai le reste de l'après-midi sur le divan du cabinet de M. Labat. Mlle Céline s'établit auprès de moi ; elle n'alla de loin en loin à l'atelier que lorsqu'on avait besoin de matériaux de travail, et elle ne me quittait que peu d'instants. Elle et moi, nous fîmes connaissance pendant ces quelques heures où elle me nourrit, à la becquée, de cuillerées de bouillon et de mouillettes de pain trempées dans un œuf mollet. Elle me fit causer et, pour la première fois, m'interrogea sur ma famille. Je parlai tant qu'elle voulut, et d'effusion. Je lui dis tout ce que j'avais fait et pensé pendant mes deux jours de torture morale, et même comment je m'étais arrêté devant la maison de l'oncle Léonard sans pouvoir me résoudre à y frapper.

« C'est avenue de Grandmont qu'il demeure ? » me demanda Mlle Céline.

Je n'ajoutai pas d'importance à cette question au moment où j'y répondis ; mais j'en compris le sens lorsque, deux heures plus tard, je vis entrer l'oncle Léonard accompagné de mon patron.

L'oncle Léonard vint à moi. Je tenais més yeux baissés.
Dans la courte minute où je l'avais aperçu, j'avais vu sur sa
figure une émotion extraordinaire. Était-il en colère contre
moi ? avait-il pris pour une nouvelle injure l'ignorance où je
l'avais laissé de notre malheur ? C'est ce que je supposais
d'après son teint, coloré contre son habitude, d'après ses
yeux brillants, sa démarche pressée et sa respiration courte ;
mais je me trompais bien. Il débuta par m'embrasser deux
ou trois fois de suite. Jamais encore il ne m'avait embrassé
de cette façon.

« Tu te laissais mourir de faim, me dit-il, et tu remuais
ciel et terre pour ta pauvre maman sans recourir à moi.
C'est donc que tu ne m'aimes pas du tout ?

— Pardonnez-moi, mon oncle, mais vous m'aviez défendu
d'aller chez vous.

— Ah ! je préfère cette raison-là. Il n'y a pas à dire, tu as
du caractère, tu viens de le prouver ces deux jours-ci. Je me
fàcherai peut-être quelquefois contre toi, mais désormais je
t'estimerai, je te prendrai au sérieux. Allons, tu dois pouvoir
marcher maintenant. Je vais t'emmener et, naturellement, tu
logeras chez moi jusqu'à ce que ta mère soit guérie.

— Si je vous ai fait appeler, monsieur, lui dit alors mon
patron, ce n'est pas que cet enfant nous gène. Il pourrait loger
et manger ici tout le temps nécessaire. Dès que j'ai su votre
adresse, je vous ai prévenu par déférence, et non pour me
débarrasser d'un devoir que nul patron n'éluderait. »

L'oncle Léonard remercia M. Labat et lui dit ensuite en
souriant, mais non pas de son sourire malin :

« Vous êtes donc content de ce gaillard ? C'est à cause de
sa passion pour la reliure que je m'étais brouillé avec lui. Je
vous préviens que si vous tenez à le garder chez vous, il faut
ménager sa susceptibilité, respecter ses joues et ses oreilles.

— Vraiment ? répondit le patron étonné ; j'ai tout lieu de
croire que vous plaisantez. Je suis vif, et même un peu em-

porté. Avec soixante-dix ou quatre-vingts ouvriers à diriger
et une vingtaine d'apprentis à tenir en bride, la patience me
manque parfois. Grain-de-Sel... je veux dire Louis, a docilement empoché les petites corrections que je lui ai infligées.
Chacune lui a valu un progrès ou a été suivie d'un conseil
utile. Je suis sûr qu'il ne les regrette pas. Quant à moi, je
l'avoue devant lui, je regrette de l'avoir brusqué hier, lorsqu'il
gâchait sa besogne. Mais pouvais-je deviner son état ? »

Quand nous fûmes dans la rue, mon oncle me dit gaiement :

« Il paraît que tu étudies toujours avec fruit l'histoire de
Whittington, puisque tu ne te rebiffes pas contre les corrections de M. Labat.

— Ni contre celles du moindre ouvrier, répondis-je. C'est
en souvenir de la cuiller à pot de la cuisinière. »

Vraiment, j'avais méconnu l'oncle Léonard en le croyant
dur et même méchant, et j'en eus des remords pendant toute
la soirée, pendant qu'il s'occupait de mon bien-être avec sol-
licitude. Les adolescents sont sujets à ces revirements d'opinion, parce qu'ils jugent vite, sur des faits qu'ils ne sont pas
aptes à approfondir.

Ce n'est que beaucoup plus tard qu'il m'a été possible de
comprendre la conduite de l'oncle Léonard à notre égard et
d'apprécier son caractère. Il avait eu d'abord des préventions
contre nous, soit qu'on les lui eût suggérées, soit qu'il se fût
mis en défense de lui-même contre ces parents ruinés arrivant
tout à coup et qui pouvaient être quémandeurs. Il avait craint
ensuite que mère ne se résignât pas à une vie restreinte, et
qu'elle n'eût pour ses enfants des aspirations plus élevées
que ses moyens pécuniaires ne le lui permettaient. Voilà
pourquoi il l'avait un peu sévèrement traitée et tenue de près,
tout d'abord. Puis la voyant si digne, si éloignée d'être à
charge à ses parents, l'oncle Léonard l'avait prise en estime.
C'est alors qu'il s'était chargé de mon avenir en me plaçant

dans la maison de commerce dont il était commanditaire.
Habitué à être obéi, très entier dans ses volontés, mon
oncle n'avait pu supporter ma rébellion, et il avait subi une
contrariété presque aussi grande le jour où mère lui avait
appris qu'elle allait se suffire par ses leçons de piano et d'anglais. Elle avait dérangé ainsi le projet secret de mon oncle
qui, après avoir étudié nos caractères, nous avait pris assez
en gré pour songer à nous loger chez lui, et à reconstituer
ainsi un foyer de famille. Mais, sauvage de caractère, vivant
seul depuis qu'il avait perdu tous les siens, mon oncle n'était
pas homme à énoncer d'emblée cette proposition. Certain que
mère ne pourrait vivre avec son revenu trop exigu, il attendait, pour lui offrir une hospitalité paternelle, qu'elle se plaignit à lui de ne pas réussir « à joindre les deux bouts. » Alors
il se réservait de lui répondre : « Je suis le frère du père
de votre mari. J'ai le droit de vous considérer comme ma
fille. Venez tous trois chez moi ; je m'y ennuie de ma solitude, le service rendu sera donc mutuel ; ne m'en remerciez
pas. »

Moi, par ma résistance, mère, par sa juste fierté, nous
avions, sans nous en douter, détruit le plan dont mon oncle
se promettait la joie de ses dernières années. De là, toutes
ces rigueurs, ces colères qui nous avaient inspiré de la
crainte, presque de la répulsion à l'égard d'un parent aigri de
caractère, mais non pas, certes, méchant.

J'étais si impatient de revoir mère, que nous arrivâmes,
mon oncle et moi, avant dix heures du matin, à l'hôpital.

« Mme Lefort ? dit le concierge en nous faisant un grand
salut. L'escalier au fond du jardin, chambre n° 6. C'est la
plus belle chambre payante de l'hôpital que lui a fait donner
M. le docteur Bretonneau. C'est son arrivée qui a fait une
révolution ! Tout était en l'air dans l'établissement. Il n'y
avait pas mis les pieds depuis quinze ans. Vous jugez, monsieur, si Mme Lefort est bien soignée. Une sœur de charité

ne la quitte pas, et le médecin, le chirurgien en chef se font
les aides du docteur Bretonneau pour ses pansements. »

Le concierge débitait ces renseignements à mon oncle en
nous conduisant lui-même, pour nous montrer le chemin.
Enfin, au bout d'un long corridor, j'aperçus l'interne à qui
j'avais parlé dans la loge, et j'allai spontanément me jeter
dans ses bras. Je lui devais l'inspiration de ma démarche
auprès de M. Bretonneau. Il me reconnut, lui aussi, m'embrassa et me dit :

« Je sors de la chambre de notre malade; elle est réveillée
et vous attend. Mais que vous avez bien fait d'envoyer le
docteur!... Comment vous y êtes-vous pris pour réussir?
Personne ne peut le comprendre. »

Ce n'était pas le moment de lui donner une explication. La
porte de la chambre était entr'ouverte; j'entrai à petits pas,
et j'allai tomber à genoux devant le lit de mère, la bouche
collée sur sa main pâle étendue sur la couverture. Je pleurai
là longtemps, très longtemps, mais ces larmes étaient bien
douces. Mère allait guérir, elle nous serait rendue. Ah! Dieu
était bon, et mon cœur s'épanouissait de reconnaissance envers lui.

De ce jour-là, je menai une vie très active. J'avais à traverser la ville au matin pour aller travailler à l'atelier. J'y
déjeunais à midi, l'avenue de Grandmont étant trop éloignée;
Madeleine me faisait un panier si surabondamment chargé
que je comblais Beau-Nuage de friandises pour ses petites
sœurs. Quant à Mistigris, je n'avais plus à m'en inquiéter :
les Tournier étaient revenus d'Angers et l'avaient repris. Ces
braves gens s'étaient offert à me garder chez eux, pour que
je ne fusse pas si loin de l'atelier; mon oncle s'y était refusé,
tout en les remerciant. M. Labat me donnait une heure de
congé dans la journée, pour ma visite à l'hôpital. Je ne rentrais donc à l'atelier qu'à deux heures, et le soir, je retournais
dîner à l'avenue de Grandmont. Le dimanche, Charlotte et

moi, nous passions presque toute la journée à l'hôpital. Mon
oncle nous accompagnait, et il se montrait tout le temps de
bonne humeur, excepté lorsque mère, devenue convalescente,
se tourmentait au sujet de ses leçons.

« Me les rendra-t-on? disait-elle. Pourvu qu'on ne me préfère pas les personnes qui me remplacent.

— Eh! qu'est-ce que cela vous fait? s'écriait l'oncle Léonard impatienté.

— Mais ces leçons, c'est l'éducation de Charlotte, c'est le
complément nécessaire à notre subsistance. »

Mon oncle tapait du pied, comme pour faire passer une
crampe, et reprenait du même ton bourru :

« Vous voilà bien avancés quand vous aurez gagné, vous
ma nièce, douze ou treize cents francs, et lui, combien?

— Moi, disais-je non sans fierté, j'ai été très augmenté; je
gagne déjà quinze sous par jour.

— Peste! la belle affaire! A quoi est-ce que tout cela vous
mène? »

Mère répondait doucement :

« Mais à nous suffire, grâce à notre travail, ce qui est un
très beau résultat.

— Alors vous reprendrez vos leçons dès que vous serez
guérie?

— Naturellement, et ce sera bientôt. M. Bretonneau a pris
congé de moi ce matin; il ne reviendra plus, et vous allez le
reconnaître là, il m'a dit un adieu formel en me rappelant
qu'il ne reçoit pas de visites de remerciement. Je pourrai
revenir chez moi dans une huitaine de jours... On dit que
l'hôpital est un lieu bien triste. Certes, j'ai bien souffert ici,
mais j'emporterai un doux souvenir de toutes les sympathies
qui m'y ont entourée. Je ne dis rien du docteur, des sœurs
de charité, de tout le personnel de l'établissement, qui ont
été admirables à mon égard; mais vous, mon oncle, vous
avez pris la peine de venir par tous les temps, et vous avez

eu la bonté de vous charger de Louis, d'oublier les contra-
riétés qu'il vous a causées.

— Mais cela me fait plaisir d'avoir Louis chez moi. Je l'y
garderais volontiers », disait mon oncle.

Là-dessus, mère laissait tomber la conversation et c'était
toujours ainsi que nous éloignions, faute de les comprendre,
les avances discrètes de l'oncle Léonard. Il nous en voulait un
peu de ne pas saisir son intention et le témoignait par quelque
boutade chagrine ; puis il reprenait son ton affectueux.

Deux fois par semaine, Alfred venait dîner avenue de
Grandmont et y passait la soirée. J'avais repris la série de
mes études par correspondance, avec M. Peyrade ; je faisais
mes devoirs sur le bureau de l'oncle Léonard pendant qu'il
lisait ses journaux. Quand j'avais fini, nous causions. La
table à jeu ne s'ouvrait que les soirs où Alfred était là. Ma
tâche terminée, je me rapprochais d'eux, et, le jeu ne m'intéressant pas, je reprenais ma vieille coutume de crayonner
toutes sortes d'esquisses sur des bouts de papier. L'oncle
Léonard s'interrompait pour regarder mes figurines ; il me
suggérait des idées, en critiquait ou en approuvait l'exécution, et disait de temps à autre :

« C'est dommage de gâter tes doigts à la reliure. Tu dessi-
nerais bien. »

Mon oncle était si aimable pour moi que je voulus le payer
de retour. Un soir que nous étions seuls, je lui proposai de
m'apprendre à jouer aux cartes pour qu'il ne fût pas privé de
faire sa partie. Il me répondit :

« Est-ce que cela t'amuserait, toi ?

— Mais, mon oncle... si cela devait vous faire plaisir.

— Pas du tout. C'est bon quand on n'a pas d'idées à
échanger. »

Je me le tins pour dit et repris la série de mes devoirs et
de mes croquis. Alfred se moquait des uns et des autres.
Il disait :

« Bien la peine d'apprendre le latin, pour relier des livres, et de singer l'artiste, quand on est un pauvre ouvrier. »

Mon oncle le laissait dire, ou répondait en riant :

« Jouer au piquet est bien plus facile. »

Pendant les sept semaines que je passai chez mon oncle, je reçus une lettre de Victor qui m'apporta une grande nouvelle : Il s'embarquait pour la Chine sur un bateau marchand de Marseille. Il avait obtenu l'assentiment de sa mère, d'après l'avis de M. Peyrade, qui, après avoir donné des leçons pendant six mois à mon ami, avait conseillé à M⁽ᵐᵉ⁾ Dauban de ne plus entraver la sérieuse vocation de son fils. Victor me promettait de m'écrire toutes les fois que son bâtiment ferait escale. Il partait content d'accomplir la destinée qu'il avait rêvée. Il ne serait pas un mousse ordinaire. Le capitaine du bateau était un neveu de M. Peyrade, qui laisserait à Victor le temps d'étudier quelque peu ; mon ami emportait à bord un programme de travaux, des livres, et la promesse d'une direction protectrice. Il devait tout cela à M. Peyrade. Nous restions donc, Victor et moi, liés par la même reconnaissance à ce vieil ami.

Je connaissais maintenant beaucoup de jeunes garçons de mon âge, mais aucun n'avait remplacé Victor auprès de moi. Il restait mon seul, mon véritable ami de cœur. Son voyage ne nous séparait pas davantage. J'allais jouir, par ses relations, des régions nouvelles qu'il allait visiter. Je lui répondis courrier par courrier une lettre dont la longueur surprit mon oncle, auquel je dus conter l'histoire de Victor.

« Encore un entêté, dit-il en souriant, voilà pourquoi tu l'aimes. Qui se ressemble s'assemble. »

Ce fut une bien grande fête que le jour où mère sortit à mon bras de l'hôpital. Pendant les sept semaines qu'elle y avait passées, j'avais subi une crise de croissance, et elle n'était plus obligée de se courber pour passer son bras sous le mien. Notre petit logement, nettoyé sous les ordres de

Mᵐᵉ Tournier, nous sembla bien joli, et Charlotte dîna ce soir-là avec nous. Le lendemain, mère voulut aller chez M. Labat pour le remercier de ses bons procédés à mon égard et rendre grâce à Mˡˡᵉ Céline d'être venue plusieurs fois à l'hôpital. J'avais congé pour deux jours, et j'accompagnai mère dans cette visite qui fut bien accueillie, quoique faite à un moment inopportun.

La servante nous introduisit dans le salon de M. Labat, comme il y était en conférence avec deux messieurs en habit, en cravate blanche, enfin en tenue de cérémonie à trois heures de l'après-midi. Moi qui entrai le premier, je vis le geste de contrariété que fit le patron quand le bruit de la porte lui annonça qu'ils allaient être dérangés.

Mère comprit aussi que nous arrivions mal à propos. Elle refusa de s'asseoir et dit qu'elle n'était venue que pour remercier M. Labat et Mˡˡᵉ Céline de leurs bontés. Pendant qu'ils échangeaient quelques compliments, je reconnus dans le plus jeune des visiteurs M. Félix, l'ancien employé de M. Carlet. L'autre, que j'avais vu plusieurs fois déjà, ne m'était connu que sous sa qualité de fabricant de carton. C'était lui qui fournissait la maison Labat de la grande quantité de carton gris et blanc nécessitée par la reliure; il achetait en revanche nos rognures blanches et de couleur qui, remises en pâte, refaisaient du papier ou du carton. Je me souvins de ce qu'Alfred m'avait dit : ce gros monsieur devait être le père de M. Félix.

Celui-ci me reconnut bien, mais il ne me salua que lorsqu'il eut appris par la conversation de mère que j'étais apprenti de la maison Labat. Alors il vint à moi et plaisanta sur ma sortie de chez M. Carlet, qui avait entraîné la sienne. Il ne m'en gardait pas rancune; tout en riant, il déganta sa main gauche pour regarder ses ongles polis, limés, plus roses que jamais.

Je ne sus pas ce jour-là ce que signifiait cette visite céré-

monieuse dont nous avions fait l'intermède, mais je ne
l'ignorai pas longtemps. M. Félix et son père vinrent plusieurs fois par semaine chez M. Labat, et le bruit courut
parmi les ouvriers que Mlle Céline allait se marier.

J'en eus du chagrin. Comment se passerait-on de Mlle Céline? Qui seconderait le patron à sa place? Qui serait la
petite mère de la gentille Nathalie? M. Labat était préoccupé
visiblement et même triste; quant à sa fille, c'était toujours
la même personne calme, sans cesse occupée à quelque
chose d'utile. Elle souffrirait bien d'avoir pour mari un être
aussi oisif que M. Félix. Comment prendrait-elle sa manie
ridicule d'éplucher du matin au soir ses belles mains?... Et
puis, comme la maison allait être vide, quand elle l'aurait
quittée! Qui donc s'intéresserait aux ouvriers malades? Qui
donc panserait les coupures, les doigts écrasés, accidents
presque journaliers, dans cet atelier de cent personnes, et
pour lesquels on recourait à la pharmacie de la loge vitrée?
Qui plaiderait auprès du patron pour un apprenti repentant
de quelque méfait? Voilà les objections que chacun de nous
pouvait opposer au mariage de Mlle Céline, et je puis dire
que c'était à l'avance un deuil général.

Mère n'avait pas gardé trace de son accident, sauf sa cica-
trice à la tempe, qui ne la défigurait pas. Ce n'était plus
qu'une petite couture encore un peu rosée. Elle avait retrouvé
toutes ses leçons et notre existence aurait repris son cours
normal, si je n'avais été en butte à la jalousie de mes camarades.

Depuis l'accident de mère, M. Labat m'avait distingué tout
à fait parmi ses apprentis. Jusque-là il m'avait traité exactement comme les autres, m'encourageant quand je faisais
bien, me tançant à la moindre défaillance. Après notre réelle
entrée en connaissance, il me *poussa*, comme on dit en
terme de métier. Cela signifie qu'il m'initia lui-même aux
opérations que j'ignorais et me confia des besognes dont les

apprentis ne sont admis à se mêler qu'à leur dernière année d'engagement.

Dès lors je vis s'élever contre moi les haines que maître Tournier m'avait prédites. Il n'est pas de malices que mes camarades n'inventassent à mon détriment, et j'eus à me défendre chaque jour contre les noises qu'ils me cherchaient. Tourne-à-Gauche était le plus acharné. Beau-Nuage me soutenait et disait aux autres :

« Non, ce n'est pas parce que Grain-de-Sel est fils de bourgeois que le patron le préfère, c'est parce qu'il est plus habile de son esprit et de ses mains. »

Il y avait des jours où j'étais découragé de sentir autour de moi tant d'envie, de recevoir par les corridors de traîtres coups de poing ; mais je ne m'en plaignais à personne. A quoi cela aurait-il servi, sinon à exciter encore plus mes adversaires?

Un samedi de paie, en désignant selon l'usage ceux des apprentis qui devaient venir ranger l'atelier le lendemain dimanche, Mlle Céline nous dit :

« Demain, on brûle les chiffons à l'or. Quel est celui de vous qui veut rester pour nous aider? »

Je me proposai tout de suite et fus choisi de préférence à Tourne-à-Gauche, qui s'offrait également. J'allais donner ma journée du dimanche, il est vrai, et même veiller dans la nuit du dimanche au lundi, l'opération exigeant de quinze à seize heures ; mais je savais que l'apprenti qui la suivait assistait aussi à la confection du lingot, comme récompense, et j'étais curieux de suivre de mes yeux cette transformation d'un tas de chiffons huileux et d'un amas de poussière en un joli culot d'or pur.

Quand nous sortîmes, j'entendis Tourne-à-Gauche dire à ses affidés :

« Naturellement, on a choisi le favori, mais il s'en repentira, j'en réponds. »

Je ne payai pas ce soir-là la rançon de cette préférence.
Le lendemain, dès que l'atelier eut été balayé par Clisset,
l'homme de peine, et mis en ordre par les apprentis, on renvoya ces derniers et Clisset ne se retira qu'après avoir allumé
du feu dans la haute cheminée Louis XIII, restée à la paroi
d'un ancien salon qui était l'atelier d'endossage. Plusieurs
charges de bois avaient été montées pour fournir aux besoins
de l'opération.

Sous les ordres du patron, je vidai dans un immense chaudron de cuivre toute la poussière contenue dans les tiroirs
des trois tables de la dorure et posai au-dessus tous les chiffons à essuyer l'or contenus dans la réserve, et M. Labat
lui-même pendit le chaudron à la crémaillère. Le feu flambait
doucement sous cette singulière chaudronnée de chiffons et
de poussière qu'il fallait remuer de temps à autre, mais avec
précaution, pour ne faire envoler aucune parcelle du précieux
métal, invisible, mais présent dans ce tas de loques et de
poudre. On ne pouvait quitter un instant le foyer; le feu
devait se maintenir tempéré pour désagréger peu à peu les
résidus huileux et malpropres, et ne laisser subsister finale-
ment au fond du chaudron que de la cendre d'or. M. Labat
me remplaçait par moments : j'allais prendre l'air dans la
cour ou je feuilletais quelque livre à illustrations. Mlle Céline
m'apporta elle-même mon déjeuner, et Nathalie qui rôdait
comme une souris par l'atelier chaque dimanche, causa longtemps avec moi. Nous ne tarissions ni l'un ni l'autre. Ah!
qu'elle était aimable!

Son père étant venu la chercher pour la mener à la promenade, je restai seul avec Mlle Céline. Trois heures son-
naient à la grande horloge de l'atelier, quand M. Félix entra
tout à coup. Je vis à la physionomie de Mlle Céline qu'elle ne
l'attendait pas.

Il lui dit qu'il venait de l'appartement, où il avait appris
qu'elle était seule à la maison, et occupée dans l'atelier, et il

lui demanda ce qu'elle y faisait. Elle le lui expliqua. Puis
tous deux se promenèrent sans que je les perdisse de vue.
J'entendais presque toute leur conversation. M. Félix parlait
de sa maison d'Amboise, de son parc, d'un break qu'il venait
d'acheter, de voyages fréquents à Paris. Mlle Céline l'écoutait, non sans distractions ; elle ramassait çà et là un outil
tombé à terre, égalisait une pile de volumes. Enfin comme il
ajoutait quelques mots qui m'échappèrent, elle répondit :

« Vous vous trompez à mon égard, monsieur. Je suis
relieuse bien plus que demoiselle. Je ne quitterais pas cet
atelier pour un palais et aucune considération ne m'éloignera
de mon père. »

Je n'en entendis pas davantage, et M. Félix finit par s'en
aller. Mlle Céline revint près de moi ; nous restâmes sans nous
rien dire jusqu'au retour du patron. Nathalie vint tourner
près du feu, mais j'entendis sa sœur dire à leur père en riant :

« C'est fini, cette ennuyeuse affaire. Il est venu. Je l'ai
congédié. Est-ce que je pourrais te quitter ? Je suis plus que
ta fille, moi, je suis ton amie, ton associé et la mère de
Nathalie. Est-ce que je puis m'en aller d'ici ? »

M. Labat embrassa sa fille aînée. J'aurais bien voulu en
faire autant, j'étais si satisfait ! mais je n'en avais pas le droit.

Nous nous partageâmes la besogne de nuit. M. Labat
m'envoya dormir sur le divan de son bureau, et il veilla jusqu'à quatre heures du matin. Je me réveillai instantanément
quand il vint me secouer. On était au printemps. Il faisait
déjà grand jour. Je dis au patron :

« Ah ! Monsieur, vous m'avez laissé dormir toute la nuit.
Je ne suis donc bon à rien ?

— Tu dormais si bien. Ah ! quel dommage que je n'aie que
deux filles et pas un garçon comme toi ! »

Mlle Céline et moi, nous étions à onze heures du matin aux
Portes-de-Fer, chez un orfèvre retiré qui faisait encore pour
se distraire la fonte des métaux. C'était moi qui avais apporté

39

là, dans un sac de cuir, cette cendre couleur d'ocre sale qu
était restée au fond du chaudron, après seize heures de torré-
faction. Je suivis tous les détails de la fonte; je vis couler les
cendres dans un creuset de terre que l'orfèvre plaça au-dessus
d'un petit fourneau maçonné en briques. J'observai le nuage
bleuâtre qui tournoyait à l'orifice du creuset pendant l'opération que j'avais crue plus compliquée. Quelques substances
mêlées aux cendres et l'action du feu opéraient cette confection
du lingot, et il n'était pas possible de voir à travers les parois
du creuset, comment peu à peu la cendre se tassait, se déga-
geait en vapeurs de ses dernières impuretés et descendait au
culot du creuset, agglomérant une à une ses molécules de
pur métal.

Enfin, après le refroidissement nécessaire, quelques coups
de marteau brisèrent le creuset, et je pus voir, toucher, un
joli lingot d'or.

« Retourne à la maison, me dit Mlle Céline, et rapporte le
lingot à mon père. Je dîne ici après chaque fonte, et il viendra
me rejoindre. Dis-lui que j'ai gagné ma gageure, puisque mon
lingot pèse plus de deux mille francs, comme il pourra s'en
assurer. Il saura ce qu'il doit nous apporter pour le dessert
au sujet de ce pari perdu. »

J'arrivai à l'atelier et je fis ma commission à M. Labat; je
le trouvai dans la loge vitrée, occupé à couper des velours. Il
posa le lingot sur la table, l'y oublia tout en disant qu'il allait
le serrer, et me passa la besogne qu'il faisait. On l'appelait.
Un client l'attendait dans le bureau. Il me commit le soin de
donner les fournitures aux ouvriers qui se présenteraient. Je
devais les noter à mesure sur le registre de Mlle Céline. Plusieurs ouvriers et apprentis se présentèrent, et je les servis
suivant les ordres reçus.

« Tu passes donc patron tout à fait? » me dit amèrement
Tourne-à-Gauche, qui venait me demander des peaux de
maroquin.

Je les lui donnai sans rien répondre à cette observation.
Une demi-heure après, le contremaître vint à son tour et me
dit :

« Le patron a dû sortir tout à coup; il m'a chargé de serrer
le lingot d'or qu'il a laissé ici. Où est-il donc? »

Nous le cherchâmes sans le trouver. Je me troublai. N'étais-je
pas responsable en quelque sorte, puisque la loge m'avait été
confiée avec tout ce qu'elle contenait?

« Qui est entré ici, petit niais? s'écria le contremaître. Es-tu
seulement capable de t'en souvenir? Ah! le patron place bien
sa confiance. »

Ce fut une grosse affaire. L'heure du départ de l'atelier
allait sonner. Le contremaître alla fermer la porte et déclara
qu'il ne la rouvrirait qu'après avoir trouvé le lingot d'or. Ce fut
une clameur d'indignation dans l'atelier. Chacun repoussait
l'injure de ce soupçon. Ouvriers, ouvrières, se réunirent par
petits groupes et se mirent à faire des conjectures, assiégeant la
loge vitrée dans laquelle le contremaître ne leur permettait
pas d'entrer. Lui et moi, nous y bouleversions tout : pièces
de velours, casiers de peaux, tiroirs de papier à gardes, boîtes
à feuillets d'or, à fleurons neufs reposant sur de la sciure de
bois, cartons à rubans pour sinets multicolores. Tout ce pil-
lage ne nous fit pas découvrir le précieux objet perdu. J'assu-
rais que je l'avais vu sur la table.

« Il ne s'est pas envolé tout seul, criait le contremaître hors
de lui. Où a-t-il passé? »

Je tremblais de tous mes membres, et ne savais que
répondre. Je fus atterré par le cri d'honnêteté révoltée que
poussa tout le personnel de l'atelier quand le contremaître
rouvrit la porte de la loge et dit brusquement.

« Quels sont ceux qui sont venus chercher quelque article
ici? Qu'ils s'approchent. J'en suis fâché pour eux, mais ils
doivent être fouillés. En l'absence du patron, je suis responsable. Il faut savoir s'il y a un voleur ici. »

Ce fut une clameur de protestations parmi l'assistance. Pourtant les personnes que le registre désignait s'avancèrent, mais il y eut plus d'une injure à mon adresse, et Tourne-à-Gauche dit :

« Celui qui a pris le lingot ne l'a peut-être pas gardé sur lui.

— Fouillez-nous tous, c'est trop juste ; c'est aux gens sûrs de leur conscience à le demander d'eux-mêmes, » dit maître Tournier qui voulut, par son exemple, changer la disposition des autres ouvriers.

Il s'avança, retourna ses poches, ôta sa veste, pria le contre-maître de le palper, et sortit après cet examen. Poursuivi par les méchants regards de Tourne-à-Gauche, je demandai aussitôt à être fouillé moi-même. L'opération une fois faite sans résultat, bien entendu, j'allai décrocher ma veste qui était pendue à une patère dans l'atelier. Je la sentis lourde. Machinalement, je la secouai... le lingot tomba de la poche droite.

Ce ne fut qu'un cri contre moi dans l'atelier. Le contremaître s'avança sur moi, la main levée, l'injure à la bouche. Je restais là confondu, bouche béante, quand Beau-Nuage se jeta devant moi.

« Tant pis, dit-il, je ne laisserai pas accuser un innocent. J'ai vu Tourne-à-Gauche fouiller dans cette veste et y mettre, je ne savais pas quoi. Il s'est vanté ensuite au petit Martin d'avoir joué un bon tour, le dernier, à Grain-de-Sel qui allait être renvoyé. Je vois ce que c'était maintenant. Qu'il ose me démentir. »

Ce fut un hurrah d'indignation contre le misérable Tourne-à-Gauche. Fort de l'assentiment général, le contremaître n'attendit pas la sanction de M. Labat pour le chasser honteusement de l'atelier.

XX

CE NE FUT QU'UN CRI CONTRE MOI.

CHAPITRE XXI

A seize ans, j'étais ouvrier relieur et je gagnais cinq francs
par jour. J'aimais toujours mon état, mais il ne suffisait plus à
mon activité d'esprit. Je l'exerçais pour gagner ma vie ; je m'y
perfectionnais pour valoir davantage, en prenant de l'âge et
de l'expérience ; j'aimais la maison Labat et, je crois même,
jusqu'au moindre outil dont je me servais. Néanmoins je
m'effrayais de voir devant moi, dans l'avenir, une succession
de jours semblables les uns aux autres, voués au même travail et, pour tout avouer, j'aurais mieux aimé lire les livres
que je maniais que de les relier.

Ma correspondance avec M. Peyrade avait cessé d'être scolaire. Nous en étions à remuer ensemble ces divers systèmes
d'idées générales qu'on désigne sous le nom de philosophie.
Je ne savais où jeter le trop plein d'énergie que le travail
manuel n'épuisait pas. Un hasard en décida.

Un dimanche que nous avions dîné chez mon oncle, il nous
montrait un carton d'estampes curieuses, entre autres quelques eaux-fortes d'Albert Dürer qui m'intéressèrent extrème-
ment. L'oncle Léonard avait cultivé son esprit au cours de
son existence retirée ; il se mit à me parler des diverses écoles

de peinture, et il lui arriva de prononcer le nom de Mantegna,
ce peintre ignorant des lois de la perspective, mais si naïf, si
vrai dans l'expression, les gestes de ses personnages, si amusant par la minutie scrupuleuse dont il peint les moindres
détails de ses tableaux.

« Tu as pu en juger par le Mantegna du musée, me dit-il.
C'est un Jésus au Jardin des Oliviers. »

Je bondis sur ma chaise.

Il y avait donc un musée à Tours?

Depuis trois ans que nous étions dans cette ville, je l'ignorais. C'était bien faute d'avoir regardé l'inscription du bâtiment qui fait pendant à la Mairie, sur la place Descartes; mais
il faut ajouter qu'aucune de mes courses journalières ne me
menait de ce côté. Nous habitions au centre de la vieille ville
plus près de Notre-Dame-la-Riche que du quartier aristocra-
tique de Saint-Gatien ou des quais de la Mairie. Je n'arpentais
la rue Royale que dans la direction de l'avenue de Grandmont.
Tout mon cercle de promenades était dans une autre direction
que le musée.

« Voilà une belle exclamation, dit mon oncle; mais nous
avons des Van Dyck, mon cher ami, de beaux portraits de
l'école flamande, des Boucher, beaucoup de Boucher, deux
Mantegna, enfin un joli musée de province, sans parler d'ex-
cellents tableaux modernes. Pour qui donc prends-tu les
Tourangeaux? »

Nous étions invités pour le dimanche suivant à passer la
journée à Vouvray, dans la propriété de M. Labat. Pendant
la belle saison, il partait chaque samedi soir de Tours avec
ses deux filles pour ne rentrer en ville que le lundi, de très
grand matin. C'était toujours pour nous une fête que cette
journée à la Brunetière; c'est ainsi que s'appelait le clos Labat.
Mère faisait de la musique avec Mlle Céline; Charlotte, Nathalie et moi, nous faisions les chevaux échappés à travers
le clos. J'étais encore assez jeune pour prendre part aux

folâtreries de ces deux fillettes qui faisaient de moi leur très humble esclave. A la Brunetière, le patron me traitait familièrement, avec amitié, mais comme si nous n'avions pas dans la semaine des rapports de supérieur à subordonné. J'ajoute que, depuis l'aventure du lingot d'or, personne à l'atelier ne s'était offusqué des bontés particulières du patron à mon égard.

Malgré le plaisir que je me promettais toujours d'un dimanche à la Brunetière, je laissai mère et Charlotte partir huit jours après par l'omnibus de Vouvray, disant que je ferais la route à pied après une petite visite au musée. Charlotte me chargea de lui rapporter un croquis du Mantegna, et superbement, ne sachant à quoi je m'engageais, je le lui promis.

Je ne doutais jamais de moi le crayon à la main. C'était une hardiesse qu'avait développée en moi le professeur de l'École des Beaux-Arts de Montpellier qui m'avait donné des leçons de sept à douze ans. C'était un ami de mon père. J'allais parfois le retrouver au musée où il faisait des études, et loin de me décourager, il prenait au sérieux mes prétentions de faire des croquis d'après tel ou tel tableau. Ce que devaient valoir ces dessins, on peut le penser; mais mon professeur ne tournait en ridicule ni un trait grotesque, ni mon interprétation enfantine. Il me disait simplement :

« Voilà ce que tu as su voir et reproduire aujourd'hui, c'est bien. Dans six mois, tu verras mieux et davantage, et tes croquis s'en ressentiront. »

La profondeur de cette observation passait dix pieds pardessus ma tête; j'entendais seulement son approbation et de bonne foi, je croyais avoir dessiné plusieurs des tableaux du musée de Montpellier, incomparablement le plus riche de tous les musées de province.

Depuis plus de trois ans que ces études avaient été interrompues, j'avais dessiné pour mon plaisir, et m'étais exercé

40

à l'aquarelle, grâce à la boîte que m'avait donnée Nadine;
mais sans direction, sans modèles, j'avais tâtonné et je
m'étais douté parfois des difficultés de la chose que jusque-là
je n'avais pas soupçonnées. Elles m'apparurent distinctement
quand je me trouvai devant le Mantegna du musée de Tours.

Comment dessiner cette composition sans perspective, intéressante à l'œil cependant, avec son paysage tourmenté, ses
ressauts de terrain, son pont sur un torrent au cours tortillé,
ses fleurettes du gazon aussi distinctes que ses oliviers?
J'essayai... C'était impossible. Il fallait une main savante
pour rendre ces erreurs d'un peintre de talent faisant son
œuvre avant que les lois de son art eussent été toutes découvertes et formulées. Je ne savais pas disposer sur mon papier
les divers groupes que Mantegna a placés sur ses plans d'un
agencement si naïf. Mes traits tombaient les uns sur les
autres; je mettais mes apôtres endormis tout près de la troupe
de soldats amenés par Judas, le traître. Mes tours de Jéru-
salem tombaient dans l'eau de mon torrent, et je n'osai même
pas attaquer le groupe principal : la belle figure du Christ que
venaient soutenir, réconforter deux anges aux ailes étendues.
Ces ailes palpitantes, diaprées de vives couleurs, je ne me
risquai point à en tracer les contours. Ah! c'était au-dessus
de ma portée. Je ne pouvais pas.

Le dépit m'arracha à cette contemplation. Je parcourus le
musée. Comme ils étaient heureux, ces peintres qui savaient
ainsi exprimer leurs idées sur un bout de toile et les trans-
mettre ainsi aux siècles suivants ! Quelle noble carrière !... A
quoi me servait-il d'y rêver? Je ne pouvais, je ne devais être
qu'un relieur; il valait mieux jouir du plaisir que ces privilégiés de l'art me donnaient, et ne pas envier ce que je ne pouvais atteindre. Mais j'avais promis un croquis à Charlotte,
et faute du Mantegna devant lequel je m'étais récusé, je m'arrêtai devant une jolie composition de Boucher, plus facile à
interpréter.

XXI

J'Y DONNAIS LES DERNIERS TRAITS.

Ce tableau est intitulé : *Sylvie effrayée par un loup*. Il représente une bergère Louis XV, court-vêtue, et des satins les plus enrubannés, qui fuit dans un paysage fleuri, poursuivi par un maître loup dont les yeux luisent rouge, mais qui ne réussit pas à se donner un air terrible. Malgré le grand geste de la bergère et son petit pied levé pour la fuite sur la pointe de ses mules bleu de ciel, on n'a pas peur du tout pour elle.

Je ne me sentais pas du tout gêné par les quatre ou cinq personnes qui erraient dans les salles du musée. Il y avait une banquette en face de la Sylvie; je m'y assis, tirai mon album et attaquai mon croquis. J'y donnais les derniers traits quand une tête indiscrète passa par-dessus mon épaule.

« Tiens ! tiens ! tiens ! » fit une voix masculine sur trois tons différents, mais dont aucun n'était certes celui de l'enthousiasme. Il y avait de la surprise, de l'approbation narquoise, et une critique pleine de bonhomie dans ces trois exclamations. Je fermai mon album et me levai.

« Non, pas de ces susceptibilités, reprit la voix. Montrez-moi donc ce que vous faites, mon jeune ami. »

Je regardai cet observateur sans gêne et je reconnus l'ami du docteur Bretonneau, ce M. Maurcillan dont je ne connaissais que le nom, qui m'avait si bien servi. J'avais trop changé depuis trois ans pour qu'il me reconnût de son côté, mais je ne me trompais point, c'était bien lui qui m'avait fait l'historique de la fontaine de Semblançay et de la tour de Charlemagne. C'était le même homme d'aspect soigné, de figure fine, à longs cheveux un peu bouclés et à peine grisonnants, tenant de l'artiste et de l'homme du monde dans sa tournure.

Cette rencontre n'était pas aussi fortuite que je le pensai. M. Maurcillan, directeur des cours de dessin municipaux, était conservateur du musée et peintre de mérite. Je le rencontrais chez lui pour ainsi dire, et je m'applaudis de n'avoir pas cédé

à un mouvement de fausse honte en refusant de lui montrer
mon croquis. Il me fit les honneurs du musée; je le vis, en sa
compagnie, avec un réel profit. Nous causâmes longtemps;
il me montra les salles du cours de dessin au rez-de-chaussée, s'offrit à me donner des leçons chez-lui, et le reste de la
journée à la Brunetière, je ne parlai que de M. Maureillan et
de ses offres bienveillantes.

Je commençai dès lors une nouvelle vie. Je me levais au
point du jour pour dessiner. Le soir, quand j'avais avalé mon
dîner à la hâte, j'allais au cours de dessin du musée, et les
jours où ils n'avaient pas lieu, j'allais frapper à la porte de
M. Maureillan qui m'accueillait toujours avec bonté. Nous
causions; je dessinais; j'aimais à me trouver dans son atelier,
à me faire expliquer d'avance ses sujets de tableaux, à l'entendre me raconter des anecdotes sur tel ou tel peintre célèbre,
et il me fallait bien de la raison pour rentrer à la maison
avant qu'il fût tard. M. Maureillan vivait en artiste, comptant
pour rien les heures qui s'écoulaient; mais je ne voulais pas
inquiéter mère. Je savais qu'elle ne se coucherait pas avant
mon retour.

Je la retrouvais occupée à lire ou à quelque menu ouvrage
de broderie en m'attendant; elle avait renoncé au cousage des
volumes. Notre situation s'était améliorée. Elle ne faisait pas
non plus les gros ouvrages de la maison. Une femme venait
chaque matin lui épargner cette besogne. Mes cinq francs
par jour, notre mince revenu, ses leçons devenues plus lucra-
tives suffisaient à tout. Comme nous nous refusions toute
dépense superflue, nous avions le nécessaire en abondance,
et mère disait en riant qu'elle pourrait bientôt thésauriser,
non par billets de banque, ni même par pièces de vingt francs,
mais par pièces de cent sous, et elle trouvait ce résultat très
joli. Charlotte ne coûtait que son entretien de toilette, et celui
de mère n'était pas très cher; elle portait encore le deuil de
mon père et celui du pauvre grand-père que nous avions

perdu l'hiver même où mère avait fait cette cruelle chute en revenant de Noizay.

Nous n'étions plus retournés à la Maison-Blanche depuis le triste jour où nous y avions rendu les derniers devoirs au grand-père. Tante Radegonde nous avait si mal reçus que nous n'étions plus allés affronter son méchant accueil. Mais une ou deux fois par an, mère nous avait menés prier et porter des fleurs au cimetière de Noizay.

Ce qui nous rendait tante Radegonde hostile, c'était sa jalousie au sujet de l'affection que nous témoignait l'oncle Léonard. Elle aurait voulu que toute l'affection de ce vieux parent fût concentrée sur Alfred; mais ce dernier ne faisait pas grand'chose pour la mériter.

Il s'occupait en amateur dans la maison Carlet, un peu dans l'ancienne manière de M. Félix; mais il rendait en plus la place intenable aux employés sous ses ordres; il fallait les remplacer de mois en mois. Enfin M. Carlet lui-même se plaignit à mon oncle des incartades d'Alfred, des réclamations de ses créanciers qui voulaient mettre arrêt sur ses appointements. L'oncle Léonard avait voulu éclaircir la situation de son neveu, et on avait découvert que ce jeune homme de dix-huit ans avait fait d'assez grosses dettes. L'oncle Léonard les avait payées, parce qu'Alfred s'était autorisé de son nom pour obtenir du crédit; mais il n'avait plus voulu endosser la responsabilité de ce manque de conduite et il avait renvoyé Alfred à Noizay.

Cette sévérité avait été faussement attribuée à l'influence de mère qui, bien au contraire, avait intercédé en faveur de mon cousin. Voilà pourquoi nous étions bannis de la maison paternelle qui, d'ailleurs, d'après les conventions de famille, appartenait d'avance aux parents d'Alfred. Nous n'avions hérité, à la mort de mon grand-père, que de son portrait, et de menus objets à son usage que nous gardions avec respect, en souvenir de ses bons sentiments pour nous.

Un samedi de paie, maître Tournier me dit :

« Ce soir, Louis, prie Mlle Céline de te remettre mon compte, et de ne pas m'appeler à mon rang. Tu sais que je suis des premiers à passer. Je ne veux pas avoir ce soir de l'argent dans les mains. Tu porteras le mien avec le tien, et tu le remettras à ma femme. »

Je devais avoir l'air un peu intrigué de cette singulière commission ; il reprit avec un sourire embarrassé :

« J'ai tant de sujet de me réjouir, vois-tu, que je ne saurais pas me dispenser de régaler des camarades si j'avais ma paie dans le gousset. Il me reste une ou deux pièces blanches ; c'est suffisant pour leur faire une petite honnêteté en leur apprenant que le capitaine va venir passer trois mois de congé chez nous. Ma précaution m'empêchera de m'oublier. Je ne voudrais pas mal commencer une semaine où j'aurai le bonheur de voir mon fils. »

J'aidais toujours Mlle Céline à la paie. Nous alignions ensemble les piles de pièces blanches et de sous qui nous permettaient de compléter les comptes. Je me retirai donc le dernier. Je passais devant un petit café situé à l'angle de notre rue quand la voix de maître Tournier m'arrêta :

« Louis, me dit-il du seuil du café, donne-moi seulement... oui, seulement cinq francs, mon ami. »

Les silhouettes de trois ouvriers et du contremaître se profilaient derrière lui, et maître Tournier commençait déjà à avoir le son de voix bref et l'œil luisant. Je plongeai machinalement la main dans ma poche, mais je l'en retirai vide après avoir réfléchi :

« Et si le capitaine vous surprenait en arrivant? » lui dis-je.

Je n'attendis pas une nouvelle injonction ; j'accélérai le pas, mais point si vite que je ne fusse rejoint par notre voisin dans l'escalier de la tourelle. Il m'embrassa et me dit au moment de rentrer chez lui :

« Tu as eu du caractère pour moi. Je t'en remercie. »

Maître Tournier avait raison d'être fier de son fils. Jules Tournier, qui vint saluer mère dès le jour de son arrivée, était un bel officier de trente-deux ans, modeste, sérieux, très tendre à l'égard de ses parents. Il n'avait pas cette morgue des gens de médiocre cœur parvenus plus haut dans la hiérarchie sociale que leur naissance ne l'indiquait, et il prouva bientôt combien il était loin de renier ses origines.

Le quatrième jour après son arrivée, je travaillais sur le même établi que M. Labat quand le capitaine entra dans l'atelier, vêtu en civil, un imperceptible ruban rouge à la boutonnière. Il était déjà venu présenter ses respects à son ancien patron ; mais on ne l'avait pas vu dans l'atelier où son entrée provoqua une émotion de curiosité et même d'orgueil. Ce jeune capitaine, ce chevalier de la Légion d'honneur, c'était un ancien apprenti de la maison pourtant ! Il avait été ouvrier avec tous ces hommes en tabliers verts tachés de colle qui endossaient, couvraient, polissaient des volumes sur tous ces établis ! C'était un honneur pour l'atelier et pour tous ses anciens camarades.

« Monsieur, dit le capitaine au patron, je viens vous demander une faveur. J'ai trois mois de congé à passer avec mes parents. Si je reste constamment à la maison, je ne jouirai pas du plaisir d'être près de mon père. Ma mère me renvoie pendant qu'elle s'occupe de son ménage, je ne sais que faire pendant ce temps-là, et elle est toujours tellement en l'air que les meilleures heures qu'elle me donne sont celles de la soirée. J'ai trouvé une combinaison pour éviter de m'ennuyer à courir la ville et pour ne pas quitter mon père. Reste à savoir si vous l'approuverez. Voulez-vous me permettre de travailler avec lui, en amateur, pour le seul plaisir que j'aurai à voir si je n'ai pas oublié mon ancien métier ? »

— Mais, mon cher Jules, tu n'y penses pas, répondit le patron... Pardon, capitaine, je vous ai si longtemps tutoyé que...

— Vous me peinerez beaucoup si vous renoncez à cette vieille habitude, » reprit le capitaine.

A partir du lendemain, Jules Tournier pendit chaque matin son frac enrubanné au porte-manteau de l'atelier pour passer à son cou le tablier du relieur. Il n'avait pas oublié son ancien métier ou, pour mieux dire, il s'y remit très vite. C'était plaisir de voir comme chacun s'empressait de porter au capitaine les matériaux de travail dont il avait besoin. On l'aimait; on le respectait. Il savait être cordial envers tous sans perdre l'ascendant moral que lui donnaient son grade et son mérite. Tout l'atelier raffolait de lui. Mlle Céline était la seule qui ne lui adressât pas en passant quelques mots aimables. Lui non plus ne se départait pas envers elle d'une politesse réservée. Il évitait même les occasions de la rencontrer et, quand il avait quelque chose à demander à la loge vitrée, il s'arrangeait pour envoyer quelqu'un à sa place.

Cependant le capitaine ne put résister trois mois durant aux instances que lui faisait M. Labat pour qu'il allât un dimanche à la Brunetière. Son congé expirait bientôt. Le patron avait à cœur de n'être pas refusé. Il ne pouvait offrir au capitaine le prix de tout ce travail qui avait été fait à son profit sous le titre de pure distraction; c'eût été offenser Jules Tournier. En admettant pour la première fois chez lui, non seulement le capitaine, mais encore ses parents, M. Labat voulait s'alléger moralement de cette obligation délicate contractée envers son ancien ouvrier.

C'est ainsi du moins que le comprit Mme Tournier, et elle le dit le samedi soir à mère qui avait accepté la tâche de vaincre les dernières résistances de ces braves gens. Nous devions les amener le lendemain à la Brunetière avec nous.

« Non, Madame, nous ne vous accompagnerons pas demain, dit-elle à mère. C'est à cause de notre fils qu'on nous invite. Je suis reconnaissante de cette politesse, mais ce n'est pas une raison pour que je me dépêche d'en profiter. Le capitaine

ira. Ce serait peu convenable s'il s'en retournait au régiment
sans faire ce plaisir au patron qui l'en a prié tant de fois.
C'est par cette raison que je l'ai décidé; mais Tournier et
moi, nous garderons la maison, comme deux vieux. D'abord,
nous ne savons pas causer; nous serions gênés; puis l'honneur qu'on nous a fait en nous invitant nous suffit.

Nous partîmes donc le lendemain, mère, Charlotte et moi,
avec le capitaine. Il fut très aimable tout le long de la route,
mais je le trouvai un peu triste dès que nous fûmes arrivés
à la Brunetière. M. Labat mit cependant bien de l'empressement à lui faire les honneurs. Il causa peu, eut l'air d'écouter
avec grand intérêt la musique jouée par Mⁿᵉ Céline, mais je
lui trouvai tout le temps l'air gêné. Ce n'est pas qu'il man-
quât d'usage. On voyait qu'il connaissait les convenances,
dans leurs prescriptions les plus minutieuses; mais il avait
l'air guindé, presque malheureux.

Le dîner ne fut pas très animé. Au dessert, Nathalie qui
jasait comme une petite pie, et qui était aussi peu timide, dit
au capitaine :

« Capitaine, est-ce que vous reviendrez bientôt passer
quelque temps chez vos parents? »

— Je ne puis pas l'espérer, répondit-il. Ce n'est pas quand
ce congé est sur le point de finir que j'ai le droit de songer au
congé prochain.

— Ah! c'est dommage. Père dit que vous vous entendez si
bien à conduire un atelier. Quand il a été malade le mois
dernier, tout a marché comme s'il était là. Vous aimez donc
mieux être capitaine que relieur?

— Est-ce une comparaison à établir? » s'écria M. Labat qui
fit les gros yeux à sa fille, pour faire cesser ce propos d'enfant
terrible. Elle n'en tint pas compte, cette étourdie de douze
ans, qui avait parfois une assurance de petit garçon; elle le
prouva du reste bientôt.

« Et vous vous plaisez, continua-t-elle, à votre garnison?

— Il faut bien se plaire, répondit le capitaine, là où le
métier vous place. On ne s'y ennuie que lorsqu'on a fini sa
besogne. Alors il est assez triste de se trouver seul. »

Nathalie réfléchit un instant, puis elle reprit le cours de ses
questions :

« Capitaine, les officiers peuvent se marier? Oui, n'est-ce
pas? Pourquoi ne vous mariez-vous pas? Vous ne seriez plus
seul. Vous ne vous ennuieriez jamais.

— Je n'ai que ma solde, ma pauvre petite, répondit le capitaine en souriant, non sans mélancolie.

— Qu'est-ce que cela fait? dit Nathalie qui secoua sa tête
frisée; puis elle la pencha d'un air câlin et ajouta en riant
tout à fait :

« Ah! quel dommage que je sois encore si petite! capitaine,
je vous épouserais bien, moi! »

Ce fut un vrai coup de théâtre. Mère et M. Labat se mirent
à rire de concert. Charlotte qui était déjà une petite femme
pour la réserve, fut saisie de l'énormité qu'avait dite son
amie et ne put retenir un « Oh! » très accentué; moi, je me
sentis fâché contre Nathalie et je m'aperçus que Mlle Céline
partageait mon sentiment. Elle rougit beaucoup et se baissa
vers sa jeune sœur pour la gronder.

Puis, comme elle avait le rôle de maîtresse de maison,
Mlle Céline posa sa serviette et se leva, ce qui fut un signal
pour tous les convives. M. Labat prit le bras du capitaine
pour passer au jardin et lui dit :

« Puisque Nathalie est si bien disposée en votre faveur,
c'est vraiment dommage qu'elle soit si jeune. Je vous la donnerais volontiers.

— Vous plaisantez, Monsieur! s'écria le capitaine qui s'arrêta tout court, tellement il fut saisi.

— Non vraiment, et je ne demande qu'à vous le prouver. »

. . . .

Je fus bien étonné; je n'avais rien compris jusque-là;

mais le dimanche suivant, les Tournier vinrent tous les trois
à la Brunetière. Le capitaine allait donner sa démission, et il
épouserait Mlle Céline. Après tout, j'en étais très heureux. Elle
aurait un bon mari, et c'était vraiment le gendre qu'il fallait
à mon patron.

CHAPITRE XXII

Cadeaux de fête. — En allant en Islande. — Les deux chansons des cloches
de Bow. — Un péril conjuré.

La veille de la fête de mère, j'allai chercher, selon mon
usage à ce jour-là, Charlotte à sa pension. Avant de rentrer
avec moi à la maison, elle me montra, non sans fierté, le bel
ouvrage qu'elle avait fait pour elle à cette occasion. C'était
un tapis de drap brodé, soutaché de vingt couleurs diverses,
destiné à recouvrir la table à ouvrage de mère. Elle l'avait
fait à elle seule. Nathalie avait seulement brodé les fleurs du
coin à cause de la difficulté d'un point spécial que Charlotte
ne savait pas bien exécuter.

« Et toi, qu'as-tu préparé? » me demanda ma sœur.

Oh! moi, je n'étais pas en reste en comparaison de Charlotte. J'avais à offrir d'abord un manuscrit des cours de mon
père — une de nos chères reliques — relié par moi, depuis
le cousage jusqu'aux fleurons dorés du dos, une tête d'après
la bosse et un paysage que j'avais dessinés, enfin mon portrait aux deux crayons fait par M. Maureillan que j'avais
mis dans le secret de notre fête de famille et qui s'était plu
à y contribuer de son talent,

Mère fut très satisfaite de nos présents. Elle trouva mon
portrait si réussi qu'elle ne put s'empêcher de regretter de
n'avoir pas celui de Charlotte pour lui faire pendant.

Lorsque M. Maureillan me demanda si mon portrait avait
été trouvé ressemblant, je lui dis étourdiment la réflexion de
mère, sans songer que c'était indiscret. Il me répondit avec
beaucoup de bonne grâce :

« Mais c'est trop juste. Je serai heureux d'avoir à reproduire la charmante physionomie de votre sœur. Annoncez ma
visite à madame votre mère pour demain soir. J'irai causer
avec elle de l'heure et du jour où il sera possible de faire ce
second portrait. »

Jusque-là, M. Maureillan n'était jamais venu chez mère
qui, à vrai dire, ne recevait pas de visites, hors celles de
mon oncle et de M\mc Tournier jeune, que nous nommions
Madame Céline. Si mon professeur savait à l'avance que la
figure de Charlotte n'était pas désagréable à reproduire, c'est
qu'il nous avait rencontrés un jour tous trois dans la rue
Royale. Un salut, quelques mots échangés, tels avaient été
jusqu'alors ses rapports avec mes parents.

Mais de lui à moi, l'intimité devenait de jour en jour plus
grande. Il s'était pris pour moi de cet intérêt tendre d'un
professeur qui transmet à un élève docile le meilleur de ses
connaissances, et qui fait de cette mission une sorte de pater-
nité intellectuelle. De mon côté, j'avais en lui une entière
confiance. Je lui avais raconté toute notre histoire dans ses
détails, et lui avais même dit en quelles circonstances j'avais
abusé de son nom. Il ne l'avait pas appris du docteur Bretonneau qui, d'ailleurs, ne parlait jamais à ses amis de ce qui
avait rapport à ses œuvres de dévouement. Nous n'avions
jamais réussi à le revoir, ce bon docteur; mais chaque
1er janvier, un mot de mère lui avait porté nos vœux de bonne
année et notre tribut de reconnaissance.

A partir de jeudi soir où je l'introduisis à la maison,
M. Maureillan prit l'habitude d'y revenir tous les jeudis au
soir, bien que mère lui eût parlé dans cette première visite
de sa vie retirée, qui n'admettait aucune relation mondaine.

Sans doute, il n'avait pas compris que cette exclusion dût
s'étendre à lui, qui me rendait tous les services en son pouvoir. Il était bien délicat de lui fermer la porte, et mère fut
embarrassée; elle ne trouva d'autre moyen de tourner cette
difficulté que de prier mon oncle, le capitaine et sa jeune
femme de choisir pour leurs visites le jeudi soir.

Dès lors, ce fut une habitude consacrée. Mme Céline et mère
jouaient du piano quand on les en priait, ou elles travaillaient
à quelque menu ouvrage pendant que le capitaine, mon oncle,
et parfois M. Labat causaient avec M. Maureillan. Je les
écoutais, ou je dessinais sur un coin de la table.

L'oncle Léonard, qui n'avait pas changé de style en prenant de l'affection pour moi, examinait mes croquis et me
disait parfois d'un ton aigre-doux :

« Voilà du temps et du papier gâchés. A quoi ceci te sert-il
pour ton métier de relieur? »

Mais il était bien inconséquent, ce cher oncle. Il péchait
à pleines mains dans mes cartons, emportait tous les croquis
un peu réussis et les semait dans son salon. Il y en avait sur
la cheminée, glissés par les coins dans l'encadrement de la
glace, accotés aux candélabres, puis derrière les vitres de la
bibliothèque contre le dos des volumes, et sur les tables, sans
parler de ceux que mon oncle collait dans un album.

Je ne répondais rien à sa critique. Il était certain que mes
dessins et la reliure étaient deux choses bien distinctes. Je
ne pouvais contenter, à la fois, mon goût et ma conscience
d'ouvrier relieur que lorsqu'on me confiait une de ces reliures
de luxe qui sont vraiment l'art. Alors je me retrouvais dessinateur pour jeter sur le papier des projets de fleurons, que
M. Labat faisait exécuter, et je prenais à la réussite de ma
besogne le même intérêt qu'un artiste au succès de ses con-
ceptions; mais je n'avais pas toujours la chance de pouvoir
faire ainsi de la reliure de luxe; il fallait fournir ma part au
travail courant, et c'est alors que je me plaignais qu'il n'y

eût qu'un dimanche par semaine, où l'on pût dessiner autrement qu'à la clarté de la lampe du soir.

« Monsieur Louis, vint me dire un apprenti au fond de
l'atelier d'endossage où je travaillais un matin, il y a un
marin qui vous demande. Il est à la loge vitrée. C'est
Mme Céline qui m'envoie vous chercher. »

Un marin! je n'en connaissais pas d'autre que mon cher
Victor; mais il n'y avait pas trois semaines qu'il m'avait écrit
de Palavas, au retour de son second voyage dans l'océan
Indien; dans cette lettre, il ne prévoyait pas de nouvelle expédition avant plusieurs mois, et il se plaignait de ne pas
être assez riche pour venir nous voir.

Je me dirigeai vers la loge vitrée en me posant ces objections, et j'aurais abordé cérémonieusement ce grand et fort
marin à favoris touffus, qui causait avec Mme Céline, s'il ne
s'était jeté dans mes bras. Quoi! c'était Victor? Il était homme
fait à dix-huit ans, et moi, j'étais encore si mince que j'avais
dû moins changer que lui, puisqu'il m'assurait qu'il m'aurait
reconnu dans la rue. Je l'aurais bien laissé passer sans lui
rien dire, moi!

« Louis, vous avez vingt-quatre heures de congé, me dit
Mme Céline; votre ami vient de Nantes pour vous voir; il n'a
que ce temps à vous donner. Il faut en profiter.

— Mère a dû être bien surprise, » dis-je à Victor quand
nous arrivâmes dans notre rue.

Il me répondit :

« Mais je n'ai pas vu Mme Lefort. Au sortir du train, je
suis allé tout droit rue Baleschoux. Ta mère pouvait ne pas
être chez elle; puis je voulais t'embrasser le premier et te
trouver dans l'exercice de ton métier. Mon souvenir saura
où te prendre quand je penserai à toi en mer. Je reverrai ce
grand atelier si gai avec du soleil plein ses hautes fenêtres,
la loge où tu as tremblé si fort au sujet du lingot perdu, cette
bonne Mme Céline qui t'a nourri à la becquée après tes deux

jours de jeûne forcé, et enfin mon cher ami Louis dans un
costume de travail qui l'honore, gagnant sa vie à seize ans,
d'après le programme que nous avions fait étant petits garçons, sur la grève de Palavas.

— Nous devions aussi y bâtir une grande villa, à Palavas.
t'en souviens-tu ? Cette partie de notre programme sera plus
difficile à exécuter. Ce ne sont pas mes journées d'ouvrier
relieur ni ta paie de matelot qui nous le permettront.

— Bah! qui sait? reprit Victor avec insouciance. Le plus
difficile est fait, crois-moi. Nous avons su choisir de bonne
heure un état, nous donner un but dans la vie : vivre de
notre travail et rendre à nos mères en satisfaction à notre
sujet ce qu'elles ont fait pour nous. Il est bien vrai, cet axiome
qu'on t'a dit un jour : *La terre n'est jamais ingrate du travail obstiné.* Eh bien! il faut le vérifier nous-mêmes. Tra-
vaillons, c'est le moment de semer et la récolte... — Victor
se mit à rire et rejeta encore plus en arrière son chapeau
ciré, dont les rubans flottaient sur son large col bleu — la
récolte sera la villa de Palavas où nous habiterons tous, moi,
les miens, la mère, toi et Charlotte... Tu sais que je veux la
voir, Charlotte. Est-ce qu'on lui donnera facilement congé à
sa pension? Moi, j'ai obtenu seulement vingt-quatre heures,
et non sans peine. Notre bateau n'est que pour trois jours à
Nantes. Je me suis engagé pour une expédition de raccroc
avec un autre patron que le mien. Nous allons en Islande,
figure-toi. Ce qui m'a fait accepter, c'est l'arrêt à Nantes. Et
puis, je ne serai pas fâché de voir un nouveau coin de la
boule ronde. Avec mon capitaine, je suis condamné à l'océan
Indien à perpétuité; mais j'emploierai de temps à autre mes
trois mois de congé à naviguer dans d'autres eaux. C'est
pourtant l'idée de vous revoir qui m'a donné cet esprit-là. »

Mère accueillit Victor avec joie et j'allai avec lui chercher
Charlotte à sa pension. Les premiers moments de son entrevue au parloir avec notre ami furent très comiques; elle ne

le reconnaissait pas ; elle en avait presque peur ; les favoris
noirs, le grand col renversé, les cheveux ras, la ceinture
rouge de Victor lui inspiraient un tel respect qu'elle n'osait
pas lever les yeux sur lui.

Elle se rattrapa bien lorsque nous fûmes installés tous les
quatre dans la salle à manger, un atlas devant nous ouvert à
la carte d'Asie, écoutant le récit des voyages de notre ami.
Elle ne tarissait pas de questions et elle finit par s'écrier :

« Et dire que la géographie est si difficile à apprendre !
On ne le croirait jamais à vous écouter, Victor.

— C'est que vous répétez les noms tout secs, lui dit-il, et
qu'ils ne vous rappellent rien. Le moyen d'être ferré en géographie et d'une manière intéressante, c'est de voyager.
Voulez-vous connaître l'Angleterre et l'Islande, Charlotte?
Venez avec moi.

— Oh! que ce serait amusant! s'écria ma sœur. Si j'étais
un homme, je voudrais être marin. »

La journée finit trop vite à notre gré; mais on avait installé un lit pour Victor dans ma chambre, et nous prolongeâmes
tard la causerie. Je lui parlai naturellement de M. Maureillan
et de cette passion pour le dessin et la peinture qui me possédait. Ce fut le seul point sur lequel Victor n'entra pas
dans mes sentiments; il les critiqua même avec une rudesse
de marin dont je fus affecté; je ne la lui pardonnai qu'en
raison de sa réelle amitié.

« C'est trop de peinture pour un relieur, me dit-il, ou trop
de reliure pour un futur artiste. Tu seras obligé d'opter un
de ces jours. Tâche de faire bon choix.

— Mais quel est-il?

— Je n'en sais rien, moi. Si tu devais être un génie, il
faudrait déserter au plus vite l'atelier Labat; si tu n'as que
du goût et de la facilité, l'art peut se passer de toi. Il y en a
tant d'autres qui peignent joliment, et rien de plus! Rien
qu'à l'école des Beaux-Arts de Montpellier, on les compte par

centaines. Tu penses bien que c'est M. Peyrade qui m'a dit
cela. Tu négliges les résumés qu'il te donne à faire. Tu ne lui
envoies que des croquis à la place. Tu verras, Louis, que
d'ici à un ou deux ans, tu seras tellement tiraillé entre tes
goûts et ton métier qu'il te faudra opter. »

Il y avait un grand sens dans cette affirmation de Victor,
et le moment où je dus faire un choix vint plus tôt même qu'il
ne l'avait auguré. Victor ne devait pas être revenu d'Islande
à Marseille, quand M. Maureillan me dit un soir, après avoir
examiné une de mes compositions :

« Voilà qui est bien, et si bien que je vais te dire une idée
à moi, déjà ancienne et que j'ai mûrie. Écoute, mon cher
Louis, ce n'est même pas mon intérêt pour toi qui me guide,
c'est le désir de ne pas laisser enfouies de belles facultés ; je
veux avoir la gloire de les mettre au jour. Rester relieur
quand tu pourrais devenir peintre, et des meilleurs peut-
être, ce serait absurde. Je te connais, je vois à ton air ce que
tu vas me dire : « Et les moyens ?... » Très simples, mon
ami. Le département d'Indre-et-Loire entretient des bourses
annuelles à l'École des Beaux-Arts de Paris ; il y en a une
vacante. Tu peux l'obtenir, et je serai très heureux pour ma
part d'y contribuer. »

Nous discutâmes toute la soirée ; mais, je l'avoue, j'étais à
l'avance moitié gagné. Ma grande objection était traitée de
niaiserie puérile par M. Maureillan. Voici ce qu'était cette
objection. J'avais voulu me rendre compte de ce que coûtait
par mois ma dépense personnelle à la maison. Mère et moi
nous nous étions livrés à des calculs minutieux pour défal-
quer ce que je consommais et usais. J'avais été très fier en
apprenant que certaines des grosses pièces de cent sous prêtes
à être thésaurisées étaient de mon gain, à moi. Donc, en vrai
fils de veuve, j'aidais ma famille. C'était ma gloire, à moi !
Et il fallait y renoncer pour devenir artiste. Je ne coûterais
rien à ma mère, c'était déjà bien, et M. Maureillan ajoutait

que mes pauvres gains de relieur n'équivaudraient jamais à
la belle situation où je mettrais ma famille si je réussissais
dans les arts.

Je portai toute une semaine en moi-même ce combat intérieur sans en parler à personne. Chaque soir M. Maureillan
me demandait si je m'étais confié à mère, et je lui répondais :

« Ce sera pour demain. »

Le lendemain venu, je pensais à mes cinq francs à gagner,
à rapporter, à l'augmentation que M. Labat m'avait promise
pour l'hiver, et je courais à l'atelier. Mais à l'atelier, tout en
faisant ma besogne, je songeais malgré moi à l'École des
Beaux-Arts, il me venait à l'esprit des sujets de tableaux. En
un mot, j'étais perplexe et tout à fait malheureux.

Le huitième jour, Madeleine m'apporta chez M. Labat le
billet suivant de l'oncle Léonard :

« Viens dîner ce soir chez moi, dans tes habits de travail.
« J'ai à te parler. Madeleine ira prévenir ta mère afin qu'elle
« ne t'attende pas. »

Nous étions devenus très bons amis, l'oncle Léonard et
moi. J'avais appris à ne pas craindre ses coups de boutoir, à
les prendre pour ce qu'ils étaient : des mouvements d'humeur
qui n'altéraient pas ses sentiments. Je ne m'inquiétai donc
pas de le trouver légèrement ironique ; mais il n'entra pas en
matière au cours du dîner, et je devins tout à fait curieux de
savoir ce qu'il avait à m'apprendre.

Il prit son sujet de très loin en me demandant si depuis
quelques jours je n'avais pas entendu tinter à mes oreilles les
cloches de Bow. Je devinai que M. Maureillan avait fait quelque
ouverture à l'oncle Léonard, et je lui répondis :

« Si vraiment ; mais elles me chantent deux oracles qui se
contredisent. Je ne sais auquel entendre.

— Ah ! ah ! Dick Whittington n'a pas éprouvé un semblable
embarras. Et dans le doute, que résout la sagesse... car c'est
d'elle seule que tu t'inspires d'habitude, n'est-ce pas ? »

Sa main pressa faiblement mon épaule. Son œil qui savait être si sévère, plongea dans le mien avec une douceur inaccoutumée, et sans parler, sa bouche qu'entr'ouvrait un sourire indécis sembla me dire : « Est-ce que tu ne me consulteras jamais? est-ce que tu ne me sens pas ton ami? »

Je ne résistai pas à cet appel du cœur, le mien y répondit. Je me confiai à l'oncle Léonard, comme jamais encore je ne l'avais fait. Je lui dis tout, jusqu'à ces conversations sur la plage de Palavas avec Victor, quand nous avions cherché à quoi je pouvais être bon, et où il avait décidé, dans son sens droit d'enfant du peuple, que je devais gagner ma vie le plus tôt possible, pour aider ma mère et ma sœur. Je lui dis jusqu'à ces calculs de sous et de centimes dont le résultat m'avait rendu si heureux. Mon oncle put comprendre alors mes hésitations, mes combats.

« Si ta vocation est la peinture, me dit-il, la crainte de manquer à ta mère ne doit pas t'arrêter. Est-ce que M. Maureillan ne t'aurait dit que la moitié de son plan?

— Il y a donc autre chose que ce que je vous ai raconté!

— Au fait, il faut que tu le saches, et le plus tôt sera le mieux. M. Maureillan est venu me voir aujourd'hui; il m'a parlé de son intérêt pour toi. — C'était connu et prouvé depuis un an, cela. — Il m'a dit ensuite qu'il était pénétré d'estime, d'admiration, de respect pour ta mère. Enfin ajoute sur ce point, dit brusquement mon oncle, toutes les belles phrases d'usage. En un mot, M. Maureillan, qui n'a que quarante-six ans, et qui jouit d'une jolie situation à Tours, m'a chargé d'offrir à ma nièce son nom et sa main. Voilà le reste de son plan. Tu vois que tu peux ne songer qu'à ton propre avenir. »

Mère se remarierait!... L'oncle Léonard aurait pu parler bien longtemps. Je ne l'aurais plus entendu. Ah! certes, si je n'avais pas caressé pendant ces années d'épreuve le beau rêve de consoler mère à moi seul, d'être l'homme de la maison par mon travail et ma conduite, si nous avions eu de la for-

tune par exemple, j'aurais peut-être accepté l'idée d'un beau-
père; mais à l'époque où je devenais homme, quand nous
avions passé cœur à cœur ces tristes années, sans personne
entre nous, la menace d'un nouveau foyer de famille me faisait souffrir. Et c'était moi qui l'avais amené, présenté, ce
monsieur Maurcillan! Et c'était lui qui allait mettre mère
dans l'aisance. Ce ne serait pas moi qui y parviendrais peu
à peu, récompensé de jour en jour par sa joie maternelle. Ah!
j'étouffais.

« Eh bien! me dit mon oncle, dès qu'il me vit faire un
mouvement, où donc vas-tu? »

Je ne pus lui répondre. Je partis follement par les rues.
J'avais besoin de voir mère, de lui parler. Oh! comme j'allais
la supplier de garder le nom chéri de notre père, de rester
toute à nous et à son souvenir.

J'étais suffoqué lorsque j'entrai dans l'appartement, dont
je laissai même la porte ouverte derrière moi. Mère était
assise près de sa table à ouvrage; près de ses bobines de fil
et de sa pelote était dressé dans son cadre de velours à char-
nière la photographie de mon père, qu'elle aimait à garder à
portée de son regard.

Moi qui croyais pouvoir si bien exprimer ce que je sentais,
je ne sus que me jeter à genoux devant elle et sangloter sur
ses mains. Elle m'interrogea longtemps, très alarmée. Je ne
pouvais que lui répéter entre deux spasmes :

« Ne nous quitte jamais... Reste avec nous, je t'en supplie. »

Et je la retenais fiévreusement quand elle voulait se lever,
pour me secourir, pour chercher un calmant à cette agitation
qu'elle ne s'expliquait pas.

L'oncle Léonard m'avait suivi aussi vite qu'il l'avait pu. Il
entra tandis que j'étais encore incapable de prononcer une
phrase suivie.

« Qu'est-il arrivé à cet enfant? lui demanda mère. Est-ce
vous qui l'avez rendu si malheureux? »

« NE NOUS QUITTE JAMAIS. »

L'oncle Léonard se disculpa en remplissant brusquement, en peu de mots, la mission dont M. Maureillan l'avait chargé.

« Et voilà pourquoi tu pleurais? » dit mère en m'embrassant. Puis me montrant le portrait de père, elle ajouta :

« Il sait bien, lui, que je suis trop honorée d'être sa veuve pour changer de nom, et il m'a laissé des enfants si tendres qu'ils suffisent à mon bonheur. »

L'oncle Léonard embrassa mère. C'était la première fois; il n'était pas démonstratif. Il crut ensuite ajouter à ma joie en me disant :

« Je suis ton grand-oncle, moi, et si tu veux devenir peintre, j'ai le droit, le pouvoir et même le devoir de t'y aider.

Je souriais en essuyant mes larmes :

« Merci, mon oncle, lui répondis-je. Cette fois les cloches de Bow ont vraiment tinté. Ma vraie vocation, c'est d'être relieur.

— Tu n'es qu'un orgueilleux, s'écria l'oncle Léonard. Ah! tu refuses tout de moi? C'est bien, je m'en vengerai!

— Mon cher oncle, je vous connais maintenant et je sais que vous êtes trop juste pour me garder rancune de prendre le parti qu'au fond vous approuvez. »

Il sortit sans me répondre.

CONCLUSION

L'oncle Léonard était homme de parole. Il se vengea de notre réserve en nous laissant à sa mort toute sa fortune, au grand dépit de tante Radegonde et d'Alfred qui nous traitèrent d'intrigants. Mais ils se radoucirent quand j'eus aidé mon cousin à reconstituer son domaine que ses folles dépenses avaient ébréché; Alfred vit à Noizay et s'y ennuie profondément.

Les plans qu'on fait dans sa jeunesse sont sujets à être déjoués par l'imprévu; mais ils ne le sont pas toujours aussi heureusement que le furent les nôtres. Charlotte passa ses examens avec succès; elle n'eut pourtant à exercer ses talents d'institutrice qu'au profit de ses propres enfants. Nous avions une trop belle aisance pour suivre de point en point le programme que nous nous étions tracé.

L'oncle Léonard vécut assez longtemps pour me voir persévérer dans mon humble carrière d'ouvrier, puis de contremaître relieur, et arrivant dans cet art industriel à me faire une réputation qui maintint l'ancien renom de l'atelier Labat Ma passion pour le dessin, tournée du côté de l'ornementation. justifia peut-être, par les nouvelles idées qu'elle me suggéra, l'empressement des bibliophiles à me confier le soin de relier leurs plus beaux livres. Bref, j'acquis, dans mon art industriel,

cette supériorité reconnue universellement, qui est toujours
flatteuse à qui l'a conquise à force de travail persévérant. Mais
nul bonheur terrestre n'est complet. Mes succès m'auraient
été plus doux s'il m'avait été donné d'en jouir près du cher
oncle Léonard. Lui-même aurait été très fier, et il m'aurait
souvent rappelé Whittington et les cloches de Bow s'il avait
pu me voir, non pas maire de Tours, à l'exemple de mon ami
Dick, mais adjoint de la ville, décoré de la Légion d'honneur,
et conseiller d'arrondissement, comme je le suis devenu.

Ce n'est pas sans mélancolie que j'ai accepté ce mandat
municipal dont l'oncle Léonard ne pouvait me féliciter ; mais
il ne m'a été offert que lorsque la retraite de M. Labat
à la Brunetière et la rentrée au service du capitaine dans
l'armée en 1870 m'ont fait seul chef de la maison de reliure.
Il y avait déjà quelques années que j'avais épousé ma chère
Nathalie.

Victor avait raison. La récolte arrive tôt ou tard quand on
a semé ; mais elle arrive. Après avoir été capitaine marchand,
il a renoncé à courir les mers en épousant Charlotte et il est
devenu armateur. La villa de Palavas est bâtie ; tout y prospère,
sauf les arbres ; on les y porte tout poussés, ils y vivotent deux
ou trois ans sur ce sol de coquillages. Après, on s'en chauffe
l'hiver.

Mère se partage entre Tours et Palavas. La villa est grande
et peut nous loger tous à l'époque des bains de mer ; elle a même
un pavillon pour les amis. Mlle Bruelle, qui est fort âgée, mais
encore aimable, y est venue l'année dernière et nous a promis,
pour l'été prochain, la visite de Nadine et de la comtesse
Prascovie. Quant à M. Peyrade, il est de la maison, et quand
il passe deux semaines sans paraître à Palavas, Victor court
le chercher à Montpellier.

Est-ce à dire qu'à travers ces succès, nous ayons été dis-
pensés de ces épreuves qui sont le lot de toute existence
humaine ? Non certes, mais si l'on demandait à chacun de

nous s'il bénit son sort, la réponse serait affirmative. Le secret
de notre bonheur est contenu dans une formule bien simple :

Vouloir le bien, penser aux autres avant de songer à soi-
même, s'occuper utilement

TABLE

Paris. — Imp. Gauthier-Villars et fils, 55, quai des Grands-Augustins.

Collection Hetzel

ÉDUCATION
RÉCRÉATION

Enfance — Jeunesse — Famille

500 Ouvrages

JOURNAL DE toute la Famille

COURONNÉ par l'Académie

MAGASIN

D'ÉDUCATION et de RÉCRÉATION

FONDÉ
par
P.-J. STAHL
en 1864

et

Semaine des Enfants

réunis, dirigés par

Jules Verne — J. Hetzel — J. Macé

La Collection complète	ABONNEMENT
48 beaux volumes in-8 illustrés	d'un An

Brochés	**336** fr.	Paris	**14** fr.
Cartonnés dorés	**480** fr.	Départements	**16** fr.
Volume séparé, broché	**7** fr.	Union	**17** fr.
— cartonné doré	**10** fr.	(Il paraît deux volumes par an.)	

En préparation pour 1889

Un Roman inédit
de Jules Verne

Les Jeunes Aventuriers
de La Floride
Par J. Brunet

L'Étude des Beaux-Arts
Par Carteron

Un Roman inédit
de André Laurie

Une Élève de Seize ans
Journal d'un Aïeul
Par E. Legouvé, de l'Académie

L'Aînée, par J. Lermont
Etc., etc.

Catalogue **EK.**

MAGASIN D'ÉDUCATION ET DE RÉCRÉATION

Les Tomes I à XXIV

renferment comme œuvres principales :

L'Ile mystérieuse, Les Aventures du Capitaine Hatteras, Les Enfants du Capitaine Grant, Vingt mille lieues sous les mers, Aventures de trois Russes et de trois Anglais, Le Pays des Fourrures, Michel Strogoff, de JULES VERNE. — La Morale familière (cinquante contes et récits), Les Contes Anglais, La Famille Chester, Histoire d'un Ane et de deux jeunes Filles, La Matinée de Lucile, Le Chemin glissant, Une Affaire difficile, L'Odyssée de Pataud et de son chien Fricot, de P.-J. STAHL. — La Roche aux Mouettes, de Jules SANDEAU. — Le nouveau Robinson suisse, de STAHL et MÜLLER. — Romain Kalbris, d'Hector MALOT. — Histoire d'une maison, de VIOLLET-LE-DUC. — Les Serviteurs de l'Estomac, Le Géant d'Alsace, L'Anniversaire de Waterloo, Le Gulf-Stream, La Grammaire de mademoiselle Lili, Un Robinson fait au collège, de Jean MACÉ. — Le Denier de la France, La Chasse, Le Travail et la Douleur, A Madame la Reine, Un Premier Symptôme, Sur la Politesse, Un Péché véniel, Diplomatie de deux Mamans, etc., de E. LEGOUVÉ. — Petit Enfant, Petit Oiseau, L'Absent, Rendez-vous ! La France, La Sœur aînée, L'Enfant grondé, etc., par Victor DE LAPRADE. — La Jeunesse des Hommes célèbres, de MULLER. — Aventures d'un jeune Naturaliste, Entre Frères et Sœurs, de Lucien BIART. — Le Petit Roi, de S. BLANDY. — L'Ami Kips, de G. ASTON. — Causeries d'Économie pratique, de Maurice BLOCK. — Les Vilaines Bêtes, de BÉNÉDICT. — Vieux Souvenirs, Départ pour la Campagne, Bébé aime le rouge, de Gustave DROZ. — Le Pacha berger, de LABOULAYE. — La Musique au foyer, de P. LACOME. — Histoire d'un Aquarium, Les Clients d'un vieux Poirier, de E. VAN BRUYSSEL. — Histoire de Bébelle, Une Lettre inédite, Septante fois sept, de DICKENS. — Pâquerette, Le Taciturne, etc., de H. FAUQUEZ. — Le Petit Tailleur, de A. GÉNIN. — Curiosités de la vie des Animaux, par P. NOTH. — Notre vieille Maison, de H. HAVARD. — Le Chalet des Sapins, par P. CHAZEL. — Les Deux Tortues, Ce qu'on faisait à un bébé quand il tombait, par F. DUPIN DE SAINT-ANDRÉ, etc., etc.

Les petites Sœurs et les petites Mamans, Les Tragédies enfantines, Les Scènes familières, textes de P.-J. STAHL.

Les Tomes XXV à XLVIII

renferment comme œuvres principales :

JULES VERNE : Deux Ans de vacances, Nord contre Sud, Un Billet de Loterie, L'Étoile du Sud, Kéraban-le-Têtu, L'École des Robinsons, La Jangada, La Maison à vapeur, Les Cinq cents millions de la Bégum, Hector Servadac. — J. VERNE et A. LAURIE : L'Épave du Cynthia. — P.-J. STAHL : Maroussia, Les Quatre Filles du docteur Marsch, Le Paradis de M. Toto, La Première Cause de l'avocat Juliette, Un Pot de crème pour deux, La Poupée de Mlle Lili. — STAHL et LERMONT : Jack et Jane, La Petite Rose. — L. BIART : Monsieur Pinson, Deux enfants dans un parc. — E. LEGOUVÉ, *de l'Académie :* Leçons de lecture, Une élève de seize ans, etc. — V. DE LAPRADE, *de l'Académie :* Le Livre d'un Père. — A. DEQUET : Mon Oncle et ma Tante. — A. BADIN : Jean Casteyras. — E. EGGER, *de l'Institut :* Histoire du Livre. — J. MACÉ : La France avant les Francs. — CH. DICKENS : L'Embranchement de Mugby. — A. LAURIE : Le Bachelier de Séville, Une Année de collège à Paris, Scènes de la vie de collège en Angleterre, Mémoires d'un Collégien, L'Héritier de Robinson. — De New-York à Brest en 7 heures. — P. CHAZEL : Riquette. — Dr CANDÈZE : La Gileppe, Aventures d'un Grillon, Périnette. — C. LEMONNIER : Bébés et Joujoux. — HENRY FAUQUEZ : Souvenirs d'une Pensionnaire. — J. LERMONT : Les jeunes Filles de Quinnebasset. — F. DUPIN DE SAINT-ANDRÉ : Histoire d'une bande de canards, La Vieille Casquette, etc. — TH. BENTZON : Contes de tous les Pays. — BÉNÉDICT : Le Noël des petits Ramoneurs, Les charmantes Bêtes, etc. — A. GÉNIN : Marco et Tonino, Deux Pigeons de Saint-Marc. — E. DIENY : La Patrie avant tout. — C. LEMAIRE : Le Livre de Trotty. — G. NICOLE : Le Chibouk du Pacha, etc. — GENNEVRAYE : Théâtre de Famille, La petite Louisette. — BERTIN : Voyage au Pays des Défauts, Les deux Côtés du mur. — Les Douze. — P. PERRAULT : Pas-Pressé, Les Lunettes de Grand'Maman. — B. VADIER : Blanchette, Comédies. — I.-A. REY : Les Travailleurs microscopiques. — S. BLANDY : L'Oncle Philibert, — RIDER HAGGARD : Découverte des Mines de Salomon. — GOUZY : Voyage au Pays des Étoiles, Promenade d'une Fillette autour d'un Laboratoire. — Pierre et Paul. — La Chasse, Les petits Bergers, par UN PAPA.

Illustrations par ATALAYA, BAYARD, BENETT, BECKER, CHAM, GEOFFROY, L. FRŒLICH, FROMENT, LAMBERT, LALAUZE, LIX, ADRIEN MARIE, MEISSONIER, DE NEUVILLE, PHILIPPOTEAUX, RIOU, G. ROUX, TH. SCHULER. etc.

N. B. — La plus grande partie de ces œuvres ont été couronnées par l'Académie française

---

CHAQUE VOLUME SE VEND SÉPARÉMENT

Prix : broché, **7 fr.**; cartonné toile, tranches dorées, **10 fr.**; relié, tranches dorées, **12 fr.**

(1ᵉʳ Âge)

ALBUMS STAHL IN-8° ILLUSTRÉS

Les Albums Stahl

Il y a des lecteurs qui ne sont pas hommes encore et à qui il faut des lectures et des images pour leurs premières curiosités. Ce public innombrable et frèle n'a pas été oublié. Les *Albums Stahl* leur donnent de piquants ou de jolis dessins accompagnés d'un texte naïf. La naïveté est celle qu'un ingénieux esprit, comme Stahl, peut offrir. Elle a ses malices légères et sa gaieté tendre. Les dessins ont de la fantaisie dans la vérité. Bégayements heureux, rires argentins, ce sont là les effets que produisent ces albums caressants. Il y a beaucoup de gros livres et de travaux ambitieux qui n'ont pas la même utilité.

GUSTAVE FRÉDÉRIX. (*Indépendance Belge.*)

FRŒLICH

† Les petits Bergers.
Pierre et Paul.
La Poupée de Mˡˡᵉ Lili.
La Journée de M. Jujules.
L'A perdu de Mˡˡᵉ Babet.
Alphabet de Mˡˡᵉ Lili.
Arithmétique de Mˡˡᵉ Lili.
Cerf-Agile, histoire d'un jeune sauvage.
Commandements du Grand-Papa.

Bonsoir, petit père.
La Fête de Mˡˡᵉ Lili.
Journée de Mˡˡᵉ Lili.
La Grammaire de Mˡˡᵉ Lili. (J. Macé.)
Le Jardin de M. Jujules.
Mˡˡᵉ Lili aux Eaux.
Les Caprices de Manette.
Les Jumeaux.
Un drôle de Chien.
La Fête de Papa.

Mˡˡᵉ Lili à la campagne.
Monsieur Toc-Toc.
Le premier Chien et le premier Pantalon.
L'Ours de Sibérie.
Le petit Diable.
Premier Cheval et 1ʳᵉ Voiture.
Premières armes de Mˡˡᵉ Lili.
La Salade de la grande Jeanne.
La Crème au chocolat.
M. Jujules à l'école.

L. BECKER. . . . . L'Alphabet des Oiseaux.
— . . . . L'Alphabet des Insectes.
COINCHON (A.). . . . . . . Histoire d'une Mère.
DETAILLE . . . . Les bonnes Idées de mademoiselle Rose.
FATH . . . . Le Docteur Bilboquet.
— . . . . Gribouille. — Jocrisse et sa Sœur.
— . . . . Les Méfaits de Polichinelle. — Pierrot à l'École.
— . . . . La Famille Gringalet. — Une folle soirée chez Paillasse.
FROMENT. . . . . † Petites Tragédies enfantines.
— . . . . Le Petit Acrobate.
— . . . . La Boîte au lait. — Histoire d'un pain rond.
— . . . . La Petite Devineresse. — Le Petit Escamoteur.
GEOFFROY . . . . Le Paradis de M. Toto. — 1ʳᵉ Cause de l'avocat Juliette.
— . . . . L'âge de l'École.
GRISET . . . . La Découverte de Londres.
JUNDT . . . . L'École buissonnière.
LALAUZE. . . . . Le Rosier du petit Frère.
LAMBERT. . . . . Chiens et Chats.
LANÇON. . . . . Caporal, le chien du régiment.
MARIE (A.). . . . . Le petit Tyran.
MATTHIS. . . . . Les deux Sœurs.
MEAULLE . . . . Petits Robinsons de Fontainebleau.
PIRODON. . . . . Histoire d'un Perroquet. — Histoire de Bob aîné.
— . . . . La Pie de Marguerite.
SCHULER (TH.). . . . . . . Les Travaux d'Alsa.
VALTON. . . . . Mon petit Frère.

ALBUMS STAHL ILLUSTRÉS gr. in-8°

FRŒLICH

Mˡˡᵉ Mouvette.
M. Jujules et sa sœur Marie.
Petites Sœurs et petites Mamans.

Voyage de Mˡˡᵉ Lili autour du monde.
Voyage de découvertes de Mˡˡᵉ Lili.
La Révolte punie.

CHAM. . . . . Odyssée de Pataud.
FROMENT. . . . . La belle petite Princesse Ilsée. — La Chasse au volant.
GRISET (E.). . . . . Aventures de trois vieux Marins. — Pierre le Cruel.
SCHULER (T.). . . . . Le premier Livre des petits enfants.
VAN BRUYSSEL. . . . . . . Histoire d'un Aquarium (en couleurs).

ALBUMS STAHL en COULEURS, IN-4°

1er Age

L. FRŒLICH
Chansons & Rondes de l'Enfance

Sur le Pont d'Avignon.	Giroflé-Girofla.	Le bon roi Dagobert.
La Tour prends garde.	Il était une Bergère.	Compère Guilleri.
La Marmotte en vie.	M. de La Palisse.	Malbrough s'en va-t-en guerre.
La Boulangère a des écus.	Au Clair de la Lune.	Nous n'irons plus au bois.
La Mère Michel.	Cadet-Roussel.	

L. FRŒLICH

La Bride sur le cou. — M. César. — Le Cirque à la maison. — Mlle Furet. — Pommier de Robert. Moulin à paroles. — Jean le Hargneux. — Hector le Fanfaron. — La Revanche de François.

BECKER	Une drôle d'École.
COURBE	L'Anniversaire de Lucy.
GEOFFROY	Monsieur de Crac. — Don Quichotte. — Gulliver.
—	L'Ane gris. — Le pauvre Ane.
JAZET	L'Apprentissage du Soldat.
KURNER	† Une Maison inhabitable.
DE LUCHT • • • • • • • • • •	† L'Homme à la Flûte. Les 3 montures de John Cabriole.
—	La Leçon d'Équitation.— La Pêche au Tigre.
MATTHIS	Métamorphoses du Papillon.
MARIE	Mademoiselle Suzon.
TINANT	Du haut en bas. — Un Voyage dans la neige.
—	Une Chasse extraordinaire.
—	Les Pêcheurs ennemis. — La Guerre sur les Toits.
—	La Revanche de Cassandre.
TROJELLI	Alphabet musical de Mlle Lili.

PETITE BIBLIOTHÈQUE BLANCHE

1er et 2me Age

Volumes gr. in-16 colombier, Illustrés

AUSTIN	Boulotte.
BAUDE (L.)	Mythologie de la Jeunesse.
BERTIN (M.)	† Les Douze. — Voyage au Pays des défauts.
—	Les deux Côtés du mur.
BIGNON . • • • • • • • • • • • •	Un Singulier petit Homme.
CHAZEL (PROSPER)	Riquette.
DE CHERVILLE (M.)	Histoire d'un trop bon Chien.
DICKENS (CH.)	L'Embranchement de Mugby.
DIENY (F.)	La Patrie avant tout.
DUMAS (A.)	La Bouillie de la comtesse Berthe.
DURAND (H.)	† Histoire d'une bonne aiguille.
FEUILLET (O.)	La Vie de Polichinelle.
GÉNIN (M.)	Le Petit Tailleur Bouton. — Marco et Tonino.
—	Les Pigeons de Saint-Marc. — Un petit Héros.
GENNEVRAYE	Petit Théâtre de Famille.
GOZLAN (LEON)	Le Prince Chènevis.
KARR (ALPHONSE)	Les Fées de la mer.
LA BÉDOLLIÈRE (DE)	Histoire de la Mère Michel et de son chat.
LACOME	La Musique en famille.
LEMAIRE-CRETIN	Le Livre de Trotty.
LEMOINE	La Guerre pendant les vacances.
LEMONNIER (C.)	Bébés et Joujoux.
—	Histoire de huit Bêtes et d'une Poupée.
LOCKROY (S.)	Les Fées de la Famille.
MULLER (E.)	Récits enfantins.
MUSSET (P. DE)	Monsieur le Vent et Madame la Pluie.
NODIER (CHARLES)	Trésor des Fèves et Fleur des Pois.
NOEL (E.)	La Vie des Fleurs.
OURLIAC (E.)	Le Prince Coqueluche.
PERRAULT (P.)	Les Lunettes de Grand'Maman.
SAND (GEORGE)	Le Véritable Gribouille.
STAHL (P.-J.)	Les Aventures de Tom Pouce.
VAN BRUYSSEL	Les Clients d'un vieux Poirier.
VERNE (JULES)	Un Hivernage dans les glaces. — Christophe Colomb.
VILLERS (DE)	Les Souliers de mon voisin.
VIOLLET-LE-DUC	Le Siège de la Rochepont.

4

Bibliothèque d'Éducation et de Récréation

QUELS souvenirs agréables et charmants ce titre général ne rappelle-t-il pas aux hommes jeunes d'aujourd'hui, ceux qui entraient dans la vie au moment même où une révolution complète s'opérait, en leur faveur, dans la littérature! Car il n'y a pas beaucoup plus de vingt ans que les jeunes gens lisent, c'est-à-dire qu'ils ont des livres conçus pour eux, écrits pour eux, et dont le succès est tel qu'on n'aurait pas osé l'attendre.

« C'est presque une innovation que l'introduction de la lecture dans les plaisirs de la jeunesse. Elle date presque d'hier : mettons vingt ans, c'est tout le bout du monde. Pendant ces vingt années, l'éditeur Hetzel a su publier 300 volumes de premier ordre.

« Le titre trouvé par l'éditeur constitue à lui seul un programme : ÉDUCATION et RÉCRÉATION. Et, en effet, tout est là. Ces beaux et bons livres instruisent et ils amusent. »

VOLUMES IN-8° CAVALIER, ILLUSTRÉS

VOLUMES IN-8° RAISIN, ILLUSTRÉS

Les Voyages involontaires

Contes et Romans de l'Histoire naturelle

Aventures d'un Grillon. — « Cette biographie d'un insecte obscur cache, sous une fine allégorie, non seulement un petit traité de morale familière, mais encore des notions d'entomologie très précises et très sûres. L'auteur, M. Ernest Candèze, est un écrivain déjà connu des lecteurs de la *Revue Scientifique*, et ses qualités littéraires ne nuisent pas, bien au contraire, à l'autorité de son enseignement.

Volumes in-8° illustrés (SUITE)

« C'est une philosophie ingénieuse que celle qui cherche dans l'étude du plus petit des mondes, du monde des insectes, des leçons applicables à l'univers entier. C'est merveille de voir comment même les petits côtés de la science gagnent à être traités par des écrivains littéraires, quand ils ont su se munir au préalable d'un savoir sérieux et éprouvé. »

(*Revue Scientifique.*)

« **La Gileppe** est un roman.... j'allais dire naturaliste. mais il ne faut pas confondre ; c'est *un roman d'histoire naturelle* bâti sur cette simple donnée : les infortunes d'une population d'insectes. C'est de la science amusante, le tout spirituel et d'un très bon style. »

CAUVAIN (H.) . . . . Le grand Vaincu (le Marquis de Montcalm).
DAUDET (ALPHONSE) . . . . . Histoire d'un Enfant.
— . . . . Contes choisis.
DESNOYERS (L.) . . . . Aventures de Jean-Paul Choppart.
GENNEVRAYE . . . . Théâtre de Famille.
— . . . . La petite Louisette.
GRIMARD (E.) . . . . La Plante.
HUGO (VICTOR) . . . . Le Livre des Mères.
LAPRADE (V. DE) . . . . Le Livre d'un Père.

La vie de Collège dans tous les Pays

ANDRÉ LAURIE

Mémoires d'un Collégien. (*Un Lycée de département*).
Une Année de Collège à Paris.

La Vie de Collège en Angleterre.
Un Écolier hanovrien.

Tito le Florentin.
Autour d'un Lycée japonais.
Le Bachelier de Séville.

M. Francisque SARCEY a consacré à chacun des livres qui composent cette série, une étude spéciale.
« Notre ami Hetzel, écrivait-il au mois de décembre 1885, a commencé une collection bien curieuse et dont le titre générique suffit à indiquer l'intérêt. Chaque année, il paraît un volume qui nous transporte dans un pays différent. Il y a quatre ans, nous étions en France, l'année suivante on nous a menés en Angleterre ; l'an d'après, en Allemagne. L'ensemble des volumes, dont cette série doit se composer, formera une étude assez complète des divers systèmes d'éducation suivis par chaque nation.
« Tous ces volumes partent de la même main ; ils sont de M. André Laurie, qui me paraît être un universitaire fort au courant des questions pédagogiques, et qui n'en est pas moins un conteur agréable et un écrivain élégant. C'est chaque année un régal attendu par moi de recevoir et de déguster son volume. » FRANCISQUE SARCEY.

LES ROMANS D'AVENTURES

ANDRÉ LAURIE . . . . Le Capitaine Trafalgar.
— L'Héritier de Robinson.
J. VERNE ET A. LAURIE . . . . L'Épave du Cynthia.
STEVENSON ET A. LAURIE . . L'Île au Trésor.

A PROPOS de l'*Épave du Cynthia*, M. Ulbach écrivait les lignes suivantes :
« La collaboration de MM. Jules Verne et André Laurie ne pouvait être que féconde. La science de l'un, l'observation de l'autre, les qualités littéraires des deux collaborateurs font de ce livre un des plus émouvants de la collection nouvelle. »
« Il y a peu de livres plus nourris de faits, plus substantiels, et d'un intérêt mieux soutenu que l'*Épave du Cynthia*, » a écrit M. Dancourt dans la *Gazette de France*.
« Plus sombre, plus terrible est l'*Île au Trésor*, roman popularisé en Angleterre par des milliers d'éditions, et dont la maison Hetzel s'est assuré le droit de traduction exclusif. On raconte que M. Gladstone, le grand homme d'État, rentrant chez lui, après une séance agitée, trouva, par hasard, sous sa main, l'*Île au Trésor* de Stevenson. Il en parcourut les premières pages, et il ne quitta plus le livre qu'il ne l'eût achevé. C'est que ces premières pages sont un chef-d'œuvre d'exposition mystérieuse, d'attractions captivantes... »

LEGOUVÉ . . . . Nos Filles et nos Fils.
— . . . . La Lecture en famille.
LERMONT (J.) . . . . Les jeunes Filles de Quinnebasset.
MACÉ (JEAN) . . . . Contes du Petit-Château.
— . . . . Histoire d'une Bouchée de Pain.
— . . . . Histoire de deux Marchands de pommes.
— . . . . Les Serviteurs de l'estomac.
— . . . . Théâtre du Petit-Château.
MALOT (HECTOR) . . . . Romain Kalbris.
MARELLE (CH.) . . . . Le Petit Monde.

6

Aventures de Terre et de Mer

Œuvres choisies. — *16 volumes*

MAYNE-REID. — Désert d'eau. — Deux Filles du Squatter. — Chasseurs de chevelures. — Chef au Bracelet d'or. — Exploits des jeunes Boërs. — Jeunes Esclaves. — Jeunes Voyageurs. — Petit Loup de mer. — Montagne perdue. — Naufragés de l'île de Bornéo. — Planteurs de la Jamaïque. — Robinsons de terre ferme. — Sœur perdue. — William le Mousse. — Les Émigrants du Transwaal. — La Terre de Feu.

MAYNE-REID est un Cooper plus accessible à tous, aux jeunes gens en particulier. Scrupuleusement moral, d'une imagination riche et curieuse, mettant en scène quelque simple récit, autour duquel il groupe des incidents romanesques, et cependant possibles, il promène son lecteur au milieu des forêts vierges, parmi les tribus sauvages, et exalte le courage individuel aux prises avec les difficultés et les nécessités de la vie. » CLARETIE.

« Que les jeunes gens à qui les *Chasseurs de Chevelures* et les *Naufragés de l'île de Bornéo* ont procuré tant d'émotions dramatiques et toujours saines, jouissent de leur reste, a écrit Victor Fournel, dans le *Moniteur universel*, dans son étude sur la *Terre de feu*, la dernière œuvre de Mayne-Reid; il n'écrira plus pour eux, ce conteur inépuisable, ce Cooper de la jeunesse, dont les *Aventures de terre et de mer* ont charmé tant d'imaginations, en les entraînant au loin dans les contrées mystérieuses de l'Afrique et les solitudes du nouveau monde. » VICTOR FOURNEL.

MICHELET (J.) (Gr. in-8°). . . . Histoire de France. 5 volumes.
MULLER (E.). . . . . La Jeunesse des Hommes célèbres.
— . . . . Les Animaux célèbres.
RATISBONNE (LOUIS) . . . . . ❂ La Comédie enfantine.
RIDER HAGGARD . . . . † Découverte des Mines de Salomon.
SAINTINE (X.). . . . . Piccïola.
SANDEAU (J.). . . . . La Roche aux Mouettes. — ❂ Madeleine.
— . . . . Mademoiselle de la Seiglière.
SAUVAGE (E.) . . . . La Petite Bohémienne.
SÉGUR (COMTE DE). . . . . . Fables.
ULBACH (L.). . . . . † Le Parrain de Cendrillon.

ŒUVRES de P.-J. STAHL

❂ Contes et Récits de Morale familière. — Les Histoires de mon Parrain. — ❂ Histoire d'un Ane et de deux jeunes Filles. — ❂ Maroussia. — ❂ Les Patins d'argent. — Les Quatre Filles du docteur Marsch. — ❂ Les Quatre Peurs de notre Général.

STAHL a voulu enseigner familièrement la morale, la mettre en action pour tous les âges. De tous les livres de Stahl se dégage une morale présentée avec toute la séduction et cette forme spirituelle qui donne à la fiction les apparences de la réalité. Peu d'hommes ont plus et mieux fait pour la jeunesse qui lui doit sa libération littéraire. » Ch. CANIVET. (*Le Soleil*.)

STAHL ET LERMONT. . . . . . Jack et Jane.
— . . . . . . La petite Rose, ses six tantes et ses sept cousins.
TEMPLE (DU). . . . . Sciences usuelles. — Communications de la Pensée.
TOLSTOÏ (COMTE L.) . . . . . Enfance et Adolescence.
VERNE(JULES)ET D'ENNERY. Les Voyages au Théâtre.
VIOLLET-LE-DUC. . . . . Histoire d'une Maison.
— . . . . Histoire d'une Forteresse.
— . . . . Histoire de l'Habitation humaine.
— . . . . Histoire d'un Hôtel de Ville et d'une Cathédrale.
— . . . . Histoire d'un Dessinateur.

Volumes grand in-8° jésus, Illustrés

BIART (L.) . . . . Aventures d'un jeune Naturaliste.
— . . . . Don Quichotte (*adaptation pour la jeunesse*).
BLANDY (S.). . . . . Les Épreuves de Norbert.
CLÉMENT (CH.). . . . . Michel-Ange, Raphaël, Léonard de Vinci.
FLAMMARION (C.) . . . . Histoire du Ciel.
GRANDVILLE . . . . Les Animaux peints par eux-mêmes.
GRIMARD (E.). . . . . Le Jardin d'Acclimatation.
LA FONTAINE . . . . Fables, illustrées par EUG. LAMBERT.
LAURIE (A.). . . . . † Les Exilés de la Terre.
MALOT (HECTOR) . . . . ❂ Sans Famille.
MEISSAS (DE) . . . . Histoire Sainte.
MICHELET (J.). . . . . Histoire de la Révolution française, 2 volumes.
MOLIÈRE. . . . . Édition SAINTE-BEUVE et TONY JOHANNOT.
STAHL ET MULLER . . . . . . Nouveau Robinson suisse.

Jules Verne

⊙VOYAGES EXTRAORDINAIRES

33 VOLUMES IN-8° JÉSUS, ILLUSTRÉS

† Deux ans de vacances.
Nord contre Sud.
Un Billet de Loterie.
Autour de la Lune.
Aventures de trois Russes et de trois
    Anglais.
Aventures du capitaine Hatteras.
Un Capitaine de 15 ans.
Le Chancellor.
Cinq Semaines en ballon.
Les Cinq cents millions de la Bégum.
De la Terre à la Lune.
Le Docteur Ox.
Les Enfants du capitaine Grant.
Hector Servadac.
L'Ile mystérieuse.
Les Indes-Noires.

Mathias Sandorf.
Le Chemin de France.
Robur le Conquérant.
La Jangada.
Kéraban-le-Têtu.
La Maison à vapeur.
Michel Strogoff.
Le Pays des Fourrures.
Le Tour du monde en 80 jours.
Les Tribulations d'un Chinois en Chine.
Une Ville flottante.
Vingt mille lieues sous les Mers.
Voyage au centre de la Terre.
Le Rayon-Vert.
L'École des Robinsons.
L'Étoile du sud.
L'Archipel en feu.

L'œuvre de Jules Verne est aujourd'hui considérable. La collection des *Voyages extra-ordinaires*, que l'Académie française a couronnés, se compose déjà de vingt-cinq volumes, et tous les ans, Jules Verne donne au *Magasin d'Éducation et de Récréation* un roman inédit.

Ces livres de voyage, ces contes d'aventures, ont une originalité propre, une clarté et une vivacité entraînantes. C'est très français. »

CLARETIE.

Découverte de la Terre
3 Volumes in-8°

Les premiers Explorateurs. — Les Grands Navigateurs du XVIII° siècle.
Les Voyageurs du XIX° siècle.

J. VERNE et TH. LAVALLÉE. Géographie illustrée de la France, nouvelle édition revue et corrigée par M. DUBAIL.

BIBLIOTHÈQUE DES JEUNES FRANÇAIS

Volumes gr. in-16 colombier

MICHELET (J.). La Prise de la Bastille et la Fête des Fédérations (*illustré*).—Les Croisades.
François Ier et Charles-Quint (*illustré*). — Henri IV (*illustré*).
ERCKMANN-CHATRIAN. Avant 89 (*illustré*).
BLOCK (M.). *Entretiens familiers sur l'administration de notre pays.*
La France. — Le Département. — La Commune.
Paris, Organisation municipale. — Paris, Institutions administratives. — L'Impôt. — Le Budget.
L'Agriculture. — Le Commerce. — L'Industrie.
⊙ Petit Manuel d'Économie pratique.
GUICHARD (V.) . . . . Conférences sur le Code civil.
PONTIS . . . . Petite Grammaire de la prononciation.
J. MACE . . . . La France avant les Francs (*illustré*).
MAXIME LECOMTE . . . . . La Vocation d'Albert.

Motteroz. — Imp. réun. C. Paris. — 7395.

Made at Dunstable, United Kingdom
2023-03-02
http://www.print-info.eu/

19013701R00208